Ingrid Schmitz
Liebeskiller

LEDA

Ingrid Schmitz
Liebeskiller
Mia Magaloff ermittelt
1. Auflage 2014

ISBN 978-3-936783-56-8

Leda-Verlag, Rathausstraße 23, D-26789 Leer
info@leda-verlag.de
www.leda-verlag.de

Lektorat: Maeve Carels
Titelillustration:
Druck und Bindung: Aalexx Buchproduktion GmbH, Großburgwedel
Printed in Germany

LEDA

Für ALLE,
die auf der Suche nach dem Traumpartner sind:
Lasst das Herz sprechen, den Bauch entscheiden,
aber haltet die Augen offen ...

»Leo! Wo bleibt mein Geld?«

»Auf meinem Konto, Dunja. Da ist es besser aufgehoben. Ich werde dir nicht mal eben weitere zehntausend überweisen. Du hast genug bekommen.«

»Was? Du lebst wie die Made im Speck – und ich? Ich wohne auf meiner drei Jahre alten Yacht mit abgewetzten Ledersitzen. Das sehe ich nicht ein. Die letzte Champagnerlieferung muss auch noch bezahlt werden. Was ist? Laufen die Geschäfte nicht mehr? Solltest dich auf echten Schmuck spezialisieren. Wer will denn diesen Tinneff, die Strasssteine oder Plastikohrringe überhaupt noch kaufen?«

Leo lachte bitter. »Das kann dir egal sein. Ich lasse mich jedenfalls nicht länger von dir erpressen. Du wirst gefälligst kürzer treten. Oder finde eine bezahlte Tätigkeit. Mach, was du am besten kannst. Du weißt schon was.«

»Was? Ich bin doch keine Nutte. Hör zu, wenn ich das Geld nicht bis Ende des Monats hier in Italien habe, werde ich einen Schnüffler auf dich ansetzen. Der wird gewiss herausfinden, welche illegalen Geschäfte dich in den Knast bringen könnten.«

»Wenn du das machst, sind wir geschiedene Leute.«

»Genau das wäre mein nächster Schritt, und dann kannst du einpacken. Also flott zur Bank und Geld abgeschickt.«

»Dunja, das kannst du nicht … Dunja?«

Er legte auf und sah zu Addi hinüber, der nebenan auf den Monitor starrte. Sein Stellvertreter, Buchhalter und Kaffeekocher hatte durch die offenstehende Tür sicher alles mitbekommen.

Leo erhob sich schwer atmend und ging zu ihm.

*

Addi hatte sich schnell in seine Bücher vertieft, als er Leo auf sich zukommen sah.

»Du musst sie umbringen!« Leo schlug mit der flachen Hand auf den Tisch.

Addi schrak hoch. Wie oft hatte er das schon gehört? Aber

bisher hatte es anders geklungen, da hatte Leo sie selbst umbringen wollen. Er blickte auf Leos ausgestreckten Zeigefinger, der wie ein Pistolenlauf auf ihn gerichtet war, und hakte nach: »Ich soll sie ... was? Ich?«

»Wer sonst?«, fragte Leo. »Ich bezahle dir einen Fernurlaub dafür. Kannst für eine Weile in der Karibik untertauchen.«

»Bist du verrückt geworden?«

»Im Gegenteil. Ich war noch nie so klar bei Verstand. Dunja will einen Detektiv auf uns ansetzen. So weit darf es nicht kommen. Also muss sie dran glauben! Du weißt ja, was passiert, wenn du es nicht machst.«

»Du entlässt mich?«

»Auch eine Idee. Aber damit ist mir nicht geholfen.«

»Du suchst dir einen Profikiller und lässt zuerst mich und dann Dunja umbringen?«

»Nein, viel besser: Ich hetze dir Dunja auf den Hals. Sie wird dir an die Gurgel gehen, und dann musst *du* um dein Leben fürchten. Wenn du Glück hast, kannst du es wie Notwehr aussehen lassen.«

»Keine gute Idee.«

»Die beste, die ich je hatte. Was ist jetzt? Ich meine es todernst.«

»Ich ... ich wüsste da jemanden, der es machen könnte. Gib mir ein paar Monate ...? Wochen ...? Tage?«

Bei ›Tage‹ hörte Leo endlich auf, den Kopf zu schütteln. »Vielleicht ist es sogar besser, wenn du es nicht selbst machst. Genau, wir geben es in Auftrag. Kurz, schmerzlos und diskret soll es sein, hörst du? Was kostet so was?«

Addi zupfte ein Haar von seinem Polohemd. Auf Rosa wirkte das schwarz Gelockte störend, besonders wenn man intensiv nachdenken musste. Was kostete heutzutage ein Auftragskiller? Er war nicht mehr up to date. »Das werde ich herausbekommen.«

Er hätte sich damals nicht darauf einlassen sollen, in die Firma einzusteigen. Das hatte er jetzt davon. Am liebsten würde er sofort kündigen. Aber was sollte er sonst machen? Mit einer Körpergröße von einem Meter sechzig war es immer schon schwierig gewesen, sich im Managerbereich durchzusetzen. Angeblich wären seine Leistungen nie herausragend gewesen. Aber das lag wohl eher daran, dass ein erfolgreicher Geschäftsmann groß und kräftig zu sein hatte, damit er etwas darstellte. Addi wurde einfach nicht ernst- und wahrgenommen. Nur als Krimineller fiel er sofort auf, wurde von Zeugen als ›auffallend klein‹ beschrieben. Allein das hätte ihm eine Warnung sein sollen, keine krummen Dinger mehr zu drehen. Zu spät. Seit zwei Jahren hing er in dieser Firma mit drin.

Das Geschäft an sich lief sehr gut. Er kannte die Zahlen. Die großen Summen kamen natürlich nicht mit dem Modeschmuck rein! Wenn die unersättliche Dunja wirklich hinter ihre Transaktionen käme, könnten sie einpacken. Aber Dunja beseitigen zu lassen, gefiel ihm gar nicht. Sie war vollkommen, zumindest ihre Figur. Ein einsachtzig großer Körper mit unendlich langen Beinen. Er liebte diese Frau. Wenn da nur nicht ihre Verschwendungssucht wäre, er hätte sie vom Fleck weg entführt und Kinder mit ihr gemacht. Doch für eine gemeinsame Zukunft brauchte er Geld – viel Geld. Wie oft hatten sie miteinander geschlafen? Sechs Mal in drei phantastischen Nächten.

»Was ist? Warum starrst du mich so an?«, fragte Leo. »Du kennst Dunja nicht so gut wie ich. Du weißt nicht, wie sie sein kann, wenn sie ihren Willen nicht bekommt. Lass ein Messer in ihrer Nähe liegen und die sticht dich ab, wenn du ihr die Prada-Schuhe nicht kaufst. Also, wer könnte es tun? Halt! Ich will es gar nicht wissen. Du beauftragst ihn einfach. Sag mir nur, wie viel er dafür haben will, und er soll es bekommen. Es gibt einen Express-Zuschlag, wenn er sich beeilt.«

»Aber … Ich …«

»Nichts aber. Dunja ist eine Gefahr für uns. Ich will expandieren und nicht dichtmachen.«

»Könnte Dunja nicht für uns arbeiten?«, fragte Addi. »Soll sie sich das Geld für ihre Shoppingwut doch selbst verdienen. Wäre das nicht einfacher und ungefährlicher?«

»Geht nicht. Sie weiß dann zu viel. Zum Beispiel, das mit der *Traumpartner-Seite.*« Leo grinste breit. »Deine Idee, unser Business auch auf die Flirtseiten auszuweiten, war richtig gut. Da treiben sich eine Menge potenzieller Kunden herum. Ich habe dort eine ganz tolle Frau kennengelernt. Das Vollweib passt genau in mein neues Geschäftskonzept, auch Männer anzusprechen. Sie hat eine schnelle Auffassungsgabe, sieht nicht alles so verbissen, ist frech, flirtfreudig und clever. Genau die Richtige.«

»Aber clever ist schlecht.«

»Clever ist gut. Sie wird schnell merken, wie es bei uns läuft, und wie es läuft, wenn es nicht läuft.« Leo zerquetschte Addis leeren Pappbecher und warf ihn mit Schwung in den Papierkorb. »Gut, gewichtsmäßig liegt sie weit über Dunja. Da muss man eben beide Augen zudrücken. Obwohl, hungrige Männer bevorzugen bekanntlich rundlichere Frauen. Aber ihre Stimme ist dafür äußerst sexy. Du wirst sehen, die hilft uns, das Geschäft zu beleben.«

Addi blickte seinen Chef zweifelnd an.

Der fuhr unbeirrt fort. »Ich habe schon einiges über sie herausbekommen: Keine Schulden, Künstlerin, besitzt ein eigenes Haus und ist getrennt lebend. Sie will sich in Kürze von ihrem Mann scheiden lassen, weiß aber nicht, wie es dann finanziell weitergehen soll.« Leo lächelte selbstgefällig. »Der Frau kann geholfen werden. Wir werden uns schon bald persönlich treffen. Wenn es passt, wird sie die Stelle bekommen und mir vielleicht sogar Dunja ersetzen. Also, was ist jetzt mit Dunja?«

»Ich kümmere mich um sie«, sagte Addi.

»Gut, habe nichts anderes erwartet. Sonst hätte auch *deine* Zukunft ziemlich düster ausgesehen.«

*

»Was?«, kreischte Dunja von Stein. Addi hörte Eiswürfelklirren, Champagnergluckern, Schlucken. An der Verbindung konnte es nicht liegen, dass sie ihn nicht verstanden hatte. Ihre Stimme klang so deutlich, als säße er direkt neben ihr an Deck der Yacht, die auf dem Gardasee vor Anker lag. Nun knallte sie wohl das Glas auf den Tisch. Sie schnaubte: »Er will mir das Geld nicht überweisen?«

»Ja, will er nicht. Er will dich umbringen!«

»Also kein Geld.«

»Ich soll einen Auftragsmörder auf dich ansetzen.«

»Das Schwein! Er schickt mir kein Geld mehr???«

»Hörst du mir überhaupt zu?«

»Klar! Kein Geld!«

Addi brummte: »Ja … ja, kein Geld. Ich melde mich morgen wieder. Werde mir was einfallen lassen und noch mal mit ihm reden.«

*

Mia Magaloff war spät dran. Sie hatte beim Duschen getrödelt und musste sich beeilen. Ihre neue Männerbekanntschaft wartete sicher schon im Chat. Nie hätte sie gedacht, dass sie mit neunundvierzig Jahren noch einmal auf Partnersuche gehen würde. Wie sagte ihre Oma immer: »Alles auf der Welt, das ist vergänglich – nur der Kuhschwanz, der bleibt länglich.«

Nein, sie suchte nicht das Abenteuer und brauchte keine Marktwerteinschätzung. Der von ihr getrennt lebende Noch-Ehemann war schuld an ihrer Neuorientierung. Vor ein paar Wochen noch hätte sie Bodo beinahe ein Friedensangebot gemacht, ihm eine zweite Chance gegeben und ihn wieder bei sich aufgenommen. Einzige Bedingung wäre gewesen: kürzer treten! In Punkto Arbeit im Allgemeinen und Frauen im Besonderen. Mia hatte sich den Lebensabend mit ihm so schön vorgestellt. Na gut, vielleicht hatte sie auch der Artikel über die Einsamkeit im Alter und die schleichende Altersarmut beeinflusst. Bodo verdiente im Großkonzern sehr gut, und ihr sporadisches Einkommen als Bildhauerin und Trödelmarkthändlerin hielt sich in Grenzen. Warum nicht zwei Haushalte zusammenlegen und Kosten sparen? So könnten sie sich später eine männliche Hilfe rund um die Uhr leisten. Eine männliche wohlgemerkt, eine Frau kam ihr nicht ins Haus.

Feierlich und geheimnisvoll zugleich hatte sie Bodo zu einem Essen bei sich eingeladen. Er durfte an diesem zukunftsträchtigen Abend bestimmen, was er kochen wollte. Das hatte den Vorteil, dass es dann auch schmeckte, und so konnte er sich schon einmal an seine zukünftige Aufgabe gewöhnen.

Bodo machte sich an die Arbeit und servierte ihr ein Vier-Gänge-Menü vom Feinsten. Beim Nachtisch, Bourbon-Vanilleeis mit Früchten der Saison, schmolz sie endgültig dahin. Auch, weil sie sich die Löffel gegenseitig reichten – auf dem Bett im Schlafzimmer. Das prickelte. Das machte durstig und hungrig zugleich. Sie hatte es geahnt, nein gewollt. Der Champagner stand bereit. Aber der alleine konnte ihr Verlangen nicht stillen. Müsste sie ihren damaligen Zustand beschreiben, bräuchte sie nur ein Wort: hemmungslos!

Unfähig, klar zu denken, hatte sie mit dem Feuer gespielt und sich daran verbrannt. Sie hatte ihrem zukünftigen Ex-Mann ein Rollenspiel vorgeschlagen. Er sollte so tun, als läge nicht sie, sondern seine neue Laborassistentin unter ihm. Das sollte Schwung in die Sache bringen. Brachte es auch. Bodos Phantasie kannte keine Grenzen mehr. So kam es, dass er sich nicht mehr unter Kontrolle hatte und zuerst kam, was er tunlichst hätte vermeiden sollen. Hätten sie gleichzeitig das Vergnügen gehabt, hätte Mia es in ihrem Sinnesrausch vielleicht überhört, aber so kippte die Stimmung schlagartig, als er ihr ein abgehacktes »Pau-la« entgegenschmetterte. So hieß nicht seine neue Assistentin, sondern seine Sekretärin. Dieses »Pau-la« hatte er sicher nicht zum ersten Mal herausgeschrien, aber zum letzten Mal – zumindest bei Mia.

Blieb diesem Flittchen Paula nur noch zu wünschen, dass er

sie auf seinen vielen Geschäftsreisen mit den ostasiatischen Mitarbeiterinnen betrog. – Nein, Mia hatte es endgültig satt, seine Seitensprünge tolerieren zu müssen, so wie er es von ihr erwartete.

Gab es den romantischen Traumprinzen überhaupt noch? Einen großen, gebildeten, ehrlichen, humorvollen Blonden mit knuffiger Figur in modischen Klamotten, der sie verwöhnte, ihr Komplimente machte, und, was das Wichtigste war, der wirklich Zeit für sie hatte? Nur für sie!

Mia hatte recherchiert. Schnell waren ihr dazu die vielen Partnersucheseiten im Internet aufgefallen. Nur hatte sie vorher letzte Skrupel über Bord werfen müssen, was ihr anfangs nicht so recht gelang. Erziehung und Emanzipation standen sich da manchmal im Weg.

Deshalb war sie erst einmal einem dieser sozialen Netzwerke beigetreten. Obwohl sie in den Medien viel Negatives darüber gehört hatte, aber das musste ja nicht alles stimmen. Zunächst wollte sie sich dort nur umschauen, sich die Profilbilder ansehen und vielleicht aus den Augen verlorene Freunde suchen.

Spontan hatte Mia sich dann doch auf einer der Flirtseiten angemeldet. Auch wenn ihre Freundin Gitti sie gewarnt hatte, alle Ehemänner behaupteten dort, sie seien Single oder lebten in einer unglücklichen Beziehung. Mia wollte nicht glauben, dass alle Männer wie Bodo waren, und sie selbst war ja auch noch verheiratet. Aber nicht mehr lange.

Mia klappte die Spiegeltür vom Badezimmerschrank zu. Schminken konnte sie sich später, komplett anziehen auch. Stattdessen loggte sie sich schnell ins Internet ein, damit sie ja pünktlich zum verabredeten Chat kam, so wie in den letzten drei Wochen jeden Tag. Auf ihr Profil auf der *Traumpartner-Seite* hatte sich tatsächlich jemand gemeldet. Seinen einfühlsamen und fehlerfreien Schreibstil fand sie durchaus ansprechend. Sein Name war Leo von Stein. Mit dem Profilfoto hatte er nicht so gepunktet: Aschblonde, dünn wirkende Haare fielen ihm über die Stirn, seine tiefliegenden

Augen waren vielleicht etwas zu klein, die Nase leicht platt, dafür hatte er ein ausgeprägtes Kinn.

Am besten gefielen ihr seine schneeweißen Zähne und sein breites Grinsen. Ein Schönling war er nicht, aber dafür konnte sie sicher sein, dass ihn ihr so schnell keine andere ausspannen würde ... Was zählte, waren sein Humor, seine Pünktlichkeit und Romantik mit einem Schuss Erotik.

Mia starrte enttäuscht auf den Monitor, Leo schien nicht online zu sein. Sie klickte noch einmal auf sein Profil, prüfte, ob sich etwas geändert hatte. Nein, es waren immer noch die Angaben, die sie kannte: 46 Jahre, Größe 1,85 Meter, und 90 Kilogramm.

»Hallo?«, rief Mia, als könnte Leo sie hören. Warum meldete er sich nicht? Sie seufzte und wollte sich gerade enttäuscht zurückziehen, da tat sich etwas auf ihrem Bildschirm. *Hallo, Mia. Wartest du schon lange? Können wir skypen?* Mia griff zu ihrem Headset, stöpselte es ein und rief das Programm auf. Hoffentlich wollte er keine Video-Schaltung. Sie saß noch in ihren Alltags-Dessous am PC. Außerdem standen ihre Haare wirr und kraus vom Kopf ab, sie hatte kleine müde Augen mit dunklen Rändern darunter, spröde Lippen und ...

»Mir kam ein Telefonat dazwischen«, sagte er, »entschuldige bitte. Bleibt es bei unserem Treffen?«

Also keine Videoschaltung, sonst hätte er sofort danach gefragt. »Ja, sicher, beim Chinesen – übermorgen«, bestätigte sie. »Freue mich sehr darauf, dich endlich persönlich kennenzulernen.« Es war immer wieder angenehm, seine sanfte Stimme zu hören. Jedes Gespräch mit ihm ging ihr unter die Haut. Ihm musste es ähnlich gehen, denn sie waren rasch sehr vertraut miteinander geworden.

»Freue mich auch, Mia. Habe letzte Nacht sogar von dir geträumt.«

Mia fühlte eine heiße Welle.

»Wir sind Arm in Arm durch die nächtlichen Straßen geschlendert. Als wir stehen blieben, hast du mir aufregend süße Dinge ins Ohr gehaucht ... «

Mia musste sofort an Torte, Schokoladenkekse und Pfannkuchen denken.

» … es begann zu regnen. Wir hatten keinen Schirm …«

Mia fröstelte. Sie zog sich die bereitgelegte Strickjacke an.

» … Ich habe dann mein Jackett ausgezogen und es dir …«

Mia stellte den Ton lauter.

» … über die Schultern gelegt. Dabei küsste ich zärtlich deine niedliche Gänsehaut am Hals. Ich berührte deine warmen, sinnlichen Lippen. Wir küssten uns sanft, stießen dabei wie zufällig mit unseren Zungen aneinander, bis sie leidenschaftlich miteinander tobten.«

Mia zog ihre Strickjacke wieder aus.

»Völlig durchnässt liefen wir zum nächsten Hauseingang und stellten uns unter. Hier waren wir nicht nur vor dem Regen geschützt, sondern auch vor den Blicken der Passanten. Ich zog dich an mich und spürte meinen schnellen aufgeregten Herzschlag umso mehr. Ein glühendes Verlangen zuckte durch meinen Körper, während wir uns innig küssten und berührten. Meine rechte Hand fuhr zwischen deine Schenkel und du nahmst …«

Mia schnappte nach Luft. An ihrem ganzen Körper kribbelte es. »Ja?«

» … dann war der Traum zu Ende. Der Wecker hat geklingelt. Ich habe ihn gegen die Wand geworfen.«

»Oh. Ich hasse Gewalt – auch gegen Wecker.«

»Ich meinte, *ich hätte*. Ich *hätte* ihn gegen die Wand schlagen können, habe ich natürlich nicht. Er landete in meinem Kleiderschrank. Mia, ich war mir nicht sicher, ob ich dir den Traum erzählen soll, bin ja eher ein schüchterner Mensch.« Er lachte laut auf. »Aber du musst mir diese Phantasie verzeihen. Du bist schuld daran. Du hast mich mit deinem Foto, deinen Chats und Skypes wohl dazu angeregt. Hat dir schon mal jemand gesagt, wie gefährlich sinnlich und erotisch du bist?«

»Nein, noch niemand. Danke Leo. Du bist und bleibst ein Schmeichler, dem ich Komplimente gerne glauben möchte. Hoffentlich regnet es am Abend unseres ersten Treffens.«

Addi überlegte krampfhaft, wie er sich geschickt aus der Affäre ziehen konnte. Allein wegen der gefälschten Bilanzen und den fingierten Listen für den angeblichen Modeschmuckein- und -verkauf mangelte es ihm nicht an Straftaten. Keinen einzigen Fehler durfte er sich bei der Abrechnung oder Steuererklärung erlauben, wenn er nicht Polizei, Zoll oder Finanzamt vor der Tür stehen haben wollte.

Aber nicht nur das war riskant. Deshalb kümmerte er sich höchstpersönlich um die besonders schwierigen oder lukrativen Fälle beim eigentlichen Geschäft. Zurzeit hatte auch er eine Frau von der *Traumpartner-Seite* an der Angel. Wie sie wirklich aussah, wusste er noch nicht. Er klickte sich noch einmal auf ihr Profil. Auf dem Foto war sie mit großer Sonnenbrille zu sehen, und ihre Haare wirkten unnatürlich dicht und blond. Vielleicht trug sie eine Perücke. Nur eines hatte sie bei ihrer Verkleidung vergessen: Sie hatte nicht den echten Schmuck abgelegt. Addi hatte den Knotenschlüssel mit Diamanten in achtzehn Karat sofort erkannt. Auch ihr Ring und das Armband stammten aus dem Hause Tiffany. Wertvoller Schmuck, der ihn auf einen gewissen Reichtum aufmerksam machte. Er kannte sich nicht nur mit Modeschmuck aus. Im Moment war sein Goldfasan leider offline.

Für die einfachen Fälle hatten sie zum Glück noch Jo. Eigentlich hieß er Jonathan. Aber das passte nicht so recht zu seinen sechsundzwanzig Jahren und seinem jungenhaften Charme. Der Tunesier mit der großen, athletischen Figur war die Nummer Eins bei den Frauen. Ursprünglich war er als Mann für alles eingestellt worden. Er hatte Dunja und Leo im Haus geholfen, in Italien kleinere Reparaturen am Schiff vorgenommen, es auf Vordermann gebracht oder einfach nur Besorgungen gemacht. So lange, bis Addi Jos sonstige Vorzüge erkannt hatte. Ihm war aufgefallen, dass die Frauen auf sein probehalber eingestelltes Profil abfuhren und reihenweise Kontakt mit ihm wollten oder direkt um ein Treffen baten. Dennoch blieb Jo sein persönlicher Assistent, weil es nichts gab, was er nicht besorgen und organisieren konnte. Musste er auch, denn er hatte einiges bei Addi gut zu machen. Ohne ihn hätte Jo sich keine neue Identität aufbauen können.

Addi nahm sich seine letzten Telefonnotizen noch einmal vor und übertrug sie in die verschlüsselte Datei. Warum wollte Leo ausgerechnet jetzt diese Frau ins Spiel bringen? Die Anstellung neuer Mitarbeiter war seine Sache. Wenn Leo es wirklich wagen sollte, ihm dazwischenzufunken, würde er die angeblich clevere Vollschlanke dumm dastehen lassen und schon bald durch ein jüngeres Modell ersetzen. Davon gab es reichlich. Wenn das Häschen dahinterkam, dass es nicht um die Präsentation von Modeschmuck ging, gab es kein Zurück mehr. Mit einem Spitzenverdienst hatte er dann längst ihr Schweigen gekauft und sie abhängig gemacht.

*

Addi fuhr schnell zum Supermarkt, kaufte eine Likörflasche aus dunklem, kaum durchsichtigem Glas und stopfte sie in die Plastiktüte, die er auf dem Beifahrersitz platzierte. Danach ging es ab zur Bank, Geld abholen. Für kleinere Summen reichte seine Vollmacht. Dreitausend Euro, mehr würde der Auftragsmord nicht kosten. Dreitausend Euro für ein Menschenleben. Peanuts.

Addi bog am Fabrikgelände ab auf den öffentlichen Parkplatz. Er parkte seinen Wagen weit entfernt von der Ein- und Ausfahrt, fast versteckt unter einer Linde, in deren Schatten eine Bank stand. Hier fühlte er sich unbeobachtet. Er war früher eingetroffen als verabredet, da er einiges vorzubereiten hatte. Mit einem ironischen »Prost« schüttete er den Inhalt der Flasche auf die Wurzeln des Baumes. Addi stieg wieder in sein Auto, befüllte die Glasflasche, stopfte sie in die Plastiktüte zurück und in die Aktentasche.

Erst jetzt bemerkte er den Wagen, der sich ihm von hinten näherte, auf seiner Höhe für einen Moment stehen blieb und dann weiterfuhr. Durch die Scheibe erkannte er eine durchaus attraktive Frau, noch keine vierzig. Als sie in der Parkbucht ausstieg, nahm er zunächst nur ihre roten Stöckelschuhe wahr. Dann sah er sie auf sich zukommen. Bestimmt hatte sie sich verfahren und wollte ihn um Hilfe bitten. Er half natürlich gerne, wenn es schnell ging. Addi stieg aus seinem Wagen.

Die elegante Brünette war gut einen Kopf größer als er. Sie musterte ihn abschätzend und grinste. Oder galt ihr Blick nur seiner teuren Uhr? Er hob den Arm und schaute auf seine *Patek Philippe*.

»Herrr mit den guten Sachen!«, hauchte sie mit russischem Akzent zu ihm herunter.

»Was meinen Sie?« Addi hob die Augenbrauen.

»Das Geld, du Arsch. Was sonst? Was kann ich wohl meinen, he?«

Er hatte kapiert. Es handelte sich keinesfalls um seine Verabredung.

»Das Geld her, aber fix!« Jetzt holte sie ihren Elektroschocker hervor, auf dem groß *1.000.000 Volt* stand, und drückte ab.

Er hörte ein Brummen, ein elektrostatisches Knistern und dann sah er den ultravioletten Lichtbogen. Allein der flößte ihm Respekt ein. Seine Knie schienen jeglichen Halt zu verlieren, er begann zu zittern. Die Berührung mit dem Gerät würde ihm zumindest arge Schmerzen bereiten und ihn womöglich zu Boden werfen. Mindestens. Widerwillig nahm er seine Geldbörse vom Beifahrersitz, zog dreihundert Euro heraus und gab sie ihr. Er musste sie von der Aktentasche im Auto ablenken. »Auch meine Uhr?«

»Das Ramschteil kannste behalten. Was ist da in der Ledertasche? Her damit!« Sie hielt ihm den Schocker vor den Hosenreißverschluss.

»Bitte nicht!«, wimmerte er.

»Hast wohl Angst um deinen Schwanz, was?«

Addi nickte hektisch, auch wenn er fast mehr Angst um den Inhalt der Tasche hatte.

Sie schaute umständlich hinein und sah die Plastiktüte. »Ah, was haben wir denn da …? Ein Alki? Trägt seine Flasche mit sich, getarnt in einer Plastiktüte? Du armes Schwein.« Mit einer dramatischen Geste ließ sie die Gegenstände vor seine Füße fallen.

Addi sog Luft durch die Zähne.

Sie sah ihn verständnislos an. »Ist das alles? Wo ist das restliche Geld?«

»Ich … ich habe es wieder eingezahlt, auf ein … ein anderes Konto«, stammelte er. Möglicherweise hatte sie ihn bereits in der Bank beobachtet.

»Mist! Gib mir dein Handy!«

Addi beeilte sich, bevor sie an seiner Unsicherheit merken würde, dass er gelogen hatte. Das Handy konnte sie haben. Es funktionierte nur noch alle Schaltjahre. Die Dateien darauf hatte er längst gelöscht und sich ein neues gekauft. Er trug das alte nur für Abzocker bei sich. Freiwillig nannte er ihr seine PIN.

»Auf Wiedersehen«, flötete sie und stöckelte davon. Bevor sie einstieg, drehte sie sich noch einmal um: »Hey … und pass schön auf dich auf! Wenn du so weitermachst, könnte dir mehr passieren, okay?« Sie startete ihren Wagen und warf lachend den Kopf in den Nacken.

Addi blieb wie erstarrt stehen. So eine Schande, von einer Frau überfallen zu werden! Er wollte sich die Autonummer merken. Aber das Nummernschild war mit einer Plastiktüte abgedeckt. Das hätte er doch sehen müssen!

Er stieg in seinen Wagen und betätigte die Zentralverriegelung, zu spät. Addi wühlte in den Taschen seiner Jacke, suchte nach seinem neuen Handy. Ein dumpfer Knall aufs Autodach schreckte ihn auf. Eine große, dunkle Gestalt mit Kapuze stand vor dem Seitenfenster und beugte sich langsam zu ihm herunter. Addi glaubte im ersten Moment, der Sensenmann persönlich käme ihn holen.

Erst nachdem er sich ganz sicher war, dass es sich um seine Verabredung handelte, legte er los: »Kannst du mir mal sagen, wieso du jetzt erst kommst? Kein Verlass mehr auf die Menschen! Kein Verlass!«

»Keep cool!« Der Mann hatte die Kapuze tief ins Gesicht gezogenen. Sein langer Bart wippte beim Sprechen, als würde er jeden Moment abfallen.

»Hier.« Addi reichte ihm einen braunen Umschlag und gab ihm die Plastiktüte mit der Flasche, in der sich die gerollten Geldscheine befanden. »Mit Expresszuschlag, wie besprochen.«

Der Mann öffnete den Schraubverschluss der Likörflasche, roch daran und sah hinein. Er nickte und steckte sie verschlossen wieder in die Tüte. Jetzt zog er den Umschlag unter dem Arm hervor, kontrollierte dessen Inhalt. Er wurde ärgerlich. »Das ist gegen die Vereinbarung! Wo ist das Ticket? Und der Pass?«

»Gibt es erst, wenn ich die Erfolgsmeldung bekomme. Du weißt, an wen du dich wenden musst. Solltest du nur mit den Moneten abhauen, ist es dein Risiko. Wirst dann kaum Zeit haben, das Geld auszugeben.«

Der Mann knurrte, betrachtete dabei das ausgedruckte DIN-A4-Foto in der Klarsichtfolie. »Name?«

Das fängt ja gut an, dachte Addi. Wen hatte man ihm denn da geschickt? Der Name stand doch fett gedruckt bei den Infos. Er wollte so schnell wie möglich hier weg und kramte nach seinem Edding, den er immer bei sich trug, wenn er mal Adressen oder Zahlen unkenntlich zu machen hatte. Vor- und Zunamen kritzelte er quer auf das Foto.

*

Leos Laune hatte sich gebessert. Die dreitausend Euro waren gut angelegtes Geld.

Plötzlich wurde die Tür aufgerissen und Addi stürmte ins Büro. Leo fürchtete, dass etwas schiefgelaufen sei. Addi winkte ab und berichtete von der reibungslosen Geldübergabe. Zufrieden sog Leo an seiner E-Zigarette, dann verzog er das Gesicht. Er sollte die Finger von den Dingern lassen und es mit Zigarren probieren. Die passten besser zu einem erfolgreichen Geschäftsmann. Sobald er Dunja los war, würde es auch wieder mit der Firma bergauf gehen. Die Yacht am Gardasee wollte er zu Repräsentationszwecken behalten. Vielleicht fuhr er auch mal mit Mia hin, wenn sie sich in der Firma und bei ihm verdient gemacht hatte.

Als Addi das Büro wieder verlassen hatte, setzte Leo sich an den PC und schrieb eine Mail an Mia, obwohl er sich heute Abend mit ihr treffen würde.

Meine Verehrungswürdige,

du bist eine Diebin – du raubst mir den Schlaf und den Atem. Ich kann an nichts anderes mehr denken als daran, dir persönlich gegenüberzustehen, Deine letzte Mail hat meine Phantasie beflügelt. Ich sehne mich nach dem Moment unserer ersten Begegnung und Berührung. Möchte dich am liebsten sofort in den Arm nehmen und spüren … und dir … von meinem Geschäft erzählen. Verzeih mir, wenn ich jetzt unpassenderweise davon schreibe, aber solltest du in meiner Firma anfangen, wirst du es nicht bereuen. Wir werden ein unschlagbares Team sein. Das weiß ich einfach, da verlasse ich mich auf meine Menschenkenntnis und auf dich. Heute Abend mehr. Das wird ein wundervolles Dinner.

Dein dir ergebener, jetzt schon verfallener Leonard

*

Mia lief auf die Straße und hielt nach ihrem Wagen Ausschau. Noch immer war sie auf den alten Opel Beauty fixiert, aber Opas Opel war beim Schrotthändler gelandet. Nur den Wackeldackel und die umhäkelte Klorolle hatte sie aus sentimentalen Gründen behalten.

Als sie ihren Materia entdeckt hatte, stieg sie ein und hämmerte mit spitzen Fingern die Zieladresse ins Navi, das sie insgeheim Uschi nannte. Zu wenig Spannung in der

Batterie. Oh, je. Immer wenn man es eilig hatte, kam etwas dazwischen. Sie fuhr schon mal los.

In letzter Sekunde riss Mia das Steuer des Wagens herum, weil Uschi neue Kraft geschöpft und sich wieder zu Wort gemeldet hatte. Mia machte eine Vollbremsung auf dem sandigen Boden des Parkplatzes. Während die Staubwolke sich verflüchtigte, sah sie drohend wedelnde Arme eines Mannes, der wohl auf dem Weg zu seinem Auto gewesen war. Mia blieb sicherheitshalber erst einmal im Wagen sitzen. Sie warf einen Blick in den Rückspiegel, zog den Lippenstift nach, und bändigte ihre lockige Mähne mit einer Haarspange.

Die Luft war rein. Sie ging im Laufschritt durch das Restaurant auf die Terrasse. In den Bäumen hingen kleine Lampions aus Plastik und auf den Tischen standen bunte Windlichter. Nur die Gäste fehlten an diesem lauen Sommerabend. Seltsam, wo war ihre Verabredung? Beim ersten Date unpünktlich zu sein, warf ein schlechtes Licht auf ihn. Sie suchte sich einen günstigen Platz mit Weitblick und vertrieb sich die Zeit damit, an ihrer Kleidung herumzuzupfen. Danach betrachtete sie die Deko, arrangierte sie auf dem Tisch neu und zählte schließlich die Karos auf der Decke. Saß Leo womöglich *im* Restaurant? Sollte sie sich reinsetzen und dort auf ihn warten, falls er noch nicht da war? Nein, ›draußen‹ hatten sie gesagt.

Wieder vergingen wertvolle Minuten. Wer nicht kam, war Leo, und wo blieb der Kellner? Hoffentlich hatte sie keine lebenswichtige Durchsage der Polizei verpasst, dass niemand das Haus verlassen durfte. Nun hielt Mia es nicht mehr aus. Sie sprang auf und stolzierte wieder ins Restaurant. Da! Eine Kellnerin! Aber die huschte in die Küche, so wie man huschte, wenn man sich verstecken wollte. Immerhin war das Büfett zwischenzeitlich frisch angerichtet und so reichlich, als würden gleich holländische Reisebusse mit Rentnern eintreffen oder als würde sich hier eine Hundertschaft der Polizei nach ihrem Einsatz verköstigen wollen. Und Leo? Vielleicht hatte er sie ja heimlich beobachtet und war geflüchtet. Ihr Magen gab unangenehme Geräusche von sich, sie hatte erbärmlichen Hunger.

Mia betrachtete die tausend Köstlichkeiten. Gebratene Ente, gebackenes Hähnchen, scharf mariniertes Rindfleisch, Garnelen und andere Schalentiere. Da fiel ihr die Entscheidung schwer. Sollte sie zuerst nur etwas Salat nehmen oder direkt einige der appetitlich angerichteten und köstlich duftenden Meeresfrüchte? Am besten beides. Sie ging die einzelnen Warmhaltebehälter der Reihe nach ab. Überall sprang ihr etwas auf den Teller.

Wie aus dem Nichts näherte sich ein Mann in schwarzer Hose und weißem Hemd. Er richtete die Stoffflügel seiner Fliege und nickte ihr freundlich zu. »Bitte sehr, meine Dame, greifen Sie zu: Garnelen, Hummer, Tintenfisch … alles frisch.«

»Ja, danke, wollte nur ein wenig probieren. Ich warte noch auf meinen Bekannten.« Ihr hochgehäufter Teller drohte zu kippen.

Der Kellner lächelte und verschwand wortlos.

Ach, zu dumm, sie hätte direkt ein Getränk bestellen sollen. Eine Zitronenscheibe passte noch auf die Garnelen, dafür verzichtete sie aber auf die duftende Knoblauchsoße und Brot aus dem Korb. Nur nicht übertreiben.

Zurück an ihrem Platz auf der Terrasse entschied Mia, sich lieber an den Ecktisch zu setzen. Von dort aus hatte sie den Parkplatz besser im Blick. Sie seufzte enttäuscht und musste sich eingestehen, dass sie nicht nur auf Leos edlen Namen hereingefallen war, sondern auch auf seine Schmeicheleien. Bei den Chats und Telefonaten brachte er sie stets zum Lachen und versetzte sie mit seinem Wissen ins Staunen. Manchmal trug er ihr sogar Liebesgedichte vor und sagte sündige Sachen. Wie selbstverständlich war sie auf seine verbalen erotischen Spielchen eingegangen. Er schien für sie der perfekte Partner zu sein. Sie schaute sich um, aber keiner der mittlerweile angekommenen wenigen männlichen Gäste sah Leo auch nur ansatzweise ähnlich.

Gesättigt, aber nicht zufrieden, sah sie auf ihren fast leeren Teller. Sie musste daran denken, dass sie Leo in einer Mail gefragt hatte, ob er Kinder habe und gebunden sei. Zwei lange Tage hatte sie nichts mehr von ihm gehört, bis die erlösende Verneinung gekommen war. Sie fragte sich dennoch, ob er wirklich der war, der er zu sein vorgab, und ob die Antwort der Wahrheit entsprach.

Mia wischte die negativen Gedanken beiseite. Nein, Leo war ehrlich und seriös. Bestimmt. Niemand konnte sich über einen so langen Zeitraum verstellen. Es würde sich schnell alles aufklären. Auf seine Entschuldigung für das Zuspätkommen war sie mächtig gespannt, auch was er ihr zu seiner Modeschmuckfirma zu sagen hatte, in der Mia arbeiten sollte. Laut Internet gab es diese Firma tatsächlich in Krefeld. Nur über sein Privatleben hatte sie nichts gefunden, außer dem, was auf seiner *Traumpartner-Seite* im Profil stand. Sie hatte nicht weiter geforscht, denn was lag näher, als ihn gleich danach zu fragen? Er würde kommen, ganz gewiss. Sie stach mit der Gabel in den Hähnchenkringel. Köstlich.

Drei letzte Köstlichkeiten später tauchten eine Menge Fragen bei ihr auf: Warum kam Leo nicht? Warum rief er nicht an? Ob ihm etwas passiert war? Ein Unfall? Er besaß zwar ihre Handy- und Festnetznummer, aber seine hatte sie nicht. Er habe sein Mobiltelefon verloren, hatte er einmal gesagt, und bei einer anderen Gelegenheit, dass das neue nicht funktioniere und er es umtauschen müsse. Danach war die Sache in Vergessenheit geraten, weil er sie ständig – mit unterdrückter Nummer– anrief.

Plötzlich vibrierte ihre Handtasche, es drang ein Gelächter und Gemurmel daraus hervor. Der Klingelton wurde automatisch lauter. Sie blickte sich entschuldigend um, aber die wenigen Gäste an den anderen Tischen schienen sie zu ignorieren. Mia zerrte das Mobiltelefon hervor. Auf dem Display las sie *Nummer unterdrückt*. War das Leo?

Ärgerlich nahm sie das Gespräch an: »Hallo? Hallo!!!«

»Hallo, Mia, Leo hier.«

»Leo!« Die Mauer aus Misstrauen stürzte ein und zerfiel in tausend Trümmerteile. »Wo steckst du?«, fragte sie mit sanfter Stimme. »Ich warte schon so lange. Musste mir bereits etwas vom Büfett holen. Du solltest dich beeilen, sonst ist es leer geputzt. Warum sagst du nichts? Ist was passiert?«

»Ich würde ja etwas sagen, wenn ich dazu käme. Hoffe, du verzeihst mir. Mir ist etwas dringendes Geschäftliches dazwischengekommen. Es tut mir so leid! In einer halben Stunde bin ich bei dir. Freue mich so sehr auf dich.« Seine Stimme klang dunkel und vielversprechend. »Bis gleich, Darling. Das wird ein heißer Abend«, flüsterte er.

Mia musste sofort an ihre zehn Kilogramm Übergewicht denken. Sie hatte es gestern nicht geschafft, die abzunehmen. »Hey, hey, du gehst ja ran.« Sie legte die zweite Hand um das Handy, »Du weißt doch noch, dass wir uns nicht bei mir zu Hause verabredet haben, sondern in diesem Chinarestaurant hier?« Sie sah sich erneut um.

»Ja, sicher, obwohl ich mich auch gerne von dir hätte bekochen lassen.«

»Ich mich auch von dir«, hauchte Mia.

»Oh, na gut, das Restaurant ist dann vielleicht doch die bessere Wahl.« Er lachte. »Ich habe auch schon gleich das Jobangebot für dich in der Tasche. Du wirst mir ja nichts ausschlagen.«

Mia lächelte gerührt. »Wie könnte ich das?« Dass er so von ihren Qualitäten überzeugt war, obwohl sie sich noch nie begegnet waren, wunderte sie immer wieder.

»So liebe ich dich, Cara Mia! Bis gleich.«

»Ja, bis … Hallo? Hallo … Leo?« Sie verstaute das Handy in ihrer Tasche und beobachtete so lange unauffällig die anderen an den Tischen.

Zwischendurch sah Mia mehrfach auf die Uhr. Hilfe! Seit Leos Anruf musste mindestens eine Stunde vergangen sein. Wie viel Zeit sollte sie ihm und sich denn noch einräumen? In ihrem Magen breitete sich ein unangenehmes Gefühl aus. Hunger konnte es nicht sein.

Der freundlich lächelnde chinesische Kellner trat an ihren Tisch und fragte, ob alles in Ordnung sei, und ob er ihr noch etwas bringen dürfe.

Sie wäre ihm am liebsten um den Hals gefallen und hätte sich an seiner Brust ausgeweint. ›Leo hat mich sitzen lassen. Sind denn alle Männer Workaholics?‹ Aber sie nahm sich zusammen und bestellte einen Schnaps.

»Bitte?«, fragte der Chinese und lächelte sie an.

»Danke. Nein, bringen Sie mir lieber ein alkoholfreies Bier.«

Der Kellner nickte.

»Mein Bekannter muss jeden Moment kommen. Wirklich«, rief sie ihm hinterher und bereute es, weil alle zu ihr schauten.

Der junge Mann drehte sich um und lächelte, dann verschwand er.

Das endlos lange Warten machte sie wieder hungrig. Auch weil ständig dieser herrliche Duft der chinesischen Spezialitäten aus der offenstehenden Restauranttür geweht wurde. Sie schlich ein zweites Mal um das Büfett. Dann würde sie sich jetzt mit etwas gebackenem Reis, frittierter Banane und Wackelpudding trösten.

In der letzten halben Stunde hatte sich die Terrasse langsam gefüllt. Etwas weiter entfernt hielt ein älteres, grauhaariges Paar diskret Händchen und am Nebentisch saß eine vierköpfige Familie. Nur Mia war alleine, so alleine.

Yaris-Berben und Lisa-Fee, die Kinder vom Nebentisch, bastelten sich aus Teilen des weißen Krabbenbrotes Masken und klebten sie sich mit Spucke auf die Gesichter. Das kleine Mädchen warf einen schüchternen Blick zu ihr herüber. Mia schmunzelte und zwinkerte den Kindern zu. Auch sie hatte Langeweile. Sie brach ein Stück von ihrem Krabbenbrot ab und klebte es sich auf die Nase.

»Das sieht aber süß aus«, hörte sie eine tiefe Männerstimme sagen. Mia erschrak.

Leo legte seine Hand auf ihre Schulter. »Bin ich froh, dass

du deinen Humor behalten hast, obwohl du so lange warten musstest.« Er trug einen eleganten schwarzen Anzug und ein weißes Hemd, als käme er direkt von einer Beerdigung oder einer Hochzeit. »Ich muss mich ja nicht mehr vorstellen, oder? Hallo, Mia.« Er setzte sich ihr gegenüber auf den Platz und strahlte. »Schön, dich zu sehen. Genau so habe ich mir dich vorgestellt.«

Mia fragte sich, ob das positiv gemeint war. Bestimmt. Auch für sie zählten die inneren Werte. Sie hatte lange genug mit einem Schönling zusammengelebt, dem die Frauen hinterherschauten. Zumindest behauptete er das immer, nichts dafür zu können, wenn sie mit ihm flirteten. Dann lieber einer, der nicht so gut aussah. Leo hatte schütteres Haar und das Hemd spannte über dem Bauch. Sein Gesicht hätte auch zu einem Amateurboxer gepasst, besonders die plattgedrückte Nase. Aber wer sah schon perfekt aus? Sie war an bestimmten Stellen ebenfalls nicht mit ihrem Äußeren zufrieden, von daher würden sie gut zusammenpassen.

Mia war ein bisschen verlegen. Nun saß Leo also leibhaftig vor ihr. Er roch gut, vermutlich irgendein männlich herbes Aftershave. Seine Stimme war ihr vertraut. Sie waren am Telefon und beim Chatten immer ausgelassener und persönlicher geworden. Er hatte ihr sogar gesagt, was er beim Sex besonders mochte, und auch sie hatte intime Details preisgegeben. Aber sich persönlich zu begegnen, war eine ganz andere Sache. Das Internet war so herrlich anonym. Sie schwiegen. Mia lächelte nervös. Am liebsten hätte sie ihm einen speziellen Cocktail bestellt, der die letzten Chats, Skypes und Telefonate in seinem Gehirn löschte, damit sie noch einmal von vorne beginnen konnten. Sich ganz normal kennen lernen.

»Du sagst ja gar nichts«, wunderte sich Leo, nachdem er zur Feier des Abends und mit Mias Einverständnis eine Flasche Merlot bestellt hatte. Die Autos wollten sie stehen lassen.

»Ich, ähm, denke.«

»Woran denkst du? Bist du von meinem Aussehen

enttäuscht? Ist es meine Nase? Ich war als Student mal Stallausmister. Bin ich zwar heute auch noch, aber nicht mehr im Stall, sondern in der Firma.« Er lachte laut. »Jedenfalls hatte mich ein nervöses Pferd getreten und meine Nase zertrümmert. Es hätte schlimmer ausgehen können.«

»Nein, nein, deine Nase ist schon okay. Kein Problem. Bin ja auch nicht gerade eine Kandidatin für den Schönheitswettbewerb. Ich meine, ich habe ein paar Kilo zu viel, also ...« Sie gab ihm Zeit zu widersprechen. Aber Leo sagte nichts. Sie überbrückte das Schweigen: »Weißt du schon, was du essen möchtest?«

»Nicht jede Frau kann ein Model sein«, sinnierte Leo. »Zum Glück. Die haben nichts als Klamotten im Kopf, sind verschwendungssüchtig und geben das Geld ihrer Ehemänner nur fürs Shoppen aus. Wer so eine heiratet, wird seines Lebens nicht mehr froh.« Er seufzte.

»Das klingt, als wärst du mal mit einem Model verheiratet gewesen«, sagte Mia.

»Ähm ... ja, aber das ist lange her und ein schwarzes Kapitel in meinem Leben. Lass uns lieber von etwas anderem reden.«

Der Kellner brachte die Flasche Wein und öffnete sie mit der üblichen Zeremonie, danach nahm er Leos Bestellung auf und verschwand wieder.

Leo erhob sein Glas: »Auf einen unvergesslichen Abend, meine Liebe.«

Mia war sonst nicht auf den Mund gefallen, aber jetzt lächelte sie und schwieg. Sie wusste schon einiges über Leo, hätte gerne mehr erfahren, wollte aber nicht den Anschein erwecken, neugierig zu sein.

Leo genoss sichtlich die servierte Entenbrust, was ihn aber nicht davon abhielt, Mia geradezu auszufragen. Er wollte wissen, wo sie zur Schule gegangen war, was sie am liebsten tat, welche Bücher sie las und ob sie unter der Dusche sang. Wann sie zuletzt in einem Konzert gewesen sei und wie viele Freunde sie gehabt hätte, bevor sie sich für ihren Ehemann entschied. Ob ihr Ehe oder Beruf wichtiger sei, ob sie aggressiven Autofahrern gegenüber Mordgelüste verspüre und wie sie bei Problemlösungen vorging. Mia überlegte, ob er sich bei ihr als Psychologe oder Coach betätigen wollte. »Nimmst du eigentlich Geld dafür?«, fragte sie.

»Wofür?«

Sie lachte. »Schon gut. Aber jetzt erzähle mir mal von dir. Nein, warte. Du hast noch gar nicht gesagt, was das für ein Jobangebot in deiner Firma ist. Wie heißt sie noch mal?«

Leo kramte beschwingt in seiner Lederaktentasche, holte eine Klarsichthülle hervor und zog einen Vertrag heraus. »*FunnyFifty*. Modeschmuck für die reifere Frau. Magst du Modeschmuck?«

»Unbedingt. Auch wenn ich noch nicht zur Zielgruppe gehöre.« Mia räusperte sich. »Ich liebe Modeschmuck. Es macht Spaß, zu jedem Outfit den passenden Schmuck zu tragen.« Sie klapperte mit den Armreifen an ihrem Handgelenk und hielt ihm ihre beringte rechte Hand vor das Gesicht. »Schmuck darf nicht zu billig sein und direkt auseinanderfallen. Aber zu teuer ist natürlich auch nichts, falls man ihn mal verliert oder sich von unmodernen Stücken trennen will. Außerdem wird er seltener geklaut als Gold- und Diamantenschmuck. Was hat man von Schmuckstücken, die so wertvoll sind, dass sie nur im Tresor liegen, weil man Angst hat, sie könnten abhandenkommen«, ereiferte sich Mia.

»Ja, das sehe ich auch so.« Leo schien zufrieden. »Ich würde dich gerne, also ... erst einmal in der Kundenbetreuung einsetzen.«

»Für den Support? Oder die Bestellannahme? Also, es würde mir sicher Spaß machen, mit den Kundinnen zu reden, sie zu beraten.« Mia spürte, dass sie glühende Wangen hatte.

»So ähnlich.« Leo schob den Vertrag zu ihr hinüber. »Erst einmal Support. Das steht auch hier. Bei deinem Charme arbeitest du überwiegend mit männlichen Kunden.«

»Männer? Es gibt Männer, die ihren Frauen billigen Schmuck schenken? Pardon, ich meinte preiswerten Schmuck schenken, Modeschmuck, damit er nicht geklaut wird?« Mia war etwas irritiert. Bodo hatte ihr früher häufig Schmuck geschenkt, mal ein dünnes goldenes Kettchen, einen silbernen Ring, eine goldene Uhr oder ein Armband aus Platin. Vermutlich hatte er wegen seines schlechten Gewissens tiefer ins Portemonnaie gegriffen.

»Genau. Nach einer gewissen Einarbeitungszeit können wir deinen Aufgabenbereich erweitern. Das hier ist eine Art Rahmenvertrag und wenn dir die Arbeit Spaß bereitet, erhältst du eine saftige Provisionsbeteiligung. Du wirst diesen Job mögen. Du bist doch offen für alles, hast eine charmante Art, und was das Flirten angeht, bist du geradezu prädestiniert.«

Sie fühlte sich geschmeichelt und überflog den Vertrag. Das Gehalt stimmte. Das Angebot erschien ihr großzügig, und falls ihr der Job wider Erwarten nicht gefiel, konnte sie jederzeit wieder kündigen. Mia wollte auf keinen Fall länger von Bodo abhängig sein. Nie mehr sollte er ihr drohen können, sie solle ihn nicht verärgern, weil sie ohne sein Geld nicht klarkäme.

Mia seufzte zufrieden. Sie stand an der Schwelle zu einem neuen Leben. Noch einmal durchstarten. Ihr war alles recht, Hauptsache, sie verdiente genug und würde ihr Haus behalten können. Das wollte sie unter keinen Umständen verkaufen müssen. Es hatte ihrer Mutter gehört und war das Einzige, was Mia von ihr geblieben war.

»Hört sich interessant an. Sicher, flirte ich gerne. Das weißt du doch.« Sie lächelte Leo an. Wie hatte er das eben gemeint, ›offen für alles‹? Aber wenn sie jetzt danach fragte, zeigte sie, dass sie eben nicht für alles offen war. Mia wischte ihre Bedenken beiseite und griff nach dem Kugelschreiber, den Leo ihr hinhielt.

Kaum hatte sie unterschrieben, nahm er beide Vertragsausführungen an sich. Sein Personalchef müsse beide Kontrakte ebenfalls unterzeichnen, der würde Mia ihre Ausfertigung per Post zukommen lassen. »Oder ich bringe sie dir persönlich vorbei«, sagte Leo und steckte den Kugelschreiber wieder ein. Er wirkte hochzufrieden. »Gut, das war das Geschäftliche.« Er winkte dem Kellner und bestellte zwei Sake. Obwohl

Mia den chinesischen Reiswein eigentlich nicht mochte, widersprach sie nicht.

Leo drückte über den Tisch hinweg ihre Hand. »Wenn ich bedenke, wie intim wir beide schon waren, wir sollten, wie soll ich sagen? Wir …«

Bevor er weitersprechen konnte, kam der Kellner herbei, stellte lächelnd die beiden Gläser auf den Tisch, verbeugte sich und zog sich diskret zurück.

»Weißt du …?« Leo nahm sein Handy aus der Tasche und stellte es aus. »Ich möchte ungestört mit dir sein.« Er holte aus der Innentasche seines Sakkos die Brieftasche hervor, sah hinein, schien kurz zu überlegen, bevor er sie wieder einsteckte. »Ich bezahle gleich … Ich habe zwar nur große Scheine… aber ich…« Leo erhob sich nachdenklich, dann griff er nach seiner Aktentasche und flüsterte mit sanfter Stimme: »Wir fahren zu dir. Ich deponiere schnell die Tasche in meinem Wagen und gehe kurz für kleine Leos. Ich bin gleich wieder da. Lauf mir nicht weg, meine Schöne.«

*

Mia wäre ein romantischer Bummel durch die Moerser Innenstadt lieber gewesen. Sie könnten einen Abstecher ins *The Fiddlers*, den Irish Pub, machen. Bei einem Guinness in gemütlicher Atmosphäre wollte sie mehr über ihn erfahren. Sein Verhältnis zu Frauen, wann seine letzte Beziehung auseinandergegangen war und vor allen Dingen warum. Dann kam ihr plötzlich ein anderer Gedanke. Leo wäre jetzt bald ihr Chef. Es war ganz unmöglich, direkt nach Unterzeichnung ihres Arbeitsvertrages mit ihrem Chef ins Bett zu steigen! Wie würde das vor den Mitarbeitern und ihren zukünftigen Kollegen aussehen, wenn sie die Geliebte des Chefs war? Man würde ihr nachsagen, dass sie sich hochgeschlafen hätte. Mia seufzte. Wo war sie da hineingeraten?

Sie blickte zum weiter entfernten Parkplatz und sah Leo, wie er seinen Wagen aufschloss und die Aktentasche auf den Rücksitz legte.

»Bei Ihnen alles in Ordnung?« Lautlos war der lächelnde Kellner an den Tisch getreten. »Noch ein Getränk vielleicht?«

»Nein danke.« Mia zögerte. Leo hatte offensichtlich nicht bezahlt. »Oder doch, bringen Sie uns noch zwei Reiswein und dann können Sie die Rechnung fertigmachen.«

Der Chinese nickte freundlich. »Ihnen hat alles geschmeckt? Alles lecker?«

Mia lächelte zurück und nickte. »Alles perfekt, danke.«

Wenig später standen zwei Gläser Reiswein vor ihr auf dem Tisch. Zuerst wartete sie, ob Leo nicht bald von der Toilette kommen würde, dann trank sie ihr Glas alleine aus. Mias Blick streifte den Tisch, an dem die Familie saß. Der kleine Junge hatte einen Teller mit einem riesigen Berg leerer Schalen von Muscheln vor sich stehen, die er unmöglich alle gegessen haben konnte. Seine Schwester kritzelte auf einer Papierserviette herum. Das ältere Liebespaar prostete sich mit Weingläsern zu.

Inzwischen waren gut fünfzehn Minuten vergangen, seit Leo sich verabschiedet hatte. Vielleicht war ihm wieder einmal ein Anruf dazwischengekommen. Ach nein, er hatte ja sein Mobiltelefon vorhin ausgeschaltet! Mia sah erneut zu den geparkten Autos und traute ihren Augen nicht: Dort, wo soeben noch Leos Wagen gestanden hatte, war jetzt ein Parkplatz frei. Sie sprang auf und fühlte wie ihre Knie weich werden. Das war unmöglich! Leo war einfach weggefahren, ohne sich zu verabschieden. Und die Rechnung hatte er auch nicht beglichen!

Bis eben war doch noch alles in Ordnung gewesen zwischen ihnen. Er war offensichtlich hochzufrieden gewesen, dass sie seine neue Mitarbeiterin werden wollte. Er hatte doch selbst vorgeschlagen, dass sie zusammen in ihre Wohnung fahren sollten. Und sie hatte doch geglaubt, er wolle sie dort verführen. Dass er sie nun sitzen ließ, ergab keinen Sinn. Warum nur? So ein Mistkerl! Sie reckte sich, um den Parkplatz besser sehen zu können. Aber es blieb dabei: Leos Wagen war nicht mehr da.

Mia schüttelte fassungslos den Kopf, ihre Gedanken rasten. Plötzlich fiel ihr ein, dass er beide Vertragsausfertigungen und sie nichts in der Hand hatte. Er konnte den Vertrag vernichten und sie stand wieder ohne Job da. Was war das für eine Masche? War Leo ein Betrüger, der auf diesem Weg nur an ihre Unterschrift kommen wollte? Sollte sie sich so in ihm getäuscht haben? Sie ließ sich auf den Stuhl fallen und öffnete in Panik ihre Handtasche, zog ihre Geldbörse heraus. Alle Plastikkarten steckten noch an ihrem Platz, es fehlte kein Bargeld. Erleichtert griff sie zu Leos Glas und trank es auf ex.

Mia atmete ein paarmal tief durch, bevor sie an die Theke ging, um zu bezahlen. Dort würde sie sich auch ein Taxi rufen lassen. Ihren Wagen könnte sie morgen abholen. Es war besser so. Sie musste sich konzentrieren, um einen Fuß vor den anderen zu setzen. Vielleicht sollte sie sich vorher auf der Damentoilette ein bisschen frisches Wasser auf die Schläfen tupfen.

Doch auf dem Weg die Kellertreppe hinab kam ihr einer der Köche aufgeregt entgegen und versperrte ihr den Weg. Seine Schürze war blutbefleckt und er war kreidebleich. Er fuchtelte mit den Armen und rief etwas, das sich für Mia wie: *Man* und *Murder* anhörte. Sprach er englisch?

Der Kellner, der sie den ganzen Abend über bedient hatte, kam herbei. »Haben Sie Mann gesehen?«, flüsterte er und schaute sich ängstlich um.

»Er ist abgehauen«, murmelte Mia resigniert. Dann fragte sie etwas lauter: »Welchen Mann?«

»Man – Murder«, wiederholte der Koch, als wären das die einzigen englischen Wörter, die er beherrschte.

Der Kellner sah Mia an und kam zur Sache: »Brauchen Hilfe, schnell, Kommissar kommen!«

Mia sah sich um. War das eine Verwechslung? Oder womöglich eine Art Krimidinner? Beim Chinesen? Schauen konnte sie ja mal.

Auch die beiden Grauhaarigen hatten das Rufen gehört und waren neugierig zur Treppe gekommen. Gemeinsam folgten sie dem Koch und dem Kellner zu den Toiletten. Mia rümpfte die Nase. Es roch hier irgendwie nach …

Vom Flur gingen drei Türen ab. Auf der Tür vor Kopf stand das Schild *Privat*, links ging es zu den *Damen* und rechts zu den *Herren*. Sie wurden nach rechts geführt, wo die gut arrangierte Leiche, im schwarzen Anzug und weißem Stoffhemd, auf dem Rücken vor den Waschbecken lag. War der angebliche Tote ein Kellner? Das Gesicht war durch ein dunkles Frotteehandtuch abgedeckt, das Mia stark irritierte. Vermutlich hatte der Koch es schnell dorthin gelegt. Sie sah keine einzige Atembewegung. Der arme Kerl bekam doch keine Luft mehr. Sein Bauch war flach wie ein Brett.

»Tun Sie was. Kommissar. Hilfe!«, nervte der Kellner.

Mia wurde nervös. »Ich brauche mehr Informationen, um den Fall lösen zu können. Wer ist der Mann zum Beispiel?« Sie ging hin, bückte sich und hob vorsichtig das Handtuch. Sie unterdrückte den Schrei. Es war Leo!

Nach dem ersten Schock betrachtete sie ihn genauer. Das rechte Auge sah fürchterlich entstellt aus, zwar nur wenig blutverkrustet, dafür dick zugeschwollen. Das andere Auge war weit aufgerissen. Mia sah keine Einschusswunde, wollte jetzt auch nicht weitersuchen. Da musste der Rechtsmediziner ran, die Polizei, der Kommissar. Verdammt! Sie trat zurück und stempelte wässrige Fußspuren auf die Fliesen.

»Nicht tun!«, zischte der Chinaman.

»Ich weiß, wer er ist«, rief Mia, als sei das eine Entschuldigung.

Der Grauhaarige fragte zurück: »So? Wie heißt er denn?«

Mia zweifelte kurz, ob es wirklich Leo war, so entstellt, wie die Person aussah. Sie musste sich erst davon überzeugen. Mit einem schnellen Griff in die Innentasche des Sakkos zog sie seine Brieftasche hervor.

Die Grauhaarige riss sie ihr aus der Hand und klappte sie auf. Der Führerschein war sofort sichtbar. »Er heißt Leonard von Stein«, sagte sie. »Jetzt müssen wir nur noch wissen, wie er umgekommen ist und wer ihn getötet hat.«

Plötzlich begriff Mia, wie ernst die Situation war. Sie war schlagartig nüchtern geworden und flüsterte traurig: »Nein, das ist kein Spiel. Kommen Sie besser mit mir nach oben. Wir haben hier nichts mehr zu suchen.«

Mia stand mit dem grauhaarigen Pärchen in einer Ecke vor dem Panoramafenster des Schankraumes. Während die beiden sich gegenseitig festhielten und Trost spendeten, fühlte Mia sich einmal mehr verloren und alleingelassen. Sie nahm ihr Handy aus der Tasche und wählte lieber erst den Notruf, die konnten alles Weitere veranlassen. Es dauerte nicht lange, und man hörte die Sirenen der Einsatzwagen. Schon stürmten Rettungssanitäter und der Notarzt das Restaurant, ließen sich den Weg zeigen und liefen mit einer Trage an ihr vorbei ins Untergeschoss. ›Sie müssen sich nicht mehr beeilen‹, wäre es Mia beinahe herausgerutscht.

Mehrere Minuten später betrat ein Mann das Restaurant, der sich auffällig oft umsah. War er der Kommissar? Er wirkte widersprüchlich. Trotz kräftiger Statur hatte er einen leicht federnden Gang. Das kantige Kinn und die römische Nase passten nicht so recht zu seinem sonst lausbübisch wirkenden Gesicht. In der fast weißen Kurzhaarfrisur steckte eine Designer-Sonnenbrille. Seine hellblaue Jeans und das luftig wirkende blau karierte Hemd mit dem Reptilien-Logo sahen sportlich chic und jugendlich aus. Trotzdem schätzte sie ihn auf zirka sechzig Jahre.

Wieder sah er sich um, als wolle er die Szenerie abspeichern wie ein Foto.

»Bitte halten Sie sich für eine Befragung zur Verfügung«, sagte er in die Richtung, wo Mia und die Grauhaarigen wie verschreckte Schafe zusammenstanden. Er zeigte seine Dienstmarke in die Runde. »Kriminalpolizei.«

Es verging fast eine halbe Stunde, bis er die beiden Grauhaarigen zu sich rief. Mia hätte nicht gedacht, dass ihre Anspannung noch steigen könnte. Sie brauchte dringend frische Luft, ging nach draußen und stellte fest, wie dunkel und sternenklar der Abend plötzlich geworden war. Sie ließ sich auf einen der Terrassenstühle sinken. Ihr ging es gar nicht gut. Ihr Magen rebellierte. Auf dem Tisch vor ihr stand ein Teller mit ›Acht Köstlichkeiten‹. Mia wusste nicht, wer hier gesessen hatte. Aber wenn sie das jetzt essen müsste, wären es eher die acht Katastrophen.

Die Familie mit den beiden Kindern war wohl zuerst befragt worden, vermutlich weil die Kleinen langsam mal ins Bett mussten. Zumindest waren sie nicht mehr da.

Nun saß sie wieder mal allein an diesem Ecktisch und wartete schon wieder auf einen Mann – dieses Mal auf den Kommissar.

Mia stützte ihren Kopf mit der Hand ab. Viel lieber hätte sie jetzt zu Hause an ihrem Computer gesessen und noch einmal alle Mails von Leo nach irgendeinem Hinweis durchforstet. Sie zuckte zusammen. Die Kripo interessierte sich bestimmt für seinen Laptop und die darauf befindlichen Dateien. Sie erinnerte sich an die Mails mit zweideutigen Wortspielen und erotischen Andeutungen. Auch im Chat mit Leo hatte sie sich zu einem Seelen-Striptease hinreißen lassen, Dinge geschrieben, die sie sich sonst nie auszusprechen getraut hätte und das alles, obwohl sie sich erst ein paar Wochen kannten. Das glaubte ihr kein Mensch. Ihr wurde heiß.

Jetzt bereute sie ihre Offenherzigkeit. Was würde der Kommissar da alles hineininterpretieren können? Mias linke Hand spielte nervös mit dem Glückskeks, der vor ihr auf dem Tisch lag. Schließlich zog sie aus dem zerbröselten Keks einen schmalen Papierstreifen. Sie streckte den Arm aus, kniff die Augen zusammen und las: *Die Sonne scheint dir aus dem Hintern. Du wirst erfolgreich sein.*

Mia zerknüllte den Zettel. Das war ja ein schöner Erfolg.

*

Nach einer gefühlten Ewigkeit waren die Grauhaarigen immer noch nicht wiedergekehrt. Mia wurde den Eindruck nicht los, man habe sie hier vergessen. Selbst die Kellnerinnen nahmen keine Notiz von ihr. Durch das große Fenster sah Mia, wie sie von einem Tisch zum anderen wuselten und die Tischdecken glattstrichen oder die Blumenvasen zurechtrückten, obwohl alles tiptop war. Zwischendurch steckten die Chinesinnen ihre Köpfe zusammen, immer mit dem Blick zur Theke, hinter der ein weiterer Kellner stand und selbst sein bester Gast war.

Es wurde kühl. Mia stand auf, schnappte sich eine der für Gäste bereitliegenden Wolldecken und ein paar zusätzliche Sitzkissen und packte sich auf ihrem Stuhl damit ein. Wieder kreisten ihre Gedanken um Leo. Was wusste sie über ihn? Nicht alles musste stimmen. Dass er der Chef von *FunnyFifty* war, glaubte sie. Hatte er deshalb Feinde? Sie war auf die Fragen vom Kommissar gespannt.

Sie versuchte sich abzulenken. Im Moment untersuchte sicher noch der Arzt Leos Leiche. Mia hatte gelesen, dass ein Notarzt recht häufig nicht wusste, wie er den Totenschein ausstellen sollte. Natürlicher Tod oder unnatürlicher Tod? Nach ihrer Ansicht kam in diesem Fall nur Letzteres infrage, weil der Kommissar anwesend war. Es stünden dann aber weitere Untersuchungen an. Das war immer dasselbe Prozedere: Als Nächstes müssten Leute in weißen Papierschutzanzügen vom kriminaltechnischen Dienst kommen. Die würden alles fotografieren, den Auffindungsort und den Tatort, das musste nicht immer übereinstimmen, und sie würden die Spuren sichern. Danach käme dann der Bestatter. Mia seufzte. Und dann war da ja immer noch der Kommissar. Bei seiner Ermittlung würde eine Spur direkt zu ihr führen.

Himmel, warum dauerte das so lange?

Mias Gefühle schwankten zwischen Traurigkeit, Neugier und Entsetzen. Warum hatte Leo sterben müssen? Eine banale Verwechslung kam wohl eher nicht infrage. Leo war sehr nervös gewesen, bevor er zum Wagen gegangen war. Womöglich hatte er sich schon da von jemandem verfolgt gefühlt. Eventuell war das auch der Grund, warum er zu spät gekommen war. Hätten sie sich doch nur an einem anderen Ort getroffen. Ob es dann anders gekommen wäre? Warum erlöste sie niemand von diesem Gedankenchaos und ließ sie nach Hause gehen?

Als wenn er es gehört hätte, trat der Kommissar auf die Terrasse. In der Hand hielt er ein Kissen und eine Decke, fast als wolle er zu Bett gehen. Er setzte sich dicht an Mia heran, suchte wohl ihre Wärme.

»Entschuldigung, dass ich so spät komme. Es gab da einige Komplikationen.« Er zückte seinen nach unten aufklappbaren Block und zog den Stift heraus. »Dann erzählen Sie mal.«

Mia belog ihn, und doch nicht so ganz. Nein, sie hatte den Toten nicht gekannt und der Name Leonard von Stein sage ihr nichts. Sie sei hier verabredet gewesen. Mit einer Freundin. Sie wollte sich mit ihr einen netten Abend machen, das leckere chinesische Büfett genießen. Leider habe die Freundin in letzter Sekunde abgesagt. Nein, nichts gesehen, nichts gehört, also ihr sei nichts Auffälliges … aufgefallen.

»Frau Magaloff, bitte beruhigen Sie sich. Wenn Ihnen noch etwas einfällt, rufen Sie mich bitte an.« Der Kommissar notierte auf der Rückseite seiner Visitenkarte handschriftlich seine Privatnummer und legte die Karte neben die Glückskekskrümel auf den Tisch. »Sie können auch privat anrufen und auf den AB sprechen, falls ich nicht da sein sollte. Ansonsten melde ich mich bei Ihnen, damit wir einen Termin für das Protokoll vereinbaren können. Reine Formsache.«

Mia nickte und verabschiedete sich. Sie nahm ihre Handtasche und hörte beim Verlassen des Schankraumes, wie Kommissar Okrim seinen Kollegen von der Schutzpolizei bat, den Koch zu ihm zu schicken, der den Toten gefunden hatte und hoffentlich jetzt wieder ansprechbar sei. Jetzt, da es spannend wurde, sollte sie gehen? Sie stellte sich hinter einen Mauervorsprung und lauschte.

Es dauerte nicht lange, da kam der Koch mit kleinen

flinken Schritten in Zivil angelaufen und verbeugte sich vor dem Kommissar.

»Sie sind also der Koch? Wie ist ihr Name?«

»Leslie Cheung Kwok Wing.

»Herr Leslie Cheing Kwek Wing.«

»Cheung Kwok Wing.«

»Leslie Cheung Kwek Wing.«

»Leslie Cheung *Kwok* Wing.«

»Schreiben Sie den Namen bitte mal auf!«

Der Koch nahm einen Stift und schrieb seinen Namen auf den Notizblock des Kommissars.

Der beugte sich darüber und kniff die Augen zusammen. »Was heißt das?«

»Leslie Cheung Kwok Wing.«

Der Kommissar gab einen grunzenden Laut von sich. »Kannten Sie den Mann?«

»Welchen Mann?«

»Den Toten, im Toilettenraum, den sie gefunden haben.«

»Nein, nicht ich kennen. Aber Frau. Kommissarin. Nein, Frau kein Kommissar.«

Kommissar Okrim zog die Augenbrauen hoch und atmete hörbar aus. »Ist alles in Ordnung mit Ihnen?«

»Danke. Bin verrückt.«

»Sie meinen aufgeregt.«

»Ja, auferregt. Kommissarin – Frau …« Der Chinese drehte sich zur Tür um, schüttelte den Kopf und sah wieder den Kommissar an. »Als Frau Toten sah, schrie: Kenne den Mann.« Er sah traurig Richtung Tür: »Jetzt können Frau nicht mehr fragen – Frau weg.«

*

Gerade noch mal gut gegangen. Mia hatte flüchten müssen, als die Rede von ihr gewesen war. Da sie sich so nüchtern wie noch nie fühlte, hatte sie ihren Alkoholkonsum vergessen, war in ihren Wagen gestiegen und nach Hause gebrettert. Nach der Aussage des Kochs war es nun sicher, dass der

Kommissar sie ein weiteres Mal befragen würde. Sie brauchte Bedenkzeit und musste gut vorbereitet sein, damit sie ihre Lügen erklären konnte.

Mia brühte sich schnell einen starken Kaffee auf, während der Computer hochfuhr. Sie schaltete das diffuse Licht der Dunstabzugshaube ein. So sah sie wenigstens nicht den Zustand ihrer Wohnung. Der würde sich auch die nächsten Tage nicht ändern. Sie konnte sich jetzt unmöglich mit so banalen Dingen wie Spülen, Staubsaugen, oder Einfetten der braunen Ledergarnitur befassen, was sie schon seit Wochen vorhatte. Egal. Landhausstil blieb Landhausstil, ob staubig oder nicht.

Mia und der PC waren so weit. Sie setzte sich auf die Couch, nahm den Laptop auf ihren Schoß und durchstöberte ihre privaten Nachrichten auf der *Traumpartner-Seite*. Seltsam, der Mann, der das geschrieben hatte, war tot und das hier las sich so lebendig, weil sie im Geiste seine Stimme dazu hörte. Sie klickte sich durch den Mailverkehr. Kommissar Okrim würde auch auf ihre Mails zugreifen können, wenn er womöglich ihren PC beschlagnahmte. Selbst wenn sie von der Festplatte die Dateien nun löschte, wären die von der Kripo in der Lage, sie wiederherzustellen. Ihr wurde ganz heiß bei dem Gedanken. Ihre Finger huschten mit schlafwandlerischer Sicherheit über die Tastatur: Klick – *löschen* – Klick – JA, wirklich *löschen*.

Plötzlich erinnerte sie sich, dass sie noch einen handgeschriebenen Liebesbrief von Leo besaß. Den hatte er ihr geschickt, nachdem sie sich in einem Telefongespräch beiläufig darüber beschwert hatte, dass sich Verliebte heutzutage keine romantischen Briefe mehr schrieben, so wie früher. Schweren Herzens holte sie ihn hervor und riss ihn nach und nach in kleine Schnipsel, die sie schließlich in der alten Obstschale verbrannte. Lesen musste sie ihn nicht mehr. Den überaus schmeichelnden Inhalt kannte sie auswendig.

Mia dachte wehmütig an ihre Freundin Lilo. Die könnte ihr jetzt helfen. Es war ganze drei Wochen her, seit Lilo ihren Urlaub angetreten hatte. Spätestens morgen früh wollte sie noch einmal versuchen, Lilo zu erreichen. Wohlweislich hatte Mia ihr nichts von ihrem neuen Bekannten Leo erzählt, weil sie selbst ja nicht gewusst hatte, ob das etwas gab mit ihm und ihr. Mia seufzte. Sollte sie Lilo überhaupt etwas von der ganzen Geschichte erzählen?

*

»Dunja hier. Ich will sofort mit Leo sprechen.«

»Das geht nicht«, sagte Addi in sein Handy und wunderte sich, dass sie genau in dem Moment anrief, in dem er an sie gedacht hatte. Aber dachte er nicht dauernd an sie? Viel zu oft! Addi nahm einen kräftigen Schluck aus seinem Cognacglas. Der Alkohol brannte in seiner Kehle.

»Wieso geht das nicht?«, Dunja blieb hartnäckig.

»Weil er ... Leo ist unterwegs«, murmelte Addi.

»Unterwegs? Wohin?«

»Zum Himmel!«, flüsterte er.

»Gib mir seine neue Handynummer. Unter der alten ist er nicht zu erreichen.« Dunjas Stimme klang ungehalten.

»Er hat keine neue Nummer.«

»Wo ist die Kneipe?«

»Welche Kneipe?« Addi betrachtete nachdenklich die bernsteinfarbene Flüssigkeit in seinem Glas.

»*Zum Himmel*. Hast du doch gesagt.«

»Das ist keine Kneipe. Hör zu, ich habe nochmal mit Leo geredet. Du weißt warum. Aber es hat nichts genutzt. Jetzt ist er ... also, jetzt hat es sich erledigt. Er ist ...«

»Wo?«, kreischte Dunja.

»Im Himmel ... oder in der Hölle!« Addi sah sich um, aber keiner der anderen Gäste des Lokals schien von ihm Notiz zu nehmen.

»Hast du was getrunken, Addi? Was sind das für Geräusche im Hintergrund? Bist du in einer Kneipe?«

»Ja, aber ... Es ist, wie ich gesagt habe. Er ist ...« Addi hörte, dass Gläser aneinander klirrten. Wem prostete Dunja zu? War sie nicht allein, während sie mit ihm telefonierte?

Er überlegte ernsthaft, ob er sofort zu ihr an den Gardasee fliegen oder sie nach Deutschland kommen lassen sollte, damit er ihr einen Heiratsantrag machen konnte. Heiraten wollte er sie auf jeden Fall, auch weil sie die Firma und ein beachtliches Vermögen erben würde. Er wäre ja schön blöd, wenn er sich diese Chance entgehen ließe. Er leerte sein Glas. Mitten in ihre Gesprächspause hinein vernahm er ein schmatzendes Geräusch.

»Was machst du da?«, fragte er beunruhigt. »Du bist nicht allein, stimmt's?«

»Nichts mache ich. Das war mein Bekannter. Schlafe deinen Rausch aus, Addi! Und sag Leo, dass er mich morgen sofort anrufen soll.«

*

Mia fühlte sich wie gerädert. Sie hatte in einem kargen Raum gesessen, die Hände auf dem Rücken gefesselt, und gleißend helles Licht hatte ihr direkt in die Augen geschienen. Stimmen ohne Gesichter hatten auf sie eingeredet, eine Tat zu gestehen, von der sie nichts wusste. Schließlich war sogar von Mord die Rede gewesen. Zuletzt war sie in eine enge Zelle gesperrt und mit schrillenden Tönen am Schlafen gehindert worden. Mia schlug die Augen auf, sie musste dennoch eingeschlafen sein. Sie sah sich um und es wurde ihr bewusst, dass es sich um einen Traum gehandelt hatte. Nur das Klingeln war real. Ihr Telefon schrillte wieder und immer wieder.

Sie richtete sich vom Sofa auf und griff zum Handy.

»Ja, schon gut, ihr Folterknechte!«, brüllte sie in den Hörer.

»Du bist ja heute freundlich! Wie kommt's? Bon Giorno, Bella«, säuselte die Stimme ihrer besten Freundin.

»Lilo! Endlich. Ich habe schon versucht, dich zu erreichen. Wo bist du?«

»Wonach hört sich meine Begrüßung denn an? Ich bin natürlich noch in Bella Italia. Traumhaft schön hier. Setz dich in den Flieger und komm zu mir. Lass uns die Gigolos ein wenig irritieren.«

»Ich wünschte, das wäre so einfach. Hier ist die Hölle los.«

»Hast du wieder etwas angestellt?«, fragte Lilo mit ironischem Unterton.

»Ich doch nicht! Keine Sorge!«

»Mia, schwindelst du auch nicht? Stell dich sofort vor den Spiegel und sage mir, ob du im Gesicht rot bist.«

»Meine Spiegel sind abgehängt.« Mia sprang auf und lief durch den Raum. »Nein, im Ernst, ich habe nichts getan, ich bin da nur in etwas hineingeschlittert, glaube ich. Aber sag mal«, versuchte sie abzulenken, »wo genau bist du in Italien?«

»Im Norden.«

»Hast du einen Laptop dabei, Lilo?«

»Im Urlaub? Nein, so weit kommt es noch. Aber ich habe das iPad hier.« Sie lachte. »So ganz ohne geht es halt nicht. Ich benutze es als Navigationsgerät und Lexikon und Reiseführer und Übersetzer und ...«

»Hör auf, mir wird schwindelig.« Mia stand auf und holte sich ein Glas Wasser aus der Küche.

»Ich bin froh, mal nicht an die Arbeit und ungelöste Fälle denken zu müssen«, sagte Lilo. »Meine Kollegen wissen, dass ich nicht erreichbar bin, weder über Handy noch Laptop, und ich möchte sie in dem Glauben lassen, Mia. Ich habe keine Lust, im Urlaub ins Präsidium beordert zu werden.«

»Keine Sorge, ich verrate dich nicht.« Mia quälte sich ein Lächeln an. »Aber wir beide können doch wenigstens ...«

»Klar, melde dich, so oft du willst – aber nur, wenn es um dich und etwas Privates geht«, fügte Lilo mit gespielt strenger Stimme hinzu.

»Sicher, nur Privates. Geht in Ordnung.« Mia stöhnte auf. Sie wollte Lilo jetzt nicht die Geschichte von Leo und dessen Tod erzählen. Noch nicht. »Dann erhole dich gut und trinke einen Prosecco auf mein Wohl. In Gedanken bin ich bei dir«, sagte sie matt.

»Das ist lieb von dir ... Aaach, du Schreck!«, Lilo schrie auf.

Mia glaubte ein knallendes Geräusch zu hören und erstarrte. »Was ist passiert? Lilo? Geht es dir gut? Sag doch was? Lilo?«

»Ja, alles in Ordnung. Was bin ich nur für eine Freundin? Jetzt hätte ich es doch fast vergessen. Der Grund meines Anrufes: Du Liebe, meinen aller-, aller-, allerherzlichsten Glückwunsch zum Geburtstag! Bleibe schön und gesund, hörst du?«

»Geburtstag? Ich? Wie alt bin ich geworden?« Mia runzelte die Stirn. Jetzt hatte sie doch tatsächlich vor lauter Aufregung ihren eigenen Geburtstag vergessen. Das lag auch daran, weil die meisten ihrer Freundinnen ausgeflogen waren, die sonst gratuliert hätten. Gitti und die Trödelmarktschwestern befanden sich auf Kegeltour, die Mia unter anderem wegen des Treffens mit Leo abgesagt hatte.

»49, Mia. Du bist jetzt 49 Jahre alt. 49 ist kein Alter. Noch keine 50. Aber kein Grund zur Sorge, mit 49 …«

»Lilo! Kannst du bitte mal aufhören, immer diese schreckliche Zahl zu nennen?«

»Schau, ich bin ja auch schon 46 Jahre alt. Beklage ich mich etwa?«

»Du bist ein paar Jahre jünger als ich. Das macht was aus.«

»Aber nicht im Polizeidienst. Ich gehöre in meinem Alter schon zum alten Eisen. Was meinst du, warum ich dreimal die Woche ins Fitness-Studio gehe und versuche, mich vernünftig zu ernähren? Gerade im Alter wird es immer schwieriger, jung zu bleiben.«

Mia verzog das Gesicht. Nein, das würde sie jetzt nicht persönlich nehmen. Das sollte sicher keine Anspielung auf ihr Übergewicht sein. Lilo mochte sie sehr und sie mochte Lilo. Die Kriminalhauptkommissarin aus Düsseldorf war im Laufe der Jahre ihre beste Freundin geworden.

»Also, lass dich schön feiern und iss ein Stück Sahnekuchen für mich mit«, flötete Lilo lebensfroh. »Nach meinem Urlaub machen wir uns einen gemütlichen Abend in der *Grünen Fee* oder bei dir zu Hause. Freue mich drauf. Ciao Bella. Drücke dich ganz fest.«

»Grazie und Ciao – pass auf dich auf«, brachte Mia nur noch heraus. Sie war sehr nachdenklich geworden. Sie hatte noch nie ihren Geburtstag alleine gefeiert und hätte es gut mit Leo machen können, wie so viele andere Dinge auch. Hätte. Bilder stiegen wieder in ihr auf … wie sie sich über den toten Leo beugte, von dem sie angenommen hatte, dass er ihr Traumpartner sei. Jetzt war dieser Traum ausgeträumt, und eine Stelle hatte sie auch nicht mehr. Das Leben war manchmal so grausam.

*

In Addis Kopf dröhnte es, als würde ein Presslufthammer in seinem Gehirn arbeiten. Das kam von der Sauferei. Aber das gehörte zu seinem Plan, dass er zur Tatzeit so viel getrunken hatte. Er hatte Jenny begrapscht, mit Ron gezockt und ihn der Falschspielerei beschuldigt. Tim hatte er mit voller Absicht ein Glas Bier über die Hose geschüttet und mit Edgar, dem Wirt, hatte er Streit wegen seiner Zeche angefangen. Addi sagte sich, dass er Glück gehabt hatte, keine Prügel bezogen zu haben. Und ausgerechnet in diesem inszenierten Chaos hatte Dunja ihn auf seinem Handy angerufen und mit Leo sprechen wollen. Zu diesem Zeitpunkt hatte er ihr noch nicht direkt sagen dürfen, dass Leo tot war. Im Nachhinein war er über Dunjas Begriffsstutzigkeit erleichtert. Sie hatte seinen versteckten Hinweis, Leo sei im Himmel, offensichtlich nicht verstanden.

Das Allerwichtigste aber war, dass sich alle Beteiligten an seinen Auftritt im Stammlokal erinnerten und er nun ein wasserdichtes Alibi hatte.

Addi drückte eine Schmerztablette aus der Verpackung, löste sie in einem Glas Wasser auf und trank das Gebräu auf ex. Wenn nur diese elendigen Kopfschmerzen nicht wären, er bekäme das Grinsen nicht mehr aus dem Gesicht. Wie leicht es ihm gefallen war, den Auftrag zum Töten zu geben! Fast so, als habe er einen Fensterputzer oder einen Handwerker bestellt. Vielleicht hatte seine Wut auf Leo dabei eine Rolle gespielt. Wie eiskalt ihn Leo dazu aufgefordert hatte, Dunja zu beseitigen … Leo hatte sie wie ein gebrauchtes Kleidungsstück wegwerfen wollen. Seine Dunja, in die Addi schon so lange verliebt war und für die er alles machen würde. Für sie, aber nicht für ihn.

Jetzt war Addi Leo fast dankbar für die Idee, einen Killer zu besorgen. Erst das hatte ihn darauf gebracht, wie er seinen Chef schnellstmöglich und unauffällig ausschalten könnte. Jahrelang hatte er für ihn die Drecksarbeit gemacht, sich um alles gekümmert und war von ihm doch nur wie ein Schuhabtreter behandelt worden. Wenn Leo so leicht bereit gewesen war, sich den Menschen zu entledigen, die ihm im Wege standen, dann wäre Addi womöglich der Nächste gewesen.

Er lehnte sich zufrieden zurück. Addi musste sich um seine finanzielle Zukunft keine Sorgen mehr machen. Die Geschäfte würden auch ohne Leo gut laufen. Addi wusste, wie – er hatte sich die letzten Jahre nicht erfolglos um die Firma gekümmert, war unter anderem Buchhalter, Personalleiter und Außendienstmitarbeiter gewesen. Dunja, die Erbin, könnte keinesfalls auf ihn verzichten und würde sicherlich auch weiterhin das Firmengeschick in seine treuen Hände legen. Da ließe er die Einnahmen sprechen. Der einzige Nachteil war, er musste Dunja dafür in die Geschäfte der angeblichen Modeschmuckfirma einweihen. Nur dass er Leos Killer beauftragt hatte, sollte er ihr besser verschweigen, denn sonst war er in ihrer Hand.

Addi ergriff ein Hochgefühl. Er musste Dunja anrufen. Ihre Stimme hören. Jetzt sofort. Er nahm das Telefon und wählte ihre Nummer über die Kurzwahlfunktion. Ein leises Ächzen klang am anderen Ende.

»Addi hier. Wie geht es dir?«

»Frag nicht. Wieso rufst du mich an und nicht Leo?«

»Weil er … Dunja, ich muss dir etwas sagen. Es ist besser, du setzt dich hin.«

»Ich liege sogar«, sagte sie mit rauer Stimme.

Addi holte tief Luft. »Leo kann dich nicht mehr anrufen. Er wurde tot aufgefunden.«

»Was? Was sagst du da? Das ist … Nein! Das geht nicht. Er kann sich nicht einfach so aus dem Staub machen. Ich meine, das ist ja furchtbar! Wer wird denn jetzt … Wer bezahlt das denn jetzt alles hier? Addi, kümmere du dich darum!«

Natürlich kümmerte er sich darum. Er war ja dabei. Heute Morgen hatte er der Polizei schon gesagt, dass das Ehepaar getrennt lebte und er die Witwe informieren würde. Er hatte ausgesagt, dass Frau von Stein sich derzeit in Italien aufhielte und sicher sofort nach Deutschland käme, wenn sie von Leos Tod hörte.

*

»Zum Geburtstag viel Glück! Zum Geburtstag viel Glühück! Zum Geburtstag, zum Geburtstag, zum Geburtstag viel Glück!!! Hoch! Mia lebe hoch!!!«, riefen mindestens sechs Frauenstimmen im Chor, vielleicht sogar acht, wenn alle ihre Freundinnen, die Trödelmarktschwestern, mit auf Kegeltour gefahren waren. Sie hatten sich dieses Jahr fünf Tage Urlaub in Tunesien gegönnt, die sie aus der sogenannten Schmutzkasse finanzierten: Jedes Mal, wenn eine von ihnen beim gemeinsamen Kegeln fluchte, musste ein Euro ins Sparschwein gesteckt werden. Innerhalb eines Jahres kam so eine beachtliche Summe zusammen.

Mia hatte auch letztes Jahr wieder einen Großteil mitfinanziert. Sie bereute plötzlich, nicht mitgefahren zu sein. So vieles wäre dann nicht passiert. Ihr schossen Tränen in die Augen. Aber sie wollte jetzt nicht an den toten Leo denken und schon gar nicht darüber reden.

»Ihr seid so lieb. Danke, danke!«, schluchzte Mia. Sie war gerührt, dass die Mädels, die alle in ihrem Alter waren, trotz Urlaub an ihren Geburtstag dachten. Aus dem Hörer drang ein Rauschen, dann vernahm sie eine flüsternde Stimme: »One, two, three, four … und …«

»Mi-a-lein,
du darfst nicht traurig sein,
wir können nicht bei dir sein,
doch du bi-hist nicht la-ha-hange allein.
Mi-a-lein,
du bekommst gleich Besuch,
es ist ein Segen, kein Fluch,
ei-hein Geschenk, doch-hoch kei-hein Buch,
Mialein,
du wirst dich darauf freun,
er kommt gleich um neun
du da-harfst di-hich nicht scheu-hen.«

Dann hörte sie tosendes Klatschen und Kichern.

Mia applaudierte. »Was habt ihr nun schon wieder ausgeheckt? Ich bekomme Besuch? Um neun Uhr? Wir haben schon fast elf.«

»Er kommt um zwölf«, schrie Gitti. »Aber was reimt sich schon auf zwölf?« Gelächter und Gläserklirren. »Prost, Mia!«

Sie wischte sich mit dem Handrücken über die Augen und schniefte. »Ihr wisst nicht, wie gut ihr mir mit eurem Ständchen getan habt. Wenn ihr zurück seid, gebe ich einen aus. Dann kommt ihr alle zu mir.« Sie hörte zustimmendes Gemurmel und Gekicher.

»Also denk dran«, gluckste Gitti, »Immer schön die Tür aufmachen, und lass dich mal ordentlich verwöhnen.« Ihre Stimme ging in Gegluckse über. »Tschööö!« Klick. Dann war es still.

Mia legte das Telefon zur Seite und schüttelte nachdenklich den Kopf. Wie hatten die Mädels das gemeint? »Ich soll mich ordentlich verwöhnen lassen«, sprach sie laut vor sich hin. Hatten sie einen Stripper bestellt? Ein Stripper konnte ja recht niedlich sein. Aber allein mit einem fremden nackten Mann? Mia seufzte. Dann würde sie schnell ihre Nachbarin von nebenan dazu holen. Die war erst vor kurzem eingezogen. Viel wusste sie noch nicht von ihr, sie hatte nur mitbekommen, dass sie fröhlich und unkompliziert war und Gitarrenkonzerte gab … und natürlich kannte sie ihren Namen: Heike Matthiesen. Bei der Gelegenheit wollte sie dann gleich einen Nachbarschaftskaffee geben.

Mia sah auf die Uhr. Es war fünf vor zwölf. Himmel! Geduscht und geschminkt war sie schon, aber sie musste sich schleunigst etwas Nettes anziehen. Sie eilte zu ihrem Kleiderschrank. Wie kleidet man sich, wenn man einen Stripper erwartet? Ihr Puls raste. Sie hatte es deutlich vor Augen, wie er sich beim Tanzen seine Polizeiuniform vom Leib riss, bevor er sie auf Händen ins Schlafzimmer trug … Phantasie stopp, mahnte sie sich.

Es klingelte. Mia griff schnell zu ihrer schwarzen Lieblingshose aus weichem, fließenden Stoff und streifte sich ein schwarzes T-Shirt über. Das passte immer, zumindest von der Größe her, und außerdem war sie in Trauer.

Mia riss die Tür auf und lächelte gequält. War das etwa ihre Überraschung? Der große, schlanke, aber ungepflegte Mann schien zirka 35 Jahre alt zu sein, er hatte gegelte dunkelblonde Haare und einen Drei-Tage-Bart. Bekleidet war er mit einem ausgeleierten Sweatshirt und löchrig fleckigen Jeans zu ebensolchen Turnschuhen. Er schaute, als habe er eine Todesnachricht zu überbringen.

Ohne ein Wort zu sagen, hielt er Mia einen Umschlag entgegen. Sie nahm ihn an und stellte ihren Fuß schnell hinter die Haustür, damit er sie nicht aufstoßen konnte, um womöglich an ihr vorbei ins Haus zu laufen. Ungeduldig riss sie das Kuvert auf und zog eine Karte heraus. *Gutschein für eine Stunde Streicheleinheiten. – Herzlichen Glückwunsch zum 49. Geburtstag, liebe Mia. Bleibe schön gesund und lasse dich vom Streichler mal so richtig verwöhnen. Deine Trödelmarktschwestern Gitti, Biggi, Zilli, Daggi, Sanne und Kucki, zurzeit in Tunesien.*

*

Für Addi war es jedes Mal ein seltsames Gefühl, wenn er die Tür des Bürogebäudes aufschloss und den langen Flur entlangging. Er wartete regelrecht auf Leos Gebrüll: »Addi, da bist du ja endlich! Addi, koch uns mal einen Kaffee! Addi, wo sind die Listen?« Und jetzt? Stille. Totenstille.

Er setzte sich an den hochpolierten Chefschreibtisch aus Mahagoniholz, rückte das Telefon zurecht, die Ablagekörbchen und die Stifteschale. Danach ging er die Kartei durch. Genau so hatte Leo es immer gemacht. Darum kümmerte er sich jetzt – und um Dunja.

Obwohl Addi sie schon so lange kannte, wurde er manchmal nicht schlau aus ihr. Anstatt sich zu erkundigen, wie Leo ums Leben gekommen war, hatte sie sich zunächst nur für das geerbte Vermögen interessiert. Sie schmiedete großartige Pläne, was sie alles damit machen könne – aber dann, wie aus heiterem Himmel, jammerte sie, wie sehr sie Leo geliebt habe und dass sie ohne ihn nicht mehr leben wolle. Fast hysterisch fragte sie, ob man denn gar nichts mehr für ihn tun könne. Es sei ja genügend Geld da. Die besten Ärzte sollten sich um ihn kümmern, damit er wieder auf die Beine käme. Es war ein sehr anstrengendes Telefonat gewesen.

Addi fragte sich, ob Dunja wirklich die Richtige für ihn wäre. Manchmal war sie so begriffsstutzig, dass man sie zu wissenschaftlichen Forschungszwecken hätte einsetzen können, um hinter das Elend der Menschheit zu kommen. Auf der anderen Seite war ihr ständiges Missverstehen auch hilfreich. Es gelang ihm, ihr jeden Bären aufzubinden, sie glaubte alles. Und wenn nicht, behauptete er, sie habe mal wieder alles falsch verstanden.

Nur wenn sie unbedingt etwas haben wollte, war sie kompromisslos. Besonders wenn es um ihr Thema Nummer eins ging: das Shoppen. Für ihre zweitliebste Beschäftigung aber liebte er sie.

Schließlich hatte Dunja doch kapiert, dass Leo tot war, mausetot, und dass sie ihm nicht hinterhertrauern musste, denn Leo hatte immerhin den Auftragsmörder auf sie ansetzen wollen. Addi hatte ihr klargemacht, dass sie es nur einer Verwechslung, einem Zufall zu verdanken habe, dass der anscheinend völlig überarbeite Killer Leo und nicht sie erledigt hätte. Dunja glaubte ihm das. Sie hatte ihm versichert, sobald der Leichnam freigegeben worden sei, wollte sie zur Beerdigung nach Deutschland kommen. Vielleicht sogar einen Tag früher, um sich in verschiedenen Boutiquen mit angemessener Trauerkleidung einzudecken. Addi hatte nur gelächelt, das Shoppen war ihr wie immer eine Ersatzbefriedigung. Aber bald bekäme sie, was sie wirklich brauchte: Ihn.

Nein, er würde sie gar nicht erst in die Geheimnisse der Firma einweihen, aber sie eine Art Eingeständnis unterschreiben lassen, und dann hing sie mit drin. Damit hatte er sie in der Hand. Sie könnte weder aus der Firma aussteigen noch sie verkaufen, denn die Firma brauchten sie beide, wenn weiterhin Geld fließen sollte. Gemeinsam mit Leo hatte er dieses komplizierte Geschäftsmodell konzipiert und nun war er der Einzige, der wusste, dass die Modeschmuckfirma in Wirklichkeit nur eine Geldwaschanlage war. Ohne ihn wäre Dunja aufgeschmissen, und es wäre vorbei mit ihrem Luxusleben, kein Shopping mehr und keine Yacht mehr auf dem Gardasee.

Addi stand auf und holte sich aus der Büroküche einen Espresso. Da, typisch: Die ganze Zeit saß er am Schreibtisch und niemand rief an, aber kaum stand er auf, klingelte es. Er ging mit der vollen Tasse im Eilschritt zurück und kleckerte sich dabei aufs Hemd. Addi nahm den Hörer ab und fluchte.

»Hallo, ich bin's, Jo!« Der Tunesier sprach gutes Deutsch, aber mit leichtem Akzent.

Addi runzelte die Stirn. Was wollte der denn jetzt noch? »Gibt es Probleme?«

»Alles okay.«

Addi atmete auf. Er konnte keine unangenehmen Zwischenfälle gebrauchen.

»Ich gebe dir nur meine Ergebnisse durch, bevor ich verreise.«

»Also, leg los.« Addi zog ein leeres Blatt unter einem Stapel Papiere hervor und nahm einen Stift zur Hand.

»Okay: zwölf Armbänder für Anthony Williams, fünf Ketten für Dr. Marty Rich, zwei Ringe für Justin Binter, acht Ohrringe für Commander Winter. Das war es.«

»Was? Mehr nicht?«

»Sorry. Mike Steve wurde nicht gebucht. Joe Printer hat einen alten Ohrring bekommen, ohne Geld.«

»Nächste Woche mehr«, forderte Addi. «Okay?«

»Okay, Boss.«

Addi hätte zufrieden sein können, er war es aber nicht. Darum musste er sich jetzt auch noch kümmern, dass sie mehr zahlungswillige Kundinnen bekamen. Auch wenn er die Einnahmen ab sofort größtenteils selbst einstreichen konnte, so musste er auch die, die für ihn arbeiteten, bei Laune halten – und dann war da noch die geldschluckende Dunja.

Er übertrug die Angaben in seine handschriftliche Liste. Nur Eingeweihte wussten, dass es in Wirklichkeit ein Geheimcode für etwas völlig anderes war.

*

Mia glaubte ihren Augen nicht zu trauen. Ein Stripper wäre unverfänglicher gewesen. Am liebsten hätte sie die Tür wieder zugeschlagen. Doch was konnte der arme Kerl dafür, der tat ja auch nur seinen Job. Sie brachte es nicht übers Herz, ihn wegzuschicken, schließlich hatten ihre Trödelmarktschwestern es gut gemeint und extra für sie gesammelt.

Unvermittelt trat der Mann einen Schritt auf sie zu und lächelte. »Hallo, Frau Magaloff. Meinen allerherzlichsten Glückwunsch zum Geburtstag. Ich bin gekommen, um Sie zu verwöhnen. Es wird Ihnen gut tun, und Sie werden mehr davon haben wollen«, leierte er herunter.

»Jaha, danke. Kann ich auch den Wert des Gutscheins ausgezahlt bekommen?« Mia schaute sich nach links und rechts um. Auch wenn ihre wenigen Nachbarn in Abständen von ungefähr hundert Metern von ihrem Haus entfernt wohnten, so kam doch schon mal jemand auf der Straße vorbei oder schaute womöglich mit einem Feldstecher aus seinem Fenster. »Wie heißen Sie?«, fragte Mia bemüht freundlich.

Der Mann zuckte zusammen. »Namen sind Schall und Rauch. Sagen Sie einfach Streichler zu mir. Darf ich jetzt reinkommen?«

Mia verfluchte ihre anerzogene Höflichkeit. Hätte Gitti ihn nicht angekündigt, Mia hätte ihn für einen Penner gehalten, und wäre da nicht der Gutschein von ihren Freundinnen, sie hätte ihm die Tür vor die Nase zugeschlagen. Jetzt standen sie sich in der engen Diele gegenüber und Mia fühlte sich unwohl.

»Wo sollen wir es machen?«, fragte der Streichler und blickte in Richtung Wohnzimmertür. Mia schlug eine Wolke von kaltem Nikotin, Kaffee und Mundgeruch entgegen.

Sie ging vor ins Wohnzimmer. Der Streichler zog sich einen Stuhl heran und legte seinen Pappkoffer darauf ab.

Mia fielen die schwarzen Ränder unter seinen Fingernägeln auf. Sie war hin- und hergerissen zwischen Ekel und Neugier. Obwohl sie fürchtete, die Frage zu bereuen, sagte sie: »Was haben Sie da Schönes mitgebracht?«

Er sah sie an, als stünde er vor einer schwierigen Entscheidung. »Normalerweise zeige ich das nicht vorher, aber ich mache eine Ausnahme, weil Sie es sind.« Er klappte den Koffer auf und hielt ihr mit großartiger Geste nacheinander verschiedene Gegenstände hin.

Bei dem ersten Gegenstand handelte es sich um einen muffig riechenden Staubwedel mit Kunststofffasern in Regenbogenfarben, es folgten eine Art Schneebesen mit Kugeln an den Enden und dann ein Lappen mit dicken, orangefarbenen Microfaserschlaufen. Als Höhepunkt präsentierte er ihr ein flüchtig zu einem Handschuh zusammengenähtes Hasen- oder Kaninchenfell. Mia stutzte, oder war das etwa ein Katzenfell?

»Wen möchten Sie denn damit verzücken? Sie sollten Ihr Konzept noch einmal überdenken.« Sie sah ihn mitleidig an.

»Sie wollen mir nicht im Ernst erzählen, dass Sie mit diesem Schnickschnack jemals eine Frau glücklich gemacht haben.«

Der Mann senkte den Kopf. »Sie sind meine erste Kundin. Ich muss mich noch einarbeiten. Ich habe erst vor kurzem meine reguläre Arbeit aufgegeben. Ich bin übrigens ein ehemaliger Arbeitskollege von Gitti.«

Mia war kurz davor gewesen, ihn hinauszuwerfen, aber jetzt sah die Sache anders aus, das konnte sie Gitti nicht antun. Sie ließ ihn einfach stehen und setzte sich an ihren Schreibtisch. Mia nahm einige Bogen Papier aus der Schublade und begann zu schreiben. Sie erstellte ihm einen Plan. Ausnahmsweise gratis. Da war sie ganz Mensch und kein Coach. Dann drückte sie ihm die beiden beschriebenen Seiten und ihre Visitenarte in die Hand. »Hören Sie, so geht das nicht, was Sie vorhaben. Aber ich gebe Ihnen eine zweite Chance. Kommen Sie wieder, wenn Sie alle Punkte abgearbeitet haben, und dann sehen wir weiter.«

Zum ersten Mal lächelte der Mann, und packte seinen Koffer. Er reichte ihr die Hand.

Mia nickte nur. Sie war zu gut für diese Welt.

*

Kommissar Otto Okrim stand vor dem Spiegel in seinem Büro und legte den Rasierer beiseite. Der Juckreiz war verschwunden, seine Haut wieder glatt und weich. Er wollte sich nie wieder einen Bart stehen lassen. Erleichtert grinste er sein Spiegelbild an. Wie wenig Falten er für sein Alter hatte! Er sah wirklich nicht wie ein Fünfundsechzigjähriger aus. Die fast weißen Haare störten ihn nicht, sie schmeichelten eher seinem leicht gebräunten Teint. Der kam vom regelmäßigen Joggen. Zeitlebens hatte er trainiert und auf eine ausgeglichene Ernährung geachtet. Seine Figur und seine Gesundheit dankten es ihm.

Genug geprahlt. Er ging zu seinem Schreibtisch und heftete die handschriftlichen Notizen und die ausgedruckten Formulare ordentlich ab. Auf den Aktendeckel schrieb er mit schwarzem Filzstift *Toiletten-Leo*. Das sollte genügen. Noch war nicht sicher, ob es ein neuer Kriminalfall sein würde. Noch hatten sie keine Sonderkommission gebildet. Als Nächstes wurde der Tote von einem Rechtsmediziner begutachtet. Wenn der feststellte, dass Leo von Stein eines unnatürlichen Todes gestorben war, musste die Akte dem Staatsanwalt vorgelegt werden, damit dieser das offizielle Verfahren einleitete.

Otto strich mit der flachen Hand über die Akte. Dann, und erst dann, würde dies voraussichtlich sein allerletzter Fall vor der Pensionierung sein – und er würde nicht locker lassen, bis er den Mörder überführt hatte.

Er wurde sentimental. Wie sollte es nur ohne ihn weitergehen? Auch wenn er in Rente war, wollte er den Jungs beistehen und in regem Kontakt bleiben. Das war er ihnen schuldig. Wie schnell verlor man sich sonst aus den Augen!

Dreißig Dienstjahre ließ man nicht einfach so auf der Urkunde an der Wand vergilben. Es hatte während seiner Amtszeit nur drei ungeklärte Fälle gegeben, aber er hoffte immer noch, dass sich im Laufe der Zeit die Täter ermitteln ließen. Dank der DNA-Technik – ein Quantensprung für die Ermittler – war dies keineswegs unrealistisch. Sobald sie einen Verdächtigen hatten, verglichen sie seine DNA mit den gesicherten Spuren. Dadurch wurden sogar länderweit Fälle aufgeklärt, die sich vor zwanzig, dreißig Jahren ereignet hatten. Hätte diese Technik schon in seinen Anfängen zur Verfügung gestanden, er hätte sich so manchen Dauerlauf nach einem Täter sparen können. Aber so war er wenigstens zum Joggen gekommen.

Kommissar Okrim sah auf die Armbanduhr. Feierabend. Er ließ den Blick über seinen Schreibtisch wandern, und während sein Rechner das Programm herunterfuhr, entschied er sich, noch ein Telefonat zu führen, bevor er nach Hause ging.

Okrim griff zum Hörer und wählte die Nummer von Markus Kust in der Rechtsmedizin. »Otto hier, tach, du alter Knochenpuler.«

»Tag? Es ist schon fast Abend. Feierabend. Gibt es Nachschub? Warum schickt ihr die Mörder nicht mal in Urlaub?«

»Wünsche es dir nicht«, antwortete Otto. »Wer weiß, was die dort anrichten.«

»Also, was willst du wissen? Über wen müssen wir reden?«, fragte der Rechtsmediziner gut gelaunt.

»Leo von Stein. Also, Leonard von Stein.«

Markus Kust antwortete nicht gleich, er schien zu überlegen, oder er kramte bereits in seinen Beständen und hatte den Hörer beiseitegelegt.

»Maaarkusss!«, bellte Okrim in den Hörer.

»Was ist?«, meldete sich der Rechtsmediziner am Apparat.

»Suchst du schon, oder denkst du noch?«

»Ich suche. Im PC habe ich noch nichts gefunden. Aber das heißt nichts. Ich schau mal in den Kühlfächern nach. Sekunde.«

Nach endlos scheinenden Minuten kam er zurück. »Wir haben hier keinen Leonard von Stein.«

»Was? Das kann nicht sein!«

»Wie sah er denn aus? Vielleicht erinnere ich mich. Sag jetzt nicht ›blass und blutleer‹. Hatte er besondere Merkmale? Äußerliche, meine ich.«

»Allerdings. Schütteres dunkelblondes Haar und … ach quatsch, schau mal nach einem scheußlich zugeschwollenen Auge, rechts.«

»Also von mir aus links. Moment.«

Otto Okrim wartete. Er holte eine Möhre aus der Plastiktüte, die er in seiner Schublade aufbewahrt hatte, und knabberte daran. Das war gesünder als Kaugummi, klebte nicht und konnte rückstandslos verzehrt werden.

»Ah, alles klar, ich habe ihn. War falsch abgelegt – im Computer. Den Bericht hättest du morgen bekommen.« Der Mediziner lachte. »Das Auge geht doch noch. Habe da schlimmere Fälle gesehen – gar kein Auge. Warte … Er ist an Herzstillstand gestorben. Also, daran stirbt eigentlich jeder. Man unterscheidet deshalb zwischen Todesursache und Todesart. Todesursache ist immer Herzstillstand. Aber die Todesart ...«

»Hast du ein Lehrbuch verschluckt?«

»Nein, ich mein ja nur. Also, es war ein Schock. Er war ja auch nicht mehr der Jüngste. Vielleicht ist er jemandem begegnet, vor dem er Todesangst hatte, oder er hat etwas Furchtbares erlebt, gesehen, gegessen ... und dann ... der tödliche Schock. Totales Kreislaufversagen. Das ist gar nicht mal so selten, wie man meinen könnte. Bei Allergien nennt man es anaphylaktischer Schock, der durch Nahrung, Tabletten, Hautkontakt ausgelöst werden kann. Wo hat man ihn noch mal gefunden?«

»In der Herrentoilette eines Chinarestaurants«, antwortete Okrim und schluckte den letzten Bissen seiner Möhre hinunter.

»Da haben wir es. Glutamate, oder andere undefinierbare Zutaten – ich will ja nix Verkehrtes sagen – aber man munkelt ...«

»... und sein Auge? Wieso war das so stark angeschwollen?«, unterbrach Okrim und verstaute die Plastiktüte mit den letzten beiden Möhren wieder in seiner Schublade.

»Ich bin Rechtsmediziner und kein Hellseher. Aber natürlich habe ich mir das angesehen, soweit es auf die Schnelle ging. Das Lid ließ sich nicht öffnen. Das muss nichts bedeuten, denn es sieht nach einem ... also vereinfacht ... sagen wir mal Schwellung infolge eines schweren Sturzes«, überlegte der Mediziner laut. »Genau, der Typ wurde doch vor den Toilettenkabinen gefunden. Ich schätze mal, dass er mit dem Auge unglücklich auf die Klinke oder das Waschbecken gestürzt ist. Vielleicht ist er ausgerutscht? Oder gab es einen Zweikampf? Ist was darüber bekannt?«

»Nö. Sturz auf die Klinke oder Waschbecken? Hm ... nein, das glaube ich nicht. Er wurde auf dem Rücken liegend gefunden. Okay, das reicht mir jetzt erst einmal.« Otto überflog wenig überzeugt seine hastig mitgeschriebenen Notizen, inklusive der Pausenmalerei.

»Ich habe die Untersuchungen noch nicht vollständig abgeschlossen. Aber es sieht dennoch ganz nach ›Natürlicher Tod‹ aus. Ist dann also kein Fall für euch, sondern für den Bestatter. Der ausführliche Bericht geht so schnell wie möglich raus. Sag mal, gehst du nicht bald in Pension?«

»Ja, ja ... in zwei Wochen ist es so weit«, murmelte Okrim in Gedanken versunken.

»Ah, wann genau?«, beharrte der Mediziner, um noch ein wenig mehr in der Wunde seines Kollegen zu bohren. »Ich möchte mir doch dann mein Stück Kuchen und ein Glas Sekt abholen und dir auf die Schulter klopfen.«

»Hm ... Ja, da komme ich lieber zu dir, damit wir uns in Ruhe unterhalten können. Ich lade dich auch zum Essen ein.«

»Noch besser. Wo denn?«

»Beim Chinesen?«

*

»... von Stein, wie? Ich meine wer?«, brüllte Addi in den Hörer, dabei wäre ihm das Herz beinahe in die Hose gerutscht. Diese Stimme hörte sich genauso an wie die von Leo. Und der Tonfall war auch der von Leo. Aber Leo war tot.

»Ich bin *Hugo* von Stein.«

Addi durchfuhr es ruckartig. »Ach so, Sie sind das!« An Leos Bruder hatte er überhaupt nicht mehr gedacht. Mit dem hatte Leo zu Lebzeiten nur Ärger gehabt. Zum Schluss hatten sie nur das Nötigste miteinander gesprochen, wenn überhaupt.

»Ich möchte meinen Bruder sprechen. Ich habe ihm eine wichtige persönliche Mitteilung zu machen.«

»Das geht gerade nicht«, antwortete Addi. Er hatte Leos Bruder häufig abwimmeln müssen. Da hatte die Stimme aber etwas anders geklungen. Dass der sich aber auch ausgerechnet jetzt melden musste!

»Was ist es diesmal?«, schnaubte Hugo. »Ist er geschäftlich unterwegs? Ist er in einer wichtigen Besprechung? Ist ein Brief oder eine Mail an mich unterwegs? Werde ich von seinem Anwalt hören? Sagen Sie schon, Sie haben doch wieder den Auftrag, ihn zu verleugnen, oder?«

»Ihr Bruder ist tot.«

»Ha, eine dämlichere Ausrede habe ich ja noch nie gehört. Bitte, was? Sagen Sie das noch mal!«

»Ich meine das ernst. Ich hätte mich noch bei Ihnen gemeldet, falls Dunja, ich meine Frau von Stein, Sie nicht unterrichtet hätte.«

»Das ist ja ... unfassbar ... Wann ist die Beerdigung? Ich werde kommen und dann möchte ich alle Einzelheiten wissen. Alle. Es ist doch noch die alte Adresse, nicht wahr?«

Kaum hatte Addi geantwortet, wurde das Gespräch beendet.

Er fuhr sich mit den Händen durch die dunklen Locken. Das hatte ihm gerade noch gefehlt, dass Hugo von Stein hier auftauchte. Genau war Addi über die Hintergründe nicht informiert, aber es hatte mal einen heftigen Streit zwischen den Brüdern gegeben. Genauer gesagt, waren Leo und Hugo Halbbrüder. Sie hatten verschiedene Väter. Das wusste aber lange Zeit nur die Mutter und so kam es auch, dass Hugo vom Ehemann als leibliches Kind anerkannt wurde. Der Skandal war groß, als es herauskam. Von da an hatte Hugo nichts mehr zu lachen. Besonders Leo hasste ihn.

Addi war auf Hugo im Moment auch nicht gut zu sprechen, weil der seinen Plan durchkreuzen und ihm eine Menge Ärger bereiten konnte. Er musste das Schlimmste verhindern. Auf Dunja allein durfte er sich nicht verlassen. Addi griff erneut zum Telefon. Es dauerte eine ganze Weile, bis das Gespräch angenommen wurde.

»Addi, du schon wieder? Wer ist denn jetzt gestorben?«

»Niemand – noch nicht. Aber wir werden Besuch bekommen.«

»Wer wir? Und wann? Jetzt? Ich bin nicht vorbereitet. Ich habe nichts mehr an Bord.«

»Nicht jetzt. Bald! Wenn du doch einmal im Leben richtig zuhören könntest! Hugo will kommen. Nach hier, nach Moers.«

»Hugo?«
»Du weißt schon, Leos Bruder.«
»Leo?«
»Nein, Hugo!«, brüllte Addi in den Hörer.
Dunja schrie auf. »Was will *der* denn? Halt mir bloß diesen Wahnsinnigen vom Hals. Diesen bekloppten Knacki.« Mit diesen Worten beendete sie das Gespräch.
Addi schüttelte den Kopf und steckte sein Mobiltelefon in die Hosentasche. Er stöhnte auf. Was jetzt auf ihn zukam, würde ein hartes Stück Arbeit sein, ein verdammt hartes Stück Arbeit.

*

So schnell wollte sich Kommissar Otto Okrim seinen Fall nicht nehmen lassen, von wegen ›natürlicher Tod‹!
Nein, da war etwas faul. Leo von Stein war einem Mörder zum Opfer gefallen, und er würde es beweisen. Otto sah wieder auf die Uhr und erschrak. Wertvolle Minuten waren verstrichen. Auch sonst lief ihm die Zeit davon. Zwei Wochen war er nur noch im Dienst.
Otto erhob sich von seinem Schreibtischstuhl und ging hinüber zum Aktenschrank. Er packte einen Stapel Blanko-Formulare in seine Aktentasche. Den Ersatzstempel und das Ausweismäppchen mit der laminierten Farbkopie des Dienstausweises steckte er ebenfalls ein. Um das Original nicht zu verlieren, hatte er immer nur diese Kopie mit sich getragen. All die Jahre war das niemandem aufgefallen.
Da er nicht davon ausging, dass er den Fall innerhalb von zwei Wochen lösen konnte, nahm er diese Dinge aus reiner Vorsicht mit. Damit könnte er bei den noch zu Befragenden den amtlichen Charakter seiner Ermittlung unterstreichen, falls es erforderlich wäre. So blieb ihm ein wenig Zeit, inoffiziell weiterzumachen, so lange, bis er seinem Nachfolger über den Weg lief und von ihm gestoppt wurde. Polizeidienstmarke und Dienstwaffe hätte Otto auch gerne behalten. Aber da hatte er keine Chance, sie waren

beim Waffen- und Gerätewart erfasst, genauso wie die anderen Ausrüstungsgegenstände für die Polizei, wie zum Beispiel Schlagstock, Handfessel und Reizstoffsprühgerät. Er drehte seine Rollkartei mit den Visitenkarten schwindelig. Ah, hier ... Ja, wenn er die Dinge wirklich brauchte, musste Eddi ihm helfen. Der konnte alles schnell besorgen. Da hatte man sich bisher immer gegenseitig geholfen. Wenn Otto sich die persönliche Statistik seiner Dienstzeit ins Gedächtnis rief, durfte er sich durchaus als erfolgreich bezeichnen, ohne angeben zu wollen. Er hatte viele Kriminalkommissariate in mehreren Städten durchwandert, bis er schließlich hier beim KK11 in Moers gelandet war. Eine beschauliche Stadt, in der nicht viele Verbrechen passierten, meistens waren es kleinere Delikte, selten eine Tötung. Aber es gab genügend andere Dinge zu tun. Die Wenigsten wussten, dass ein Kriminalkommissar auch für Morddrohungen und oder bei Brand zuständig war. Es galt also nicht immer einen Mord aufzuklären, sondern auch zu klären, ob eine andere Straftat vorlag. Die Krönung ihrer Arbeit aber war, wenn sie es schafften, ein geplantes Verbrechen zu verhindern.

Bei der Aufklärung seiner bisherigen Morde hatte er keinesfalls alleine da gestanden. Sobald ein Fall bekannt geworden war, berief der Erste Kriminalhauptkommissar eine Mordkommission ein. Wenn dieser verhindert war, erledigte es sein Stellvertreter, also er. Die stärkste Soko, in der er jemals mitgewirkt hatte, bestand aus über sechzig Leuten. Damals jagten sie den Täter, der einen kleinen blonden Jungen ins Gebüsch gezogen hatte. Da zählte jede Minute bei der Ermittlung. Je schneller sie ihm auf die Spur kamen, umso eher konnten sie verhindern, dass er sich wieder an einem Kind zu schaffen machte. Wie so oft in solchen Fällen, und das war besonders grausam, stammte auch hier der Mörder des Kindes aus dem engeren Umfeld seines Opfers. Es war sein Onkel.

Um das Erlebte besser verarbeiten zu können, hatte Otto regelmäßige Sitzungen an der Theke seiner Stammkneipe gehabt. Aber nicht nur, um sich zu betrinken, sondern um mit der Wirtin Doreen nächtelange Gespräche zu führen, in denen sie sein Weltbild wieder zurechtrückte und ihm viel Kraft gab. Er legte seine Aktentasche auf den Schreibtisch. Dann ging er wieder hinüber zum Schrank und holte die Sporttasche mit seinen Badesachen heraus. Otto wollte am Elfrather See am Stadtrand von Krefeld in Ruhe nachdenken und versuchen abzuschalten. Eine kurze Abkühlung würde ihm bei den sommerlichen Temperaturen gut tun.

Gerade als er seine Bürotür öffnete, klingelte das Telefon. Ausgerechnet jetzt! »Bin schon weg!«, rief er in den Raum. Aber seine Neugier siegte. Er ging zurück und warf einen Blick auf das Display. Das hätte er besser nicht getan. Sofort erkannte er die Nummer seines Vorgesetzten.

Er legte die Stirn in Falten. Sollte er das Gespräch noch annehmen? Schließlich hatte auch er ein Recht auf Feierabend. Einige Atemzüge lang wartete er, aber das Telefon schrillte hartnäckig. Kommissar Okrim griff nach dem Hörer. Der Erste Kriminalhauptkommissar Gabriel Zank bat ihn zu sich ins Büro. Ottos schlechtes Gewissen wollte zum Vorschein kommen, aber nach kurzer Überlegung hatte er sich nichts vorzuwerfen – noch nicht. Er machte sich auf den Weg zum Chef.

»Da bist du ja. Das ging aber schnell. Setz dich, Otto.« Der EKHK zeigte mit einer knappen Bewegung auf den Besucherstuhl vor seinem nagelneuen Schreibtisch.

Otto pfiff durch die Zähne und sah sich in dem neu gestalteten Büro um, bevor er Platz nahm. »Schön hell ist es hier geworden.« Leider würde er selbst die Renovierung seines Büroraumes nicht mehr mitbekommen. Otto zeigte auf die Grünpflanzen auf der Fensterbank. »Sieht auch gut aus. Möchtest du meine dazustellen, wenn ich meinen letzten Tag habe? Sonst bekommt Ayse sie.«

»Deswegen habe ich dich hergerufen.«

Otto grübelte, ob Gabriel jetzt die Raumpflegerin Ayse oder seinen letzten Tag meinte. Er wartete lieber ab, was jetzt kam.

»Ich habe mir mal die letzten Zeiterfassungen von dir angesehen. Wir wollen ja einen klaren Abschluss machen. Dabei ist mir aufgefallen ... «

Otto merkte, wie Gabriels Mundwinkel zuckten. Das bedeutete nichts Gutes. Wenn er ihm jetzt Vorhaltungen machte, warum er so viel Überstunden hatte, dann ...

»... dass laut Eintragungen, Summa Summarum, du zeitiger in Pension gehen kannst. Morgen schon, also zwei Wochen früher.« Gabriel Zank merkte sehr schnell, dass Otto seine Freude nicht teilte, und wurde unsicher. »Also ich hätte mich jetzt an deiner Stelle gefreut.«

»Ja, ja sicher. Schön. Bestimmt. Ich freue mich.« Otto überlegte, so schnell es ihm nach dem Schock möglich war. »Ach, lass mal. Ich verzichte auf meinen Überstundenausgleich. Mein Nachfolger kommt doch erst in zwei Wochen und die Kollegen sind überlastet, und da kann ich gerne ...«

»Mach dir keine Sorgen. Dein Nachfolger aus Mönchengladbach wird voraussichtlich nächste Woche zu uns nach Moers kommen können. Es ist HK Mario Gern. Du musst ihn auch nicht einarbeiten, wie ursprünglich geplant, das macht Stefan. Ist alles ein bisschen krumm gelaufen, aber wir bekommen das schon hin. Sag mal, wieso sind die Kollegen überlastet? Davon weiß ich ja gar nichts. Also, bei mir ist es im Moment ruhig. Oder gibt es einen neuen Fall? Wieso informiert mich niemand darüber?«

Otto wurde rot. »Nein, nein ... Es ...«

Der Erste Kriminalhauptkommissar stand auf, kam um den Schreibtisch herum und klopfte ihm auf die Schulter. »Na also. Genieße deine Pension! Gönne dir was Schönes. Fahr in den Urlaub! Was jetzt aber nicht heißt, dass es dich davon entbindet, einen auszugeben. So einfach machst du dich nicht aus dem Staub.«

*

Otto Okrim hatte unruhig geschlafen. Heute war also sein letzter Arbeitstag. Zwei Wochen früher zu gehen, kam ihm gar nicht gelegen, aber sein Chef hatte nicht mit sich reden lassen. Fast kam es Otto so vor, als wollte der ihn loswerden. Was natürlich nicht stimmte. Sein Verhältnis zu ihm war bestens. Hoffentlich blieb es so. Wichtig war es auch, dass Otto seinen Nachfolger, diesen HK Gern, von dem er so gar kein Bild im Kopf hatte, bei der Ermittlung nicht in die Quere kam. Falls Toiletten-Leo ein offizieller Fall wurde, wovon er immer noch stark ausging.

Auf dem Weg zum Präsidium machte er einen Stopp bei seinem Lieblingsbäcker und kaufte ein großes Tablett mit belegten Brötchen, außerdem eine Packung Kaffee der höchsten Preisklasse. Da ließ er sich nicht lumpen. Die Verabschiedung von seinen Kollegen verlief kurz und schmerzlos. Sie versprachen sich, zukünftig regelmäßig bowlen zu gehen. Er freute sich darauf und sah es als die Gelegenheit an, auf dem Laufenden gehalten zu werden. Dass er die Verabschiedungsurkunde, die ihn aus der aktiven Beamtenlaufbahn entließ, heute nicht bekam, sondern zwei Wochen später, war nicht tragisch. Wenn es nach ihm ginge, durften sie sich damit ruhig noch länger Zeit lassen. Sein letzter Lebensabschnitt als Pensionär musste warten, bis er so weit war.

Gedanklich beschäftigte er sich auf Hochtouren mit dem Fall. Markus musste irgendetwas übersehen haben. Er stellte sich vor seinem geistigen Auge immer wieder die Auffindesituation des Opfers vor. Für ihn handelte es sich eindeutig um ein Opfer und nicht nur um einen Toten. Aber er konnte sich nicht in der Rechtsmedizin einschleichen und selbst nach bisher unentdeckten Spuren an der Leiche suchen. Dumm nur, dass der Kollege von der Rechtsmedizin die Leiche so schnell freigegeben hatte. Er musste dringend noch einmal mit Markus Kust reden, bevor es zu spät war.

Am späten Nachmittag verließ Okrim sein Zwei-Zimmer-Luxusappartement ohne Luxus am Rande von Moers. Er wohnte hier mit insgesamt sechs Parteien. Kontakt zu seinen Nachbarn hatte er bisher nicht bekommen, da wohl alle zu unterschiedlichen Zeiten arbeiteten. Nur an seinen freien Wochenenden sah er hin und wieder jemanden vorbeihuschen. Wenn er den Namen auf den Klingelschildern Glauben schenken durfte, handelte es sich bei seinen Mitbewohnern ausschließlich um Frauen. Vielleicht sollte er mal eine Party geben.

Otto schloss die Haustür gewissenhaft ab und ließ das Garagentor aufschwingen. Für die kurze Strecke lohnte es sich nicht, den Wagen zu nehmen. Er trat sein altes Hercules-Moped an und knatterte davon. Der Fahrtwind machte die stickige Luft einigermaßen erträglich. ›Ein Gewitter reinigt die Luft‹, sagte man, aber diesmal hatte es eine Tropenatmosphäre hinterlassen.

Die Bremsen quietschten wie bei einer Dampflok, als er in Holderberg vor dem Haus des Rechtsmediziners hielt.

»Ah, da bist du ja. Ich wusste doch, dass du Sehnsucht nach mir bekommen würdest. Komm rein«, grinste Markus, der ihm im Jogginganzug öffnete.

»Du hast mich erwartet?«, wunderte sich Okrim und betrat das typische Reihenhaus-Ambiente. Da waren die Häuser alle gleich aufgeteilt: Links die Küche, rechts die Gästetoilette, dahinter ging es die Treppe runter in den Keller, die Treppe rauf zu den Schlafräumen, geradeaus sah man das Wohnzimmer mit Glasfront und Terrasse, angrenzend ein Tablett Garten. Meistens standen im Wohnzimmer ein Esstisch mit vier Stühlen und eine moderne Wohnlandschaft. Warum sie so hieß, würde ihm ewig ein Rätsel bleiben. An einer Wand hing oft ein riesiger Flachbildschirm und an der anderen, noch freien, stand nicht selten ein Bücherregal. Bei Letzterem lag Otto allerdings falsch. Markus Kust hatte zwar Bücher, aber das Regal war aus einem Sarg gezimmert. Seinem zukünftigen Sarg, wenn man die Regalböden herausnahm und wenn er dem phantasiereichen Rechtsmediziner Glauben schenken durfte.

»Interessant«, sagte Otto, mehr fiel ihm dazu nicht ein und

deshalb kam er sofort zur Sache: »Ich muss dringend mit dir reden. Es geht um den Fall *Toiletten-Leo*. Ich brauche deine Hilfe.«

»Du weißt, dass ich keine Arbeit mit nach Hause nehme?«

Beim Anblick des Sarges war Otto sich da nicht so sicher. »Klar, ich habe nicht damit gerechnet, dass du Leo von Stein in deiner Tiefkühltruhe aufbewahrst, deshalb müssen wir ins Institut. Du musst ihn noch mal für mich untersuchen.« Otto nahm auf einem der Stühle in der Sitzecke Platz, sprang aber sogleich wieder unruhig auf.

»Es geht um das geschwollene Auge, Markus. Du musst es untersuchen, herausholen. Ich will wissen, was sich dahinter verbirgt.« Okrim sprach mit leiser, eindringlicher Stimme.

Die Tür ging auf. Markus' Frau kam herein. »Oh, du hast Besuch? Warum hast du mir nichts gesagt? Guten Tag. Antje mein Name. Ich bin die Neue. Sie haben sicher schon von mir gehört.« Die kleine, zierliche Person streckte Otto ihre zartgliedrige Hand hin.

Markus strahlte stolz. »Antje habe ich letzten Monat auf der Body Farm in Amerika kennengelernt. Sie war in meiner Gruppe. Von ihr habe ich auch die Idee mit dem Bücherregal.«

Otto nickte kurz. Er traute sich nicht, Antjes Hand zu schütteln, weil sie so zerbrechlich wirkte. Er tat es dennoch und unterdrückte den Aufschrei, als sie beherzt zugriff. Nachdem sie den Raum verlassen hatte, rieb er heimlich seine gerötete Hand und kam wieder zur Sache. »Das Auge! Du musst es untersuchen.«

Markus sah ihn ernst an. »Beruhige dich. Genau das habe ich schon getan. Mir hat das auch keine Ruhe gelassen. Gestern hatte ich noch versucht, dich im Präsidium zu erreichen, aber es ging niemand an deinen Apparat. Ich bin aber noch nicht dazu gekommen, den Bericht zu schreiben. Man kommt ja zu nichts mehr, und irgendwann muss ich auch mal schlafen.«

Otto atmete stoßweise. Er war erleichtert, dass Markus so

zugänglich war und freute sich einmal mehr, dass sie stets ein so gutes Verhältnis gehabt hatten, obwohl sie nicht immer einer Meinung gewesen waren. Da er Markus Kust schon so lange kannte, wusste er, dass die Floskel ›Es ging niemand an den Apparat‹ eine seiner Standardausreden und nicht wörtlich zu verstehen war.

»Schon gut, kann passieren«, sagte Otto gespielt großzügig. »Viel wichtiger ist doch jetzt, wie der Befund lautet.«

Markus stimmte zu, stand auf und ging in die Küche.

Klarer Fall von künstlichem Hinauszögern. Otto Okrim musste sich beherrschen, doch da kam Markus wieder zurück und stellte ihm einen gefüllten Kaffeebecher mit der Aufschrift *Heut mach ich mir kein Abendbrot. Heut mach ich mir Gedanken* auf den Tisch.

»Es ist so, das mit seinem Auge…« Markus unterbrach sich und nahm einen Schluck Kaffee aus seiner Tasse, auf der *Krefeld – es gibt Schlimmeres* stand.

Otto Okrim beobachtete ihn und versuchte, den Kollegen nicht zu drängen, obwohl er immer kribbeliger wurde.

»Du hast recht gehabt«, fuhr Markus fort. »Es handelt sich um einen Mord. Das muss ein Profi gewesen sein. Scharf geschossen, direkt ins Auge. Das Projektil steckte mittendrin und die Schwellung hat es in Sekundenschnelle verschwinden lassen. Also eine Tat, wie sie ein guter Auftragsmörder verrichtet, der schnell, sauber und unauffällig arbeitet.«

Otto strahlte, verlor das Strahlen aber sofort wieder. »Wenn das ein Profi war, ist der bestimmt seit Tagen über alle Berge«, murmelte er heiser. Das lief immer nach der gleichen Masche ab: Bei Übergabe des Auftrags steckte meist ein Zug- oder Flugticket unter falschem Namen im Umschlag, mit dem der Killer sich sofort nach der Tat absetzte. Das herauszubekommen und den Mann bis zum Ankunftsziel zu verfolgen, war mühsam bis unmöglich. Otto nahm einen großen Schluck aus seiner Tasse und hustete. Das nannte er einen starken Kaffee. Der weitete die Blutgefäße bis zum Anschlag und erhöhte das Denkvermögen. Er musste herausfinden, wer den Auftragskiller bestellt hatte, wer einen Vorteil durch den Tod von Leo von Stein hatte. Dieser Jemand könnte noch in Deutschland sein, weil er sich in Sicherheit wiegte.

»Also Tod durch Schuss ins Auge«, sinnierte Otto laut.

»Nein, wie kommst du darauf?«, antwortete Markus.

»Bitte was?« Otto wechselte die Gesichtsfarbe.

»Schock! Es bleibt dabei: Tod durch Schock.«

*

Otto verabschiedete sich von Markus. Er schwang sich wie ein Halbstarker auf den Sattel seiner Hercules und schob sie im Sitzen an, bis der Motor aufheulte. Der zerzauste Fuchsschwanz am Lenker wehte im Fahrtwind. Manchmal war es so einfach, sich seine Jugend zurückzuholen.

Während die Landschaft an ihm vorbeisauste – zugegeben, die Maschine war ein klein wenig frisiert – dachte er wieder an seinen Fall. Die Hauptverdächtigen waren und blieben die Ehefrau und die Geliebte. Eventuell kamen noch Verwandte oder Geschäftspartner infrage, Eifersucht, Rache und Habgier. Aus langjähriger Erfahrung wusste er aber, Morde waren meistens Beziehungstaten.

Die Ehefrau lebte in Reichtum im Ausland und hätte ohne Weiteres jemanden beauftragen können. Nur: An die würde er so schnell nicht herankommen. Deshalb entschied er sich, als Nächstes die Begleitung des Mordopfers unter die Lupe zu nehmen. Diese Mia Magaloff.

Ottos Geschwindigkeit verlangsamte sich plötzlich. Er gab Gas bis zum Anschlag, aber es ruckelte nur. Er stieg ab und fluchte. Nachdem er sich mit dem Anschieben und Antreten des Mopeds verausgabt hatte, kam er auf die Idee, mal in den Tank zu sehen. Leer – und der Benzinhahn stand bereits auf Reserve. Wer sein Moped liebt, der schiebt. Wie früher. Der einzige Vorteil dabei war, dass er so weiter über den Fall nachdenken konnte. Mia Magaloff war momentan seine Hauptverdächtige, und sie hatte ihn belogen. Offensichtlich war sie die Geliebte des Opfers und sie hatte ein Motiv: Eifersucht.

Der Tathergang könnte folgender gewesen sein: Von Stein trifft sich mit seiner Geliebten ein letztes Mal in ihrem Lieblingsrestaurant, nachdem er ihr eröffnet hat, dass er Schluss machen will, weil er a) sich wieder seiner Ehefrau zuwendet, da ihm zwei Frauen auf Dauer zu teuer sind, oder b) weil er eine neue, jüngere, schlankere und attraktivere Frau kennengelernt hat. Ganz ehrlich – sein Typ war diese Magaloff auch nicht. Viel zu selbstständig, zu kräftig, eben eine Naturschönheit, die sich nicht stark schminkt und keine modischen Röcke und Kleidchen mit Highheels trägt, so wie Männer es nun mal mögen.

So wie er sie einschätzt, gibt sie nicht so schnell auf. Sie will sich nicht einfach so austauschen lassen, es kommt zum besagten Treffen, es gibt Streit. Schließlich plant sie Leo von Steins Tod, besorgt ein Betäubungsmittelchen mit verzögerter Wirkung und in einem unbeobachteten Moment streut sie es ihm ins Essen. Ihm wird übel, er schleppt sich zur Herrentoilette und bricht dort zusammen. Jetzt kommt der Killer ins Spiel ... Otto Okrim schüttelte den Kopf. Sie hatte einen taffen Eindruck auf ihn gemacht, eine Frau, der alles zuzutrauen war, nur das nicht.

Welchen Vorteil hätte sie durch den Tod von Leo von Stein? Warum hätte sie einen Killer beauftragen sollen, wenn sie ihm selbst ein entsprechend dosiertes Mittelchen verabreichen konnte?

Weil sie sich nicht die Hände schmutzig machen wollte. Wieder schüttelte Kommissar Okrim den Kopf. Er würde am besten selbst mit ihr sprechen, noch bevor sie auf die Idee kam, sich im Präsidium zu melden.

*

Mia schaute durch das Panoramafenster ihres Wohnzimmers. Die Weite und Üppigkeit des fast dreitausend Quadratmeter großen Gartens beruhigte ihren Puls wieder. In der Hand hielt sie noch immer den Telefonhörer. Nach ihrem Gespräch mit dem Kommissar fühlten sich ihre Ohren heiß an. Bestimmt waren sie dunkelrot vom Lügen.

Das hatte sie jetzt davon – in etwa einer Stunde würde er vor ihrer Tür stehen. HK Otto Okrim. Allein der Name war schon seltsam, fand Mia. Klang irgendwie ausländisch. So sah er aber nicht aus. Als sie ihm das erste Mal im Chinarestaurant begegnet war, hatte der fast Weißhaarige nur leicht gebräunte Mann auf sie eher wie ein deutscher Beamter kurz vor der Pensionierung gewirkt. Andererseits war er gut durchtrainiert und vital. Er hatte einen etwas verbissenen Eindruck gemacht, so als wolle er sich und seinen Kollegen beweisen, dass er noch lange nicht zum alten Eisen gehörte. Mia sah sich im Wohnzimmer um. Wenn sie es schon nicht schaffte, auf die Schnelle die dunklen Landhausmöbel zu entstauben, so könnte sie zumindest mal wieder den weinroten Teppichboden staubsaugen. Wie praktisch doch die weißen Wände waren. Spinnweben wurden dort quasi unsichtbar. Auf dem Weg zum Staubsauger sah sie auf dem Esstisch ihren eingeschalteten Laptop. Hoffentlich nahm er ihn nicht zur Beweissicherung mit oder hörte womöglich ihren Anrufbeantworter ab. Aber das durfte der sicher nicht so ohne Weiteres. Dazu brauchte er bestimmt einen Durchsuchungsbeschluss oder irgendeine andere Anordnung. Eifrig tippte sie den Namen Leonard von Stein in die Suchfunktion ein und klickte auf *Bilder*. Aber der Bildschirm zeigte nichts an. Sie wollte als Nächstes nach Verbindungen zu seinem Namen suchen, und fand *FunnyFifty* – Modeschmuck für die reifere Frau. Diese Seite kannte sie. Sie suchte nach einem Onlineshop oder Informationen, ob es zum Beispiel ein Ladenlokal in der Krefelder Innenstadt gab. Aber sie fand keinerlei Hinweise. Merkwürdig, das war doch heutzutage üblich. Aber vielleicht hatte Leo ja geplant, dass sie einen Shop einrichtete, sobald sie erst einmal für sein Unternehmen tätig war. Schade, dass sie nicht mehr dazu gekommen waren, darüber zu reden.

Im Branchenbuch fand Mia eine Kontaktadresse, im Industriegebiet, aber die kannte sie bereits. Vermutlich war dies die Verwaltung oder das Büro nebst Lager. Vielleicht fand dort auch der Verkauf statt. Bisher hatte sie sich nicht die Mühe gemacht, dort hinzufahren. Sie hatte geglaubt, er würde ihr irgendwann seine Firma persönlich zeigen. Aber auch dafür war es jetzt zu spät.

Mia hörte einen Wagen auf den Hof fahren. Eine Autotür schlug zu. Okrim war zu früh. Sie fuhr sich mit der Hand durch die Frisur und öffnete die Tür, bevor er die Klingel betätigen konnte.

»Guten Tag, Frau Magaloff. Ich bin früher fertig geworden als gedacht. Hoffe, das kommt Ihnen nicht ungelegen.«

»Nein, nein, das passt.« Sie machte eine einladende Handbewegung: »Geradeaus bitte, direkt ins Wohnzimmer.«

Mia folgte seinen Blicken und stellte sich vor, was er wohl denken mochte. Würde ihm irgendetwas verdächtig vorkommen? Sah er etwa in dem Kugelschreiber auf dem Sideboard ein mögliches Mordwerkzeug? Würde er, auf dem Rauchglastisch mit dem Telefon, das Notizblatt für den Entwurf eines Erpresserbriefes halten und womöglich einen abgerissenen Knopf auf dem Fußboden finden und ihn für das Indiz eines stattgefunden Kampfes ansehen?

»Frau Magaloff, Sie wissen ja, worum es geht. Ich habe noch ein paar Fragen zu Ihrer Beteiligung am Geschehen im Chinarestaurant.« Der Kommissar nahm in einem der beiden Ledersessel Platz, die vor der dreisitzigen Couch standen.

»Wie meinen Sie das mit der *Beteiligung*? Ich habe damit nichts zu tun. Ich kannte diesen Mann überhaupt nicht. Es war Zufall, dass ich zur selben Zeit am selben Ort war. Und der Rest war ein Missverständnis.« Mia spürte, wie ihr das Blut in den Kopf schoss. Sie erinnerte sich ungern an ihren Auftritt, als sie geglaubt hatte, es handele sich um ein Krimispiel.

»Sie haben sich als Kommissarin ausgegeben und sich dadurch Informationen erschlichen.« Er räusperte sich. »Aber was viel schwerer wiegt, Sie haben wichtige Spuren verwischt.«

Mia sah ihn mit unschuldiger Miene an, was allerdings keine Wirkung zeigte.

»Darf ich mal Ihren PC sehen?« Okrim holte seine Lesebrille aus der Jackentasche.

»Was, wenn nicht?«, fragte Mia mit dünner Stimme.

»Haben Sie etwas zu verbergen?«

»Ja und nein, kommt ganz darauf an. Verdächtigen Sie mich etwa?«

»Kommt ganz drauf an«, entgegnete er und fügte in strengem Ton hinzu: »Was ist jetzt? Wo steht Ihr PC?«

Er gehörte wohl zu den Menschen, die Diskussionen nicht immer zielführend fanden, dafür aber klare Anweisungen und Befehle. Das bedeutete, seinem Gegenüber möglichst keine Zeit zum Nachdenken zu lassen, ob das Vorgehen überhaupt rechtens war.

Mia zögerte, bevor sie ihren Laptop holte, den sie vergeblich in der Küche versteckt hatte, damit er nicht sofort ins Auge fiel, und fuhr das Programm wieder hoch. »Moment, das dauert lange. Er ist auch nicht mehr der Jüngste.« Sie sah den Kommissar erschrocken an. Ihre lockeren Bemerkungen, um eine ungezwungene Stimmung zu verbreiten, schienen bei ihm nicht gut anzukommen. Aber was konnte ihr schon passieren? Sie hatte die anzüglichsten Mails gelöscht, und die wenigen Mails von Leo, die sie in Ruhe noch einmal lesen und analysieren wollte, waren auf einem USB-Stick gespeichert, den sie im Kleiderschrank zwischen ihren Dessous versteckt hatte.

Ihr Notebook, das sonst gerne in unregelmäßigen Abständen *Keine Rückmeldung* anzeigte oder einfach abstürzte, funktionierte heute einwandfrei und schnell, so als könne es gar nicht abwarten, seine Dateien preiszugeben.

Mia staunte, wie sich Okrim zielorientiert durch die Programme und Dokumente klickte. Sie versuchte einen Blick auf den Bildschirm zu erhaschen, aber Okrim versperrte ihr im Moment die Sicht. Am liebsten hätte sie gesagt »Ich möchte meinen Anwalt anrufen«, aber sie knetete nur nervös ihre Hände. »Dürfen Sie das so ohne Weiteres?«, fragte sie etwas hilflos.

»Das sehen Sie doch. Flatrate?«, lenkte er ab.

»Hab ich – und W-Lan-Kabel.«

Zum ersten Mal lachte der Kommissar und Mia atmete auf. Aber dann brach ihr der kalte Schweiß aus, als sie beobachtete, wie er sich ins Internet einloggte und auf *Chronik* klickte. Mia hatte nicht gewusst, dass es diese Funktion in der Menüleiste gab. Jetzt wurden alle Internetseiten aufgelistet, die sie in den letzten Tagen, Wochen und Monaten aufgerufen hatte. Auf dem Bildschirm flimmerten Suchworte wie *Leo von Stein – Leonard von Stein – FunnyFifty – Traumpartner – Leo von Stein – Moers, FunnyFifty, Krefeld Industriegebiet, – Kontakt – Impressum.*

»Dafür, dass Sie das Opfer nicht gekannt haben wollen, ist ihr Interesse an Leonard von Stein aber sehr groß«, stellte Okrim fest.

Mia schoss die Röte ins Gesicht. »Ich habe keinen … muss nicht wissen … doch nicht.«

»Also, wie lange waren Sie mit von Stein zusammen?« Der Kommissar hielt sie fest im Blick. »Leugnen Sie nicht. Der Koch hat ausgesagt, dass Sie den Toten zu Lebzeiten kannten, mit ihm gegessen haben.«

Mia wusste, wann sie verloren hatte. »Wir waren nicht zusammen, sondern gerade erst dabei, uns kennenzulernen. Quasi kannten wir uns noch gar nicht, also, ich meine … wen kennt man schon wirklich? Das sind doch nur ganz wenige Menschen, die man wirklich, ich meine …« Mia rutschte unruhig auf ihrem Sessel herum und setzte ihr Klein-Mädchen-Gesicht auf.

»Okay, dann noch mal von Anfang an. Und jetzt erzählen Sie, wie es wirklich war. Wenn mir die Version passt, dann bin ich eventuell bereit, die erste zu vergessen.« Okrim beugte sich näher zu Mia herüber. Sie konnte sein Rasierwasser riechen.

Sie wich so weit zurück, wie es noch unauffällig war.

»Kaffee und Plätzchen?«, fragte sie. »Es könnte länger dauern.«

Mia seufzte und begann wahrheitsgemäß damit, dass sie auf den Traumpartnerseiten nach Bekanntschaften gesucht hatte.

Während sie bei einem Glas Kranwasser berichtete, wie sie Leo im Internet kennengelernt hatte, schielte sie zu ihrem Laptop auf dem Wohnzimmertisch hinüber, wo gerade das Posteingangsfeld aufploppte. Nur gut, dass sie den Meldeton abgestellt hatte. Mia versuchte, möglichst unauffällig einen Blick auf den Bildschirm zu erhaschen. Eine *Eva Engel* von der *Traumpartner-Seite* hatte ihr eine private Nachricht geschickt. Mia kannte keine *Eva Engel*. Bevor das Feld wieder verschwand, las sie die erste Zeile der Mail:

Eilt + eilt + eilt. Wichtige Mitteilung.

Nachdem Kommissar Okrim gegangen war, fühlte Mia sich besser. Nicht, weil sie ihm fast alles gebeichtet hatte, sondern weil er endlich weg war.

Er hatte offen gelassen, ob er sie weiterhin für verdächtig hielt. Der Obduktionsbericht sei abzuwarten, denn bevor er die genaue Todesart nicht kenne, lege er sich mit reinen Spekulationen nicht fest. Jedenfalls sei Leonard von Stein keines natürlichen Todes gestorben, hatte er beim Abschied gesagt, denn sonst gäbe es ja nichts zu ermitteln.

Mia schickte schnell ein Dankesgebet zum Himmel, dass er ihr Notebook nicht mitgenommen hatte und setzte sich davor. Nach ein paar Klicks öffnete sich die Nachricht auf der *Traumpartner-Seite* die mit *+Eilt+Eilt+Eilt+* begann.

Hallo CaraMia … Mia stutzte. Das hatte Leo auch immer zu ihr gesagt, woher wusste diese *Eva Engel* das? Doch dann fiel es ihr ein, dass sie sich ja selbst diesen Benutzernamen gegeben hatte. Nur wenige Nutzer gaben hier ihren richtigen Namen ein.

An alle, die sich erhoffen, auf dieser Seite ihren Traumpartner zu finden: Ich muss euch dringend warnen. Hier treibt sich ein Betrüger herum, der es nur auf euer Geld abgesehen hat. Er gibt sich als reich, intelligent und charismatisch aus. Behauptet Arzt, Rechtsanwalt oder Pilot zu sein oder mindestens Firmeninhaber, Manager oder Abteilungsleiter. Er lebt angeblich in einer Großstadt, oft auch im Ausland und gibt vor, einsam und allein zu sein, weil er seine geliebte Frau oder sein Kind durch einen Unfall verloren hat oder etwas ähnlich Dramatisches. Ich bin erst stutzig geworden, als mir mehrere Frauen ein und dieselbe Geschichte erzählt und von diesem Mann vorgeschwärmt haben, und so habe ich recherchiert. Dieser Typ wickelt die Frauen, um nicht Opfer zu sagen, mit seiner charmanten Art, Komplimenten und Liebesschwüren um den Finger. Wenn sie sich verliebt haben und er sich unverzichtbar gemacht hat, bittet er um Geld oder Wertsachen, weil er in eine angebliche Notlage geraten sei. Er hat tausend Tricks auf Lager, und auch gestandene Frauen gehen ihm auf den Leim. Meldet euch, wenn auch ihr von diesem Mann angesprochen wurdet, oder ihn kennengelernt habt. Er benutzte bisher folgende Namen: …

Gebt mal im Internet ›Romance Scammer‹ ein und ihr werdet staunen. Wenn ihr betrogen worden seid, oder aber meint, ein Betrüger interessiert sich für euch, schickt mir eine private Nachricht. Wir sammeln und leiten die Infos weiter, um andere Frauen zu warnen.

Mia überflog die Namensliste. Erleichtert stellte sie fest, dass *Leonard von Stein* nicht dabei war. Das hätte ihr noch gefehlt, dass sie einem Betrüger aufgesessen wäre. Wenn sich solch ein Typ an sie heranmachen würde, dem würde sie ordentlich Bescheid geben. Im Leben käme sie nicht auf die Idee, einem Fremden Geld in den Rachen zu werfen. Manche Frauen waren es aber auch selbst schuld.

Mia schrieb eine Mail an *Eva Engel*, bedankte sich für die Infos und versprach, ebenfalls andere Frauen zu warnen. Plötzlich kam ihr die Idee, und sie tippte: *Habt ihr schon mal den Namen Leonard von Stein gehört? Sein Foto befindet sich im Anhang.*

Das nebelhornartige Geräusch ihrer Türklingel erschallte mit mindestens vierundachtzig Dezibel. Bei Gelegenheit musste sie die Tondatei der neuen MP3-Klingel mit einem anderen Sound laden. Sie erschreckte sich jedes Mal. Mia klickte auf die Enter-Taste und schickte die Mail schnell ab. Sie fuhr zusammen. Schon wieder das Nebelhorn. Wer mochte das sein? Sie erwartete niemanden.

Mia öffnete die Tür nur einen Spalt breit. »Mit Ihnen habe ich überhaupt nicht gerechnet. Das kann doch nicht wahr sein! Sie sind doch der Herr …«

»Genau, der Streichler.«

Mia musterte den Mann wohlwollend von oben bis unten. Seine dunklen Naturlocken waren gekürzt und schienen frisch gewaschen. Sein glatt rasiertes Gesicht wirkte sympathisch, seine grünen Augen glänzten und er duftete nach einem teuren Männerparfum. Die schwarze Jeans und das hellblaue Oberhemd schienen neu zu sein. Mias erstaunter Gesichtsausdruck spiegelte sich fast in den blankpolierten schwarzen Lederschuhen.

»Ist bei Ihnen der Wohlstand ausgebrochen?«, fragte sie und starrte neugierig auf seinen Pilotenkoffer. Der Streichler sah aus wie ein Arzt, der nebenbei noch Hausbesuche machte.

»Ich habe Ihre Liste abgearbeitet. Aber entschuldigen Sie, dass ich nicht vorher angerufen habe. Störe ich?« Er warf einen Blick an ihr vorbei in die Diele.

Mia bat ihn herein. »Ich wollte mich unbedingt bei Ihnen vorstellen und Ihnen meine neuesten Errungenschaften zeigen. Ihre Meinung ist mir sehr wichtig, und Sie haben ja auch Ihren Gutschein noch nicht eingelöst. Ist es Ihnen jetzt recht?«

»Sie haben mich neugierig gemacht. Nein, Sie stören nicht. Möchten Sie einen Kaffee, Tee, Kakao, Wasser, Wein?«

»Danke, bitte erst nach meiner … Arbeit.« Er sah sich um und suchte offensichtlich eine Möglichkeit, seinen Koffer abzustellen.

»Och, sagen Sie doch nicht Arbeit dazu.« Mia lachte. »Wie

wäre es mit Anwendung oder Einheiten – Streicheleinheiten?«

»Sehr gerne. Wenn Sie sich jetzt freimachen würden.«

Mia spürte eine Hitzewelle. »Hm ... ich denke, wir fangen erst einmal langsam an. Ich würde mein T-Shirt gerne anbehalten ...« Sie sah auf seine schlanken Hände mit den frisch manikürten Fingernägeln. »Sie ... ähm ... was haben Sie ...? Also womit streicheln Sie?«

Er strahlte sie aus großen Augen an. »Mit meiner Stimme. Lassen Sie sich bitte überraschen.«

Mia holte auf seine Anweisung einen Stuhl, setzte sich rittlings darauf und beugte sich zögernd vor, über die Lehne. Sie schob ihr T-Shirt etwas nach oben. Das hätte sie bei ihrer ersten Begegnung keinesfalls getan.

»Schließen Sie bitte die Augen und jetzt entspannen Sie sich«, flüsterte der Streichler mit angenehm warmer Stimme. Doch dann hörte Mia ein Geräusch, als hätte jemand eine Pistole durchgeladen.

*

Addi hatte sich noch nicht daran gewöhnt, dass er nun den Chef ersetzte und freie Entscheidungsgewalt besaß. Jedenfalls bis alles geregelt war und gegebenenfalls Dunja das Erbe antreten würde. Er hatte zunächst das Büro gründlich durchsucht, aber weder die Schreibtischschlüssel noch sonst etwas Bedeutendes gefunden. Der übergroße, elegante Mahagonitisch war eine Sonderanfertigung, aber er würde die Schublade jetzt wohl oder übel aufbrechen müssen. Mit einem langen Schraubendreher aus dem Werkzeugkasten hebelte er behutsam das Schloss auf, obwohl es ihm in der Seele wehtat. Er wusste auch noch nicht, wie er Dunja später die Beschädigung erklären würde. Aber bis dahin würde ihm schon etwas einfallen. Es knirschte und knackte. Schließlich gab die Schublade nach.

Addi arbeitete sich vor. Er war sich sicher, dass Leo kein Testament hinterlassen hatte, denn der hatte nach dem Motto

›Nach mir die Sintflut‹ gelebt. In der Schublade befand sich ein Wust an Papieren, Kassenbelegen, Quittungen, Büroklammern und sonstigen Büroutensilien. Addi hielt triumphierend die Kroko-Brieftasche in der Hand, die er gesucht hatte. Er öffnete sie und fand verschiedene Scheckkarten, die Leo für den Geschäftsbetrieb darin aufbewahrt hatte. Aber wo müsste er die dazugehörigen Geheimnummern suchen?

Er wühlte weiter, fand keinen Hinweis. Wütend wollte er die Schublade zustoßen, aber sie schien sich verkantet zu haben. Addi fluchte. Es ärgerte ihn im Nachhinein, dass er stets für Leo die Kastanien aus dem Feuer geholt und den Kopf hingehalten hatte. Leo hatte ihn schuften und fälschen lassen, aber wenn es wirklich darauf ankam, hatte er sich nicht in die Karten schauen lassen. Der Firma ging es bestens, und das war letztlich Addis Verdienst. Da hätte Leo ihm ruhig ein größeres Stück vom Kuchen abgeben können. Addi stieß sich mit dem Drehstuhl vom Schreibtisch ab und zog mit einem Ruck die klemmende Schublade heraus. Beinahe wäre er mit dem schweren Teil nach hinten gekippt, als es plötzlich nachgab. Addi bückte sich und sah in das Schubladenloch. Ein DIN-A4-Umschlag lag stark verknickt darin. Er öffnete ihn, holte ein Blatt heraus und pfiff durch die Zähne. Eine tiefe Zufriedenheit, ein Gefühl des Triumphes überkam ihn. Er hatte endlich die Auflistung der Geheimnummern gefunden, auch die Zahlenkombination vom Safe. Hartnäckigkeit zahlte sich aus. Er spürte die Extraportion Adrenalin in seinem Blut. Sollten sich im Tresor irgendwelche Gelder befinden, gehörten die jetzt ihm. Sozusagen als nachträgliche Vergütung für besondere Dienste.

Addi legte die Füße auf die Schreibtischplatte. Er könnte Dunja ein teures Geschenk machen – je nachdem, wie sie sich ihm gegenüber verhielt. Aber eins stand fest: Das Bargeld würde er ihr nicht überlassen, das wäre die reinste Verschwendung.

Nachdem Addi das erhebende Gefühl des Glückes lange genug ausgekostet hatte, stand er auf und ging zu dem

Aktenschrank, in dem der Safe versteckt war. Der hatte ein Zahlenkombinationsschloss, aber auch ein Schlüsselloch. In dem Umschlag hatte sich allerdings kein Tresorschlüssel befunden. Addi atmete hörbar ein. Auch das noch! Wo hatte Leo bloß den Schlüssel versteckt?

Addi konnte sich nicht daran erinnern, dass Leo jemals einen Tresorschlüssel in der Hand gehabt hatte, wenn er zum Geldschrank ging. Vielleicht war das Schlüsselloch nur eine Attrappe oder eine Art Notfunktion, falls man die Zahlenkombination vergessen hatte. Er nahm die Liste zur Hand und gab die Ziffern ein. Dann drehte er langsam das Metallrad und versuchte, die Tür zu öffnen. Aber es tat sich nichts. Hatte er sich in der Aufregung vertippt? Er gab erneut die Kombination ein und zerrte an der Tür, weil er es vor Spannung nicht mehr aushielt. Mit einem Ruck gab die Tür nach und schwang auf.

*

»Das war nur der Kofferverschluss«, antwortete der Streichler.

Mia atmete tief durch. Für sie hatte es sich wie das Durchladen einer Pistole angehört. Sofort war es vergessen. Sie verdrehte die Augen und seufzte wohlig. »Oh, ja, guuut!« Um keine Missverständnisse aufkommen zu lassen, unterdrückte sie ab sofort ihr Stöhnen. Es war himmlisch, was er da veranstaltete. Etwas summte leise, fuhr über ihren Rücken, löste alle Verspannungen. »Wo haben Sie denn dieses Zauberteil her und vor allen Dingen, was ist es?«, fragte sie nach einer Weile.

Es schien, als habe sie den Mann aus der Konzentration gerissen, denn er antwortete etwas fahrig: »Aus dem Spielzeugladen.« Er zeigte ihr erst nach mehrmaliger Anfrage seine neue Errungenschaft, einen nicht mal handtellergroßen Kunststoffdelphin. Mia glaubte, ihre Sehkraft hätte nachgelassen, weil sie keine klaren Umrisse erkennen konnte, aber das lag wohl an der starken Vibration des graublauen Spielzeuges. Vermutlich bewegte sich das Tier auf diese Art und Weise im Wasser vorwärts. Mia schüttelte den Kopf. »Wirklich aus dem Spielzeuggeschäft?«

»Na ja, also … für Erwachsene.« Er zeigte ihr nicht ohne Stolz die Verpackung mit der Aufschrift *Love*.

»Genug gesehen«, rief Mia und streifte ihr T-Shirt wieder herunter. Sie sprang auf. »Ich glaube, wir wären dann auch so weit. Sie haben den Gutschein abgearbeitet. Vielen Dank.« Sie hoffte, den Mann jetzt schnell wieder loszuwerden. Wer weiß, welche Phantasien er sonst noch entwickelte. Weiterempfehlen würde sie ihn bestimmt nicht.

»Bitte geben Sie mir noch eine Chance«, bat er. »Hätten Sie nicht gesehen, was es ist, hätten Sie die Behandlung als angenehm empfunden, stimmt's? Deshalb möchte ich nicht, dass meine Kunden wissen, was ich verwende. Sie sollen sich nur verwöhnen lassen. Es gibt so viele Alltagsgegenstände, die sich wunderbar für Streicheleinheiten oder leichtes Massieren eignen. Man muss auch mal querdenken können.«

Wenn Mia etwas konnte, dann war das querdenken, und sie dachte jetzt mal ganz praktisch. »Okay, was haben Sie noch? Aber ich bleibe dabei, ich will vorher sehen, womit Sie arbeiten.« Sie ließ sich wieder auf den Stuhl fallen und verschränkte die Arme. »Nun zeigen Sie schon. Die Uhr läuft, ab jetzt.«

Er schien zufrieden mit seinen Überredungskünsten, zog zwei Fäustlinge aus hellbraunem Nerz an. Er hielt die Hände hoch wie ein Chirurg, der auf seinen Einsatz wartete.

Mia ignorierte den Omamantelgeruch, der von einem starken Zitronenduft nicht vollständig überlagert wurde, und schob langsam ihr T-Shirt wieder hoch.

Der Streichler fuhr mit den Nerzhandschuhen langsam und gefühlvoll über ihren Rücken. Mia bekam eine Gänsehaut, es prickelte an diversen Stellen. *Das* war ein wohliges Gefühl, sie musste sich zusammennehmen, um nicht zu schnurren wie eine Katze.

»Gut.« Mia seufzte, als er die Behandlung beendet hatte. »Können Sie auch massieren?«, fragte sie fast atemlos.

»Ich bin dabei, es mir anzueignen. Wissen Sie, ich habe da schon…«

»Wenn Sie es können, dürfen Sie wiederkommen«, unterbrach ihn Mia. »Aber bitte rufen Sie vorher an. Ach, Moment. Was haben Sie denn da Schönes?« Mia zeigte auf seinen Hemdausschnitt, aus dem etwas Gelbes hervorblitzte, das er mit einem Lederband um den Hals trug.

»Ich hatte gehofft, dass Sie das bemerken.« Er zog langsam an dem Band, um den Gegenstand vorzuzeigen.

Mias Augen wurden größer. »Ein *Wunderbaum* fürs Auto?«, fragte sie. »Soll das ein Scherz sein?«

»Ja.« Er grinste.

Kaum hatte der Streichler das Haus verlassen, war Schluss mit Wellness. Mia musste sofort wieder an ihren PC, denn sie war sehr gespannt, ob *Eva Engel* von der *Traumpartner-Seite* ihre Frage schon beantwortet hatte. War Leo von Stein auch einer dieser Betrüger? War das das lukrative Geschäft, von dem er seinerzeit gesprochen hatte?

Mia las die Nachricht. *Eva Engel* sagten der Name und das Foto nichts. Auch keiner der anderen Frauen aus dem Forum, die sie bisher befragt hatte, kannten ihn. Diese Eva wollte sich weiter umhören und dann wieder melden.

Mia war erleichtert. Anscheinend lag ihr doch mehr an diesem Mann, als sie sich eingestehen wollte. Ihn als Betrüger zu enttarnen, hätte ihr wehgetan. Auch wenn ihre Zweisamkeit nicht von langer Dauer gewesen war, so hatte sie nie an seiner Ehrlichkeit gezweifelt. Das mit der Partnerschaft und dem freien Job hatte durchaus glaubwürdig geklungen. Aber alles hat seinen Grund. Warum wurde er umgebracht und von wem?

Mia wollte sich als Nächstes ansehen, wie er gewohnt hatte. Von einem Haus war die Rede gewesen. Fehlte ihr nur noch die Adresse. Sie rief zum x-ten Male seine Profilseite im sozialen Netzwerk auf, doch diesmal suchte sie nach älteren und Uralt-Beiträgen. Mia war überrascht, dass Leo nur wenige sogenannte Freunde auf seiner Seite hatte. Für einen Geschäftsmann ungewöhnlich, da konnte jeder Kontakt nützlich sein. Da sollte man das Online-Marketing nicht unterschätzen. Für eine Privatperson aber, die zu viel Persönliches von sich preisgab, war facebook eher ein Medium, das einen schnell entlarven konnte. Dennoch benutzten sehr viele Menschen aller Altersschichten diese Plattform ungeniert, um soziale Kontakte zu halten oder schnell mal zwischendurch zu kommunizieren, wenn derjenige online war.

Leo war nicht online. Das hätte sie auch sehr gewundert. Sie klickte sich tageweise zurück und überflog die Zeilen. Er schien mit einem Addi Fischer befreundet gewesen zu sein, der ihm wohl aus dem Urlaub Nachrichten geschrieben hatte. Fotos aus fernen Ländern, wie Afrika, Amerika, Spanien und Frankreich konnte sie sehen. Der Typ war ganz schön herumgekommen. Häufig schrieb dieser Addi: »Ein voller Erfolg. Habe wieder jemanden kennengelernt.« Na ja, dann schien er wohl einen regen Verschleiß an Frauen zu haben. Solange das nicht auch auf Leo zutraf, sollte es ihr egal sein.

Mia war inzwischen bei den Kommentaren und Mitteilungen angekommen, die ungefähr drei Monate zurücklagen. Belangloses Zeug, das sie nicht interessierte. Aber dann fiel ihr der Name *Hugo von Stein* auf. War das ein Verwandter oder sogar ein Bruder von Leo? Sie ging auf seine Seite. Auf dem Profilbild konnte man nicht viel erkennen. Sie klickte wieder zurück auf Leos Seite. Dort standen in fast täglichen Abständen Beiträge von diesem Hugo. Anscheinend trieb ihn die Sehnsucht nach seinem engsten Verwandten dazu, und er schien bewusst den öffentlichen Kommentar gewählt zu haben, damit er auch beachtet wurde. Mia fand Aufrufe wie: *Bitte melde dich. – Lass uns* über alte *Zeiten reden! – Gib mir ein Zeichen! – Kannst du mir antworten?* Oder: *Lass uns reden.*

Mia klickte auf Hugo von Steins Namen. Das Chatfield öffnete sich, sie bat ihn über die private Nachrichtenfunktion, sich zu melden. Doch Hugo war offline und reagierte nicht.

Sobald er wieder ins Netz kam, würde er ihre Nachricht lesen und hoffentlich antworten. Mia lächelte. Hugo könnte eine heiße Spur zu Leos Vergangenheit sein. Wenn sie Glück hatte, trug es sogar zur Aufklärung des gewaltsamen Todes bei.

Sie ging wieder zurück auf Leos Seite. Jetzt fiel ihr Blick auf die Zeile, in der Leo seinen Beziehungsstatus angegeben hatte. Dort stand: *Es ist kompliziert.*

*

Addi stand gerade vor dem geöffneten Tresor, da ließ ihn die schrille Türklingel zusammenfahren. Schnell legte er die Liste mit den Nummern in den Safe und lehnte die Tür nur an, danach schloss er eilig den Aktenschrank. Es schellte Sturm. »Wer zum Teufel ...«, fluchte Addi vor sich hin, spurtete mit großen Schritten den Flur entlang und riss die Tür auf.

Vor ihm stand eine perfekt gestylte Dunkelhaarige mit weißer Sonnenbrille, schwerem Goldschmuck an den Ohren und um den Hals. Sie trug ein elegantes weißes Designerkostüm mit tiefem Dekolleté. Dunjas endlos scheinende, sonnengebräunte Beine standen mit den Füßen in hochhackigen Schuhen. An ihrem Arm hing eine teure Handtasche und ein edler Duft von Chanel hüllte sie ein.

Sie umarmte Addi und schluchzte. Sein Gesicht wurde von ihren Brüsten begraben, ihr Parfüm raubte ihm den Atem. Der Taxifahrer stellte wortlos zwei riesige Koffer vor die Tür und verschwand mit einem Grinsen im Gesicht.

Wenig später, nachdem Addi die Koffer mit Mühe in den Flur gezerrt hatte, gingen sie ins Büro.

»Es ist so furchtbar!«, seufzte Dunja. »Es regnet hier pausenlos. Ich habe mir deswegen schon meine italienischen Schuhe versaut. Sieh dir das an!« Sie hob ein Bein und sah sich um, wie ein nervöses Rennpferd, dem man die Hufe beschlagen will, dann setzte sie sich auf den Ledersessel für Besucher. »Hast du hier nichts zu trinken?«

Addi ging zur Bürobar hinüber, nahm eine Flasche Single Malt heraus und füllte zwei Whisky-Becher. Im Eifer waren ihm die Gläser ein wenig zu voll geraten. Egal. Er musste sich stärken für das, was kam.

»Wie geht's jetzt weiter?«, fragte sie und nahm einen großen Schluck, ohne mit der Wimper zu zucken. Dann stellte sie das Glas ab und zog ihre Kostümjacke aus.

Addi verschluckte sich fast, als sie mit einem spinnwebdünnen Hauch von Bluse vor ihm saß. Er konnte den Blick nicht von ihren Brüsten wenden. »Hast du sie wieder vergrößern lassen?«, platzte er heraus.

»Ach, das ist schon so lange her. Wäre bald mal wieder fällig.« Sie machte eine wegwerfende Bewegung. »Also, was ist jetzt? Was ist mit der Firma, die Leo da hat? Ein Testament brauchen wir ja wohl nicht, wird er auch nicht geschrieben haben.« Dunja stand auf und stakste auf ihren hohen Schuhen auf den Aktenschrank zu, der sich über die komplette Wand von zirka sechs Metern erstreckte.

Wie beiläufig öffnete sie eine Tür nach der anderen. Addi brach der Schweiß aus. Was, wenn sie jetzt den Tresor entdeckte?

»Dunja …«, begann er unbeholfen und machte einen Schritt auf sie zu. Er könnte sie jetzt einfach umarmen und küssen, dann wäre sie erst einmal abgelenkt.

»Wann bekomme ich endlich das Geld?«, fragte sie, vor der geschlossenen Schranktür stehend, hinter der sich der Tresor befand. Sie drehte sich zu ihm um. »An der Firma bin ich nicht interessiert, das sage ich dir gleich.«

Addi quälte sich ein Lächeln ab.

Dunja kam auf ihn zu, blieb nur wenige Zentimeter vor ihm stehen und sah auf ihn herab. »Ich verkaufe alles und dann könnt ihr mich mal alle.«

Er schluckte. Endlich setzte sich Dunja wieder hin.

Addi atmete auf. »Das würde ich mir gut überlegen, mit dem Verkauf. Das Geld ist schnell verpulvert und du stehst auf der Straße.« Er biss sich auf die Unterlippe. »Ich meine, wieso eine Kuh töten, die man melken kann?«

Dunja sah auf ihre üppige Oberweite hinunter und ihn

dann mit großen Augen an. »Wie meinst du das denn?«

»Es ist doch ganz einfach. Du lässt mich die Firma weiterführen und hast dann keine Geldsorgen mehr.

»Du willst die Firma? Niemals!«, kreischte Dunja und sprang auf.

»Nein, versteh mich nicht falsch«, versuchte Addi sie zu besänftigen. »Ich leite die Firma, als Geschäftsführer.«

»Sag ich doch, du willst dir die Firma unter den Nagel reißen. Hältst du mich für blöd?«

»Aber bitte, Dunja, hör mir doch mal zu!« Addi hob beschwichtigend beide Hände, als wolle er sich ergeben. »Ich leite die Firma nur, mache die Arbeit und du bist die stille Teilhaberin.«

»Was? *Stille* Teilhaberin? Niemals! Das kann ich nicht!«

Addi ging um den Schreibtisch herum, er musste seine Strategie ändern.

»Habe ich dir eigentlich schon gesagt, dass ich dich liebe?« Er legte seine Arme um sie, stellte sich auf die Zehenspitzen und küsste sie auf den Mund. Immerhin war sie jetzt einen Moment still.

Dunja drückte ihn leicht weg, schlängelte sich aus seiner Umarmung und warf sich auf die schwarze Besetzungscouch. »Ja, ich weiß, dass du mich liebst. Hast es mir oft genug gesagt«, stöhnte sie und betrachtete ihre Schuhspitzen. »Wo bekomme ich jetzt bloß neue Schuhe her?« Sie sah Addi herausfordernd an. »Ich will die Koffer zur Villa bringen und mich ein wenig frisch machen. Danach will ich in die Stadt, ein bisschen shoppen. Fährst du mich gleich?«

Addi bereute es kurz, nicht *ihr* Foto in den Umschlag für den Killer gesteckt zu haben. Er hätte ihre Fragen geschickter beantworten sollen. Schlechte Vorbereitung nannte man so was. »Ich, ähm…«, begann Addi, »ja, fahr zur Villa und komme anschließend wieder. Bis dahin habe ich hoffentlich alles erledigt.«

*

Okrim ging seine Notizen durch, die er bei Mia Magaloff gemacht hatte, und fügte einige Bemerkungen und Beobachtungen hinzu. Er studierte erneut den Bericht zur Auffindesituation, den er sich an seinem letzten Arbeitstag kopiert hatte. Danach klickte er sich durch die Bilder auf seinem Handy. Darauf waren Mias Haus und Teile ihres Gartens zu sehen. Wer wusste, wozu die Aufnahmen später einmal gut sein würden. Leider waren einige Fotos verwackelt. Mit seinem neuen Smartphone kam er noch nicht richtig zurecht. Aber mit dem Handy zu fotografieren war natürlich viel praktischer und unauffälliger als mit einer großen Digitalkamera auf einem Stativ. Ob sein Nachfolger, Kollege Gern, schon neue Spuren hatte? Es würde für Okrim immer riskanter werden, Befragungen und Ermittlungen auf eigene Faust durchzuführen. Sollte mal jemand im Präsidium anrufen und ihn wegen des Falls oder wegen seiner Befragung sprechen wollen, konnte er auffliegen. Okrim durfte nicht leichtsinnig werden.

*

»Hoch lebe das Internet!«, rief Mia euphorisch in den Raum. Soeben hatte sie Leos Privatadresse in Moers herausgefunden, in einem amtlichen Verzeichnis, in dem er als Firmeninhaber registriert war.

Zunächst einmal machte sie auf Google Earth einen virtuellen Spaziergang zur Zieladresse. Sie musste sich einen ersten Eindruck verschaffen, in welcher Gegend er gelebt hatte, und staunte nicht schlecht. Straße und Hausnummer befanden sich in einer Art Waldgebiet. Sie zoomte sich heran. Oder es war ein Wohngebiet mit altem Baumbestand, denn zwischen den Bäumen erspähte sie nun zierlich wirkende Reihenhäuser. Viel erkennen konnte sie jedoch nicht. Ob die Adresse wirklich stimmte? Mia entschied sich, hinzufahren und nachzusehen.

Sie ging zum Fernseher, den sie tagsüber fast immer laufen ließ, um wenigstens ein paar Stimmen zu hören. Hier auf dem Land, am Stadtrand zwischen Krefeld und Moers, war es sehr einsam, wenn niemand sie besuchen kam. Fernsehstimmen zu hören war besser, als Selbstgespräche zu führen.

Gerade als sie den Ausschalter drücken wollte, wurde sie auf eine Dokumentation aufmerksam. Mia musste sich setzen und starrte gebannt auf die Mattscheibe. Das war ja spannend! Eine jung gebliebene Fünfzigjährige berichtete von ihrer afrikanischen Urlaubsliebe. Der Mann habe sie regelrecht vergöttert, er hätte versichert, sich ein Leben ohne sie nicht mehr vorstellen zu können. Die hübsch zurechtgemachte Frau stockte und zerdrückte ein paar Tränen. Dann fing sie sich wieder. »Es kam der Tag, an dem ich wieder nach Deutschland reiste. Ich wollte alles regeln und für immer zu ihm ziehen. Wir mailten uns jeden Tag und dann schrieb er mir, er bräuchte die Kopie meines Ausweises, damit er ein gemeinsames Konto für uns einrichten könnte. Ich habe meinen Pass eingescannt und ihm geschickt.« Sie fuhr sich mit gepflegten Händen über das Gesicht und schob sich eine blonde Haarsträhne hinters Ohr. »Wenige Tage später rief er mich an und sagte, er halte es ohne mich nicht aus. Er wolle sofort zu mir kommen, sehen, wie ich hier lebe. Aber er habe kein Geld für den Flug und die PTA-Gebühr, die an die Regierung bezahlt werden müsse. Natürlich habe ich ihm das Geld geschickt, über *Western Union*. Ich wollte ihn auch gerne sehen. Erst später habe ich herausbekommen, dass es diese PTA-Gebühr gar nicht gibt ...«

Mia schüttelte den Kopf. »Mensch, Mädchen, hättest du dich mal vorher informiert.«

»Ich war blind vor Liebe. Hätte alles getan, um ihn wiederzusehen. Ich überwies ihm sogar noch Geld für ein neues Smartphone, weil ihm seins gestohlen worden war.« Sie unterdrückte tapfer ein Schluchzen. »Er musste mich ja erreichen können, damit wir uns am Flughafen nicht verpassen würden. Doch dann wurde nichts aus der Reise zu mir nach Deutschland, weil ein naher Verwandter gestorben sei. Ein paar Tage hörte ich nichts von ihm und war total in Sorge. Dann kam die freudige Mitteilung, dass er viel

Geld geerbt hätte. Jetzt musste er aber auf die Formalitäten warten, sodass die Reise wieder verschoben wurde. Ich war sehr traurig darüber, aber er machte mir einen Heiratsantrag, weil er nun ein reicher Mann sei. Sobald er das Geld hätte, würde er ein Haus für uns kaufen, egal wo. Hauptsache, er könne immer in meiner Nähe sein. Ich war außer mir vor Glück. Schnell hatte er ein Haus gefunden, aber das Geld war noch nicht auf seinem Konto. Es waren Notarkosten und Steuern fällig, die er noch nicht aufbringen könne. Er bat mich, ihm diesen Betrag zu leihen und nannte die Summe von fünfzehntausend Euro.« Es wurde auf die Interviewerin geschwenkt, die eine sorgenvolle Miene aufgesetzt hatte. Der Schwenk ging zurück auf die adrette Fünfzigjährige. »Fünfzehntausend sei ein Klacks im Vergleich zu seinem zu erwartenden Erbe von fünfhunderttausend Euro. Das leuchtete mir ein. Ich hatte solche Sehnsucht, freute mich auf das neue Leben mit ihm, und wir machten Zukunftspläne. Ich bekam den Kredit bewilligt und überwies ihm das Geld. Danach brach abrupt der Kontakt ab. Er hat sich nicht mehr bei mir gemeldet und war auf dem Handy nicht mehr zu erreichen. Das Geld und er waren wie vom Erdboden verschwunden.«

»Darum kann ich mich nicht auch noch kümmern«, sagte Mia vor sich hin und erhob sich von ihrem Platz, um das Gerät auszuschalten. »Bei so viel Geld hättest du doch misstrauisch werden müssen! Konntest du dir doch denken, dass das nicht mit rechten Dingen zugeht. Nicht nur in Deutschland gibt es Heiratsschwindler. Das muss man doch wissen. *Das* würde mir nie passieren.« Mia musste an *Eva Engel* denken, die ebenfalls vor *Romance Scammer* gewarnt hatte. Es schien gerade ein aktuelles Thema zu sein. Wütend stellte sie den Fernseher aus.

»Sie haben Ihren Bestimmungsort erreicht«, säuselte Uschi, die Navigatorin. Mia lenkte ihren Wagen an den Straßenrand. Sie stellte den Motor ab, sah sich um und stieg zögernd aus.

Auf der linken Seite standen tatsächlich die Reihenhäuser mit den Vorgärten, die sie auf Google Earth gesehen hatte. Rechts davon lag ein parkähnliches Grundstück mit hohen Bäumen, oder war es ein Friedhof?

Sie versuchte einen Blick durch den fast drei Meter hohen Maschendrahtzaun mit Stacheldraht zu erwischen. Es war nicht so einfach, weil mächtige Azaleen- und Rhododendronbüsche dahinterstanden. Mia ging am Zaun entlang und fand eine lichte Stelle. Sie staunte, wie weitläufig das Grundstück war. Grabsteine und Kreuze fehlten, dafür sah sie schemenhaft eine weiße Villa zwischen hohen Linden hervorblitzen. Jetzt entdeckte sie ein geschmiedetes Eisentor im Zaun. Es war verschlossen. Kein Schild, keine Klingel. Mia bog um die Ecke, sie wollte prüfen, ob man das Grundstück umrunden könnte und vielleicht von einer anderen Stelle besser herankam.

Tatsächlich. Sie schien den Haupteingang gefunden zu haben. An einem gemauerten Pfosten befanden sich Klingel und Gegensprechanlage. Mia bezweifelte inzwischen, dass dieses Anwesen Leos Heim gewesen sein könnte. Sie würde sofort mit Modeschmuck handeln, wenn so viel dabei herumkam. Vielleicht waren die von Steins aber auch ein altes Adelsgeschlecht, und Leo hatte das alles geerbt. Mia wischte, so gut wie es mit Papiertaschentuch und Spucke ging, den Grünspan von dem ehemals messingfarbenen Klingelschild und las die Buchstaben ON TEIN.

Bevor sie klingelte, legte sie sich ein paar Worte zurecht. ›Guten Tag, ich bin neugierig und möchte mal wissen, wie Leo hier so gelebt hat‹? Oder lieber: ›Hallo, ich war mit Herrn Leonard von Stein verabredet. Aber leider hat er das nicht überlebt‹?

Sie blieb unschlüssig stehen. Ob der Rechtsmediziner schon herausgefunden hatte, woher das geschwollene Auge rührte?

Mia drückte auf die Klingel und wartete auf Doggengebell. Nichts.

»Hallo? Wer ist da?«, knarzte es durch die Anlage.

Das war bestimmt die Haushälterin. »Mia Magaloff hier. Ich möchte gerne zu Herrn von Stein.« Probieren konnte sie es ja mal. Vielleicht erfuhr sie so mehr. Tiere stellten sich manchmal tot. Sie stellte sich dumm.

»Der ist unterwegs.«

Mia schluckte schwer. »Bitte waas?«

»Der ist noch unterwegs, müsste heute Abend eintreffen.«

»Wann genau?« Mia fasste es nicht.

»Weiß ich nicht. Irgendwann.«

»Ähm … darf ich fragen, wer *Sie* sind?«, sagte Mia.

»Können Sie lesen?«, kam es gepresst durch die Sprechanlage.

Also wirklich. Mia wollte sich gerade entrüsten, als die Stimme weitersprach.

»Dann schauen Sie auf das Klingelschild. Ich bin Frau von Stein, von Leo von Stein. Den können Sie aber nicht mehr sprechen. Falls Sie jedoch Hugo von Stein meinen, dem kann ich etwas ausrichten, wenn er heute Abend kommt. Wie ist noch mal Ihr Name?«

*

Dunjas Laune war bestens gewesen, als sie wieder frisch gestylt und parfümiert das Büro betreten hatte. Addi hatte gestrahlt. Ja, das war seine Dunja, wie er sie liebte und begehrte. Er hatte ihr zuerst Geld fürs Shoppen und anschließend seine Liebe auf dem Schreibtisch gegeben. In umgekehrter Reihenfolge hätte er sich einiger Freuden beraubt. Dennoch waren Entspannung und Leidenschaft irgendwie auf der Strecke geblieben. Dunja hatte herumgezappelt wie ein Fisch ohne Wasser. Ihr »Ohhhh« und das »Jaaaa … Ohhh« hatten sich anscheinend vielmehr auf ihre Entzückung bezogen, endlich zu wissen, welche Schuhe sie kaufen wollte.

Gut, auch er war reichlich nervös gewesen, weil er gefürchtet hatte, Leo käme jeden Moment in sein Büro gestürmt und ginge ihm an den Kragen. War natürlich Blödsinn, aus irgendeinem Grund hatte sein Kopfkino weiterhin den alten Film gespielt. So hatte auch er Dunja den Höhepunkt vorgetäuscht, und es war ihr noch nicht einmal aufgefallen.

Er war geradezu erleichtert gewesen, als sie gegangen war und er sich wieder mit dem Tresor befassen konnte. Addi öffnete die Schranktür und zog die angelehnte Tür des Safes auf. Neben einem Ordner mit diversen Unterlagen fand er eine Banktasche mit Geld. Kleine und große Scheine, schmutzige und saubere, geknickte und glatte und alle waren schwarz. Schwarzgeld. Eindeutig.

Addi suchte einen übergroßen Umschlag aus dem Schrank heraus und steckte das Geld hinein. Für schlechte Zeiten und als Köder für Dunja. Dafür musste er sich ein besonders gutes Versteck ausdenken. Die Dokumente wollte er sich in einer ruhigeren Minute durchlesen. Erst einmal waren sie nicht so wichtig.

Er hörte Geräusche. Was war jetzt wieder los? Schnell schlug er den Safe zu. Haaaalt! Zu spät! Die Liste mit den Geheimnummern …

»Hallo? Ist da jemand?«

Mist. Addi hatte nicht nur die Liste im Tresor vergessen, sondern auch, die Eingangstür abzuschließen, nachdem er Dunja aus dem Büro gelassen hatte.

»Ja, hallo. Hier bin ich«, rief er in den Raum und »Was kann ich für Sie tun?«, als die Frau näher gekommen war.

»Ich komme auf Empfehlung und möchte mir Ihre Ketten und Ringe anschauen. Ich bin hier doch richtig bei *Funny-Fifty*, oder?«

»Ja und Nein. Wir haben geschlossen, wegen eines Todesfalls. Geben Sie mir bitte Ihren Namen und Ihre Adresse. Wir melden uns wieder.«

»Oh, mein herzliches Beileid. Sind Sie der Inhaber?«

»Ja, das heißt nein. Ich bin der Geschäftsführer und Nachfolger. Der Inhaber Herr von Stein ist der Todesfall.« Wenn Addi es so sagte, trauerte er tatsächlich ein wenig, dass es so gekommen war, aber nur ein wenig.

Er folgte dem Blick der stabilen Frau, die ihre besten Tage hinter sich hatte, aber dafür dennoch gut aussah. Sie suchte mit ihren Augen alles ab. Wenn er ihren Beruf erraten müsste, würde er Lehrerin sagen.

»Hier gibt es leider nichts zu sehen.« Er wollte sie so schnell wie möglich wieder loswerden. »Es ist alles im Umbau und Umbruch. Der Modeschmuck ist ausgelagert worden. Ich muss Sie bitten, auf meinen Anruf zu warten. Erst dann kann ich Ihnen weiterhelfen.«

»Ja, sicher, kein Problem. Noch habe ich ein paar Reserven, aber in einem Monat brauche ich dringend Nachschub.« Sie reichte ihm ihre Visitenkarte. »Könnte ich auch eine Karte von Ihnen bekommen?«

»Sorry, aber die sind aufgebraucht, Frau ...« Er sah auf ihre Karte. »Frau Dr. Marquardt. Oh, Sie sind Orthopädin? Und benötigen Modeschmuck?«

»Ja. Ja sicher, warum nicht? Für meine Praxis. Ich habe dort Vitrinen aufgestellt. Das lockert meine Patienten ungemein, wenn sie sich vor der Behandlung schönen Schmuck ansehen oder kaufen, oder nach ihren Spritzen als Belohnung gönnen können. Besonders die Magnetarmbänder sind der Renner. Sie haben doch welche, oder?«

»Sicher, kann ich besorgen. Ich schreibe Ihnen gerne meinen Namen und meine Handynummer auf, aber wie gesagt, das mit dem Schmuck kann dauern.« Er musste sie sich warmhalten. Eine wohlhabende Ärztin hatte er noch nicht in seiner Sammlung. Da war er durchaus bereit, das ein oder andere Armband zu besorgen und mit horrendem Aufschlag weiterzuverkaufen. Zum Anfüttern sozusagen.

»Danke. Ach, eines noch: Woran ist denn Herr von Stein gestorben, wenn ich fragen darf?«

»Er kam bei einem Verkehrsunfall ums Leben.«

*

Mia kehrte Addi den Rücken und wollte gehen. Sie sah, wie er ihre Visitenkarte studierte. Anscheinend war er beeindruckt. Sie hatte noch mehr davon beim letzten Orthopäden-Besuch mitgehen lassen. Wie einfach es doch gewesen war, ihre Identität zu wechseln! Von wegen Pass und Unterschrift fälschen, Perücke anziehen ...! Im kleinen Rahmen ging es auch – sogar ohne Doktorarbeit.

Zu Hause angekommen, musste sie ihre neuen Informationen erst einmal verarbeiten. Dass Leo verheiratet gewesen war und sie es ausgerechnet von seiner Frau an der Türsprechanlage erfahren hatte, hatte Mia einen Stich ins Herz versetzt. Er war also auch nicht besser als einige verheiratete Männer auf der *Traumpartner-Seite*, die sich als ledig ausgaben. Der Wunsch der Frauen, ihnen das zu glauben, schien größer als die Vernunft, das Misstrauen und die Vorsicht zusammen. Am meisten ärgerte es sie, dass sie selbst darauf hereingefallen war.

So schnell ging das. Ihr kam wieder die betrogene Frau aus dem Fernsehen in den Sinn, die sie so verurteilt hatte. Der einzige Unterschied zwischen Mia und ihr war, dass *sie* Leo kein Geld gezahlt hatte. Womöglich hätte er irgendwann danach gefragt. Falls das auch Leos Masche gewesen war, die Frauen so zu betrügen, würde es Mia nicht wundern, wenn sich eine von ihnen an ihm gerächt hätte. Verkehrsunfall? Soso, jaja.

Zu gerne hätte sie mit Kommissar Okrim gesprochen und etwas über den Obduktionsbericht herausbekommen. Mia dachte wieder an das stark geschwollene Auge und ging zu ihrem Bücherregal. Sie hatte da mal was gelesen, wo war es noch gleich … Moment … Ja, es war das Sachbuch über ungeklärte Todesfälle und darin stand, dass, wenn auf dem Friedhof für jeden unentdeckten Mord ein Lämpchen auf dem Grab leuchten würde, der Friedhof hell erleuchtet wäre.

Genau … von Christiane Rückert: *Tote haben keine Lobby*. Schon etwas älter, aber ewig aktuell. Mia blätterte und blätterte, ach, sie müsste alles noch mal lesen. Sie kam nicht drauf. Sie setzte sich in den Sessel und überflog das Inhaltsverzeichnis.

Doch dann kam die Erleuchtung. »Ja, sicher. Das geschwollene Auge, das Geheimnis *darin* …« Sie hatte die Stelle im Buch gefunden und las sie noch einmal durch. So könnte es gewesen sein. Der Täter – was eine weibliche Person nicht ausschloss – hatte Leo ins Auge geschossen, es schwoll zu und schon waren das Einschussloch und die Kugel verschwunden. Der Schuss musste aus einer bestimmten Entfernung mit einem Kleinkaliber abgefeuert worden sein, damit das Projektil im Kopf stecken blieb und nicht hinten wieder austrat. Das war's. Ob der Rechtsmediziner das berücksichtigt hatte? Das waren auch nur Menschen. Da ging man eher davon aus: Auge geschwollen gleich Schlag aufs Auge. Besonders, wenn ein Kampf oder Sturz vermutet wurde. Dann machte man sich nicht unbedingt die Mühe, näher nachzusehen. Überstunden hatten die Mediziner ohnehin genug. Mia sprang auf und schritt im Wohnzimmer auf und ab. Aber wie genau hatte der Mörder sein Vorhaben geplant? Er musste zunächst einmal den richtigen Zeitpunkt abgepasst haben. Vielleicht hatte er sogar mit irgendetwas kurzfristig die Tür hinter sich versperrt, und dann, mit Zielfernrohr und Schalldämpfer auf der Waffe, die Schocksituation ausnützend, abgedrückt. Solch eine Waffe zu besorgen, war sicherlich nicht einfach, aber auch nicht unmöglich. Kontakte zum Verbrechermilieu waren dabei von Vorteil und ein unbändiger Hass gegenüber dem Opfer notwendig. Mia war im Flur angekommen und stand vor dem großen Spiegel. Sie schüttelte den Kopf und zeigte auf ihr Spiegelbild. Nur ein Auftragsmörder ist so skrupellos, diesen Mord in der Öffentlichkeit durchzuführen, und so professionell, ohne Spuren vom Erdboden zu verschwinden. Sie wandte sich ab und ging in die Küche, wo noch die Tasse und der Teller vom Frühstück standen. Oder gab es Spuren? Da lobte sie sich die Zusammenarbeit mit Lilo oder Hauptkommissar Gern, von denen erfuhr sie wenigstens etwas. Aber an diesen Okrim kam sie nicht so recht heran.

Mia schüttete sich löslichen Kaffee in die Tasse. Was war

mit Addi Fischer? Er war nach eigenen Angaben Leos Nachfolger. Eine Modeschmuckfirma ... Warf die so viel ab, dass es sich lohnte, jemanden dafür umzubringen? Was für ein paar Cent eingekauft wurde, brachte im Verkauf vielleicht vierhundert bis fünfhundert Prozent Gewinn, wenn nicht noch mehr. Kleinvieh macht auch Mist.

Sie brachte das Wasser zum Kochen und goss es in die Tasse. Vielleicht hatte die rasend eifersüchtige Ehefrau einen kriminellen Bruder, den sie auf Leo gehetzt hatte. Nachdem sie erfahren hatte, dass er sich mit Mia treffen wollte. Nein, nein, so einfach war das nicht. Dass sie selbst der Grund für einen Mord war, hielt Mia für ausgeschlossen.

Mia verrührte alles. Apropos Bruder ... da war doch noch Leos Bruder, dieser Hugo von Stein, dem sie eine private Nachricht geschrieben hatte. Sie konnte unmöglich noch einmal zur Villa fahren und mit ihm reden, solange Dunja von Stein auch anwesend war. Oder doch?

Sie setzte die Tasse an und verbrühte sich den Mund.

*

Hugo von Stein schlich über die Autobahn. Nur sicher ankommen. Noch immer war sein Trauma nicht überwunden, fürchtete er sich vor einem Verkehrsunfall, so wie damals. In sein Navigationsgerät hatte er Moers eingegeben. Seine volle Konzentration lag jedoch nicht auf der Straße, sondern bei seinem verstorbenen Bruder Leo. Hugo hatte ihn abgöttisch geliebt. Eine tiefe Verbundenheit, wie sie unter Geschwistern sein sollte. Aber Leo hatte zeitlebens nichts mit ihm zu tun haben wollen. Er hatte Hugo sogar verleugnet. Lag es daran, dass sie zwar eine gemeinsame Mutter hatten, aber verschiedene Väter? Inoffiziell, denn sein Stiefvater hatte ihn als leibliches Kind anerkannt, obwohl er nicht von ihm war. Kuckuckskind nannte man das wohl. So kam es auch, dass die Unterschiedlichkeit zu Leo nicht nur äußerlich war, sondern auch charakterlich. Es lagen Welten dazwischen. Als Kind schon hatte Leo ihm stets seine Streiche in die

Schuhe geschoben, und da Hugo der Ruhigere, Stillere von ihnen war, wusste er sich nicht zu wehren. Wenn er für Leos Taten herhalten musste, ertrug er die Strafe. So oft hatte er als Kind in die Kissen geweint und so oft hatte er auf dem kalten Boden knien müssen und es doch zugelassen, weil er nur so die Aufmerksamkeit seines Bruders bekam.

Und Leo? Der hatte sich über ihn lustig gemacht, ihn getreten, bespuckt und als Memme verhöhnt. Wenn Hugo doch einmal schrie und die Mutter kam, stimmte Leo schnell in das Geschrei mit ein und behauptete, Hugo hätte angefangen, ihn zu schlagen. Ja, Leo wollte die Mutter ganz für sich alleine. Er duldete keine Rivalen. Täglich arbeitete Leo daran, Hugo loszuwerden. Je älter er wurde, desto ausgefeilter war seine Taktik, desto perfider seine Methode. Schließlich schaffte er es, dass Hugo in ein Heim für schwer erziehbare Kinder gehen musste und danach zu einer Pflegefamilie kam.

»Obacht, Hugo!«, mahnte er sich und riss das Steuer herum, nachdem er der linken Leitplanke bedrohlich nahe gekommen war. Er wechselte auf die äußerst rechte Fahrspur und senkte abermals die Geschwindigkeit. Nochmal gut gegangen.

Hatte ihn seine Erinnerung an Leo wieder zur Leitplanke gezogen? So wie damals in den siebziger Jahren?

Sie hatten sich auf dem Geburtstag ihrer Mutter wiedergesehen. Hugo war mit dem Wagen seines Pflegevaters da gewesen und hatte Leo und seiner damaligen Freundin angeboten, sie von zu Hause abzuholen und auch wieder nach Hause zu fahren. Sein sehnlichster Wunsch war es gewesen, nicht nur mit seiner leiblichen Mutter, sondern auch mit Leo Frieden zu schließen, endlich die Vergangenheit zu begraben.

Auf der Heimfahrt hatte Leo sich auf der Rückbank – mit seiner neuen Freundin – vergnügt. Betrunken, was wohl auch der Grund dafür gewesen war, dass er sich überhaupt von Hugo hatte nach Hause fahren lassen, nachdem sie bei der Mutter wieder einmal in Streit geraten waren. Hugo hatte sich für Leo verantwortlich gefühlt. Immer fühlte er sich als unwesentlich älterer Bruder für ihn verantwortlich. Immer.

»Gib Gas! Gib Gas, du Memme!«, hatte Leo ihm ins Ohr geschrien. Es schmerzte. »Los, du Feigling!«

Aber Hugo war stur geblieben, wollte nichts riskieren. Er behielt Leo im Auge, sah öfter in den Rückspiegel. Leo trank viel zu viel aus seiner mitgebrachten Flasche Wodka. Er flößte auch ihr welchen ein, obwohl sie nicht mehr wollte, dann griff er ihr zwischen die Beine. Sie wehrte zaghaft ab. »Stell dich nicht so an!« Er drückte ihren Kopf auf seinen Schoß. Leos Freundin lachte albern, kam wieder hoch. Andauernd fummelte er an ihr herum. Sie versuchte, ihm auszuweichen. Hugo konnte sich nicht auf das Autofahren konzentrieren, er ging auf die rechte Spur und trat das Gaspedal ganz nach unten. So schnell wie möglich wollte er die nächste Raststätte oder Ausfahrt erreichen und ihn dann rauswerfen. Zur Not wollte er die Polizei rufen.

Leos Freundin lachte, dann schrie und weinte sie. Hugo war machtlos. Er versuchte es mit Drohungen: »Lass Sie in Ruhe, verdammt. Lass sie los, Leo! Sonst passiert was!«

»Was ist? He? Was ist los? Bist ja nur neidisch! Sieh genau hin.« Er packte sie an den langen roten Haaren und zog sie wieder hinunter, diesmal war seine Hose offen. »Schau, er winkt dir zu. Schmeck ihn.«

Hugo drehte seinen Kopf ruckartig nach hinten. Er verlor die Kontrolle über das Fahrzeug. In voller Geschwindigkeit krachte es durch die Leitplanke, überschlug sich und stürzte die Böschung hinunter ...

Hugo traten Schweißperlen auf die Stirn, quälend deutlich sah er es noch einmal vor sich. Er bremste ab. Sein Puls raste. Wann kam die nächste Abfahrt, wann die nächste Raststätte, er brauchte dringend eine Pause. Er drehte das Radio auf volle Lautstärke. »Oh, oh, oh, when I'm dead and gone ...« Seine Gedanken kehrten zum Unfall zurück.

Noch immer saß Hugo am Steuer. Seine Hände waren mit Blut besudelt und hielten das Lenkrad fest. Er fühlte sich wie in Watte gepackt. Gedämpft hörte er die Worte seines Bruders, der nun völlig aufgelöst und schwankend neben ihm stand.

Leo stammelte so was wie »Scheiße. Sie ist tot! Tot ist sie! Was jetzt? Scheiße, scheiße.« Nun sah Hugo es auch. Sie atmete nicht mehr. Blut sickerte langsam aber beständig aus ihrem Mundwinkel und aus dem Ohr. Mit der Kraft der Verzweiflung zog er sie aus dem Wagen, versuchte sie in seiner Panik wiederzubeleben. Hugo musste würgen, als er ihr metallenes Blut auf seinen Lippen schmeckte und merkte, wie sinnlos sein Versuch gewesen war. Mit blutverschmiertem Mund ließ er von ihr ab und kippte nach hinten. Er lag der Länge nach neben der Toten und japste nach Luft.

Leo kam angetorkelt, fiel neben ihm auf die Knie und schrie: »Trink! Komm, trink, das wird dir gut tun. Los, sauf!« Er steckte ihm den Flaschenhals in den Mund und ließ den Wodka laufen.

Hugo wäre fast daran erstickt. Er schluckte, hustete und schluckte. Es brannte wie Feuer, aber es vertrieb auch den Geschmack des Todes. Er griff sich die Flasche und trank sie aus.

Irgendwann war Hugo im Krankenhaus erwacht. Leo hatten sie schon längst entlassen und die Freundin war verlegt worden – ins Bestattungsinstitut.

Monate später hatte Leo gegen ihn ausgesagt. Hugo bekam eine saftige Strafe, wegen fahrlässiger Tötung unter Alkoholeinfluss. Die Flasche Wodka sollte der Beweis dafür sein, auch der wodkabefleckte Pulli und die Hose. Ausschlaggebend waren die 2,8 Promille im Blut. Er hatte seine Strafe absitzen müssen. Dort hatte er sehr viel Zeit zum Nachdenken gehabt und war sich darüber klar geworden, dass er seinen Bruder Leo unter allen Umständen wiedersehen musste – unter vier Augen.

Hugo beruhigte sich wieder. Die Autobahnausfahrt lag unmittelbar vor ihm. Noch zwei Kilometer bis zum Ziel zeigte das Navi an. Das würde er auch noch schaffen. Es war nur fraglich, ob er es schaffen konnte, Dunja davon zu überzeugen, dass er unschuldig im Gefängnis gesessen hatte.

*

Mia loggte sich ins soziale Netzwerk ein. Hugo von Stein hatte tatsächlich geantwortet. Sie öffnete die Benachrichtigung. Da sie sich bei ihm als Geliebte seines Bruders ausgegeben hatte, musste sie nicht befürchten, aufzufliegen. Geliebte verschwieg man meistens. Sie konnte sich zudem sicher sein, dass Hugo gegenüber seiner Schwägerin Dunja Stillschweigen bewahrte. Da hielten Männer zusammen, und erst recht Brüder.

Mia war nicht zufrieden mit Hugos Antwort, er sei die nächsten Tage geschäftlich unterwegs und nicht erreichbar. Auf facebook konnte man viel schreiben, es musste nicht immer die Wahrheit sein. Außerdem, wer war heutzutage noch unterwegs, ohne erreichbar zu sein? Hatte diese Dunja nicht behauptet, er käme heute Abend zu ihr? Mia las weiter und nahm ihm auch das Versprechen nicht ab, sich sofort zu melden, wenn er wieder zurück war. Das kannte man ja. »Ich melde mich« und »Wir hören voneinander«. Nur oberflächlicher Mist.

Das hatte Mia nun von ihrer falschen Rücksichtnahme. Mit dem einen Satz ›Leo ist tot‹ hätte sie sicher eine größere Aufmerksamkeit erzielt, vorausgesetzt, er wusste es noch nicht. Mia brauchte dringend mehr Informationen – sofort, und nicht erst in ein paar Tagen. Sie schaute schnell noch einmal in sein Profil. Wo wohnte dieser von Stein überhaupt, wenn er nicht unterwegs war? Hm … Keine Angabe. Sie scrollte durch die Postings. Ah, hier – ein Foto mit dem Kommentar: *8 Uhr. Morgendlicher Blick aus meinem Fenster.* Das war eindeutig der Bodensee. Sie erkannte es an der Meersburg, dem alten Schloss im Hintergrund. Der traumhaft schöne

Bodensee. Mit Bodo war sie … mit Bodo sollte sie unbedingt reden und ihm sagen, dass es zukünftig keinen Zweck mehr mit ihnen hatte. Sie ihn nicht mehr sehen konnte und wollte. Was war mit ihrer Arbeit? Bald würde sie dringend eine Stelle brauchen, spätestens, wenn die nächsten Hauskosten anfielen. Haus und Garten aufgeben wäre so, als müsste sie ihr Leben aufgeben. Nie und nimmer!

Vorsicht, Nebel!, warnte das digitale Horn, als Türklingel getarnt.

*

Hugo näherte sich dem versteckten Seiteneingang der Villa, in der er selbst an die zehn Jahre gelebt hatte. Keine guten Erinnerungen. Zank und Streit, Wut und Tränen. Schläge – erst von Leo, dann von seiner Mutter und, wenn die nicht weiterkam, von seinem angeblichen Vater. Im Grunde hätte er seiner Mutter sogar dankbar sein müssen, ins Heim gekommen zu sein, wenn in diesem Kinderheim die Bestrafungen und Torturen nicht weitergegangen wären. Er hatte das längst verdrängen wollen, aber das gelang nicht immer. In diesem Moment jedenfalls nicht. Und es kam hoch, wenn er mal wieder einen Bericht in den Medien sah, der ihn traurig und wütend machte, weil gezeigt wurde, dass es bis heute nicht gelungen war, die Institutionen zu schließen, in denen der psychische und physische Terror an Kindern noch immer stattfand. Dennoch hatte er sich letztes Jahr nicht gemeldet, wie vermutlich viele andere nicht, als auch die skandalösen Zustände in der Anstalt, in der er damals gewesen war, ans Tageslicht gekommen waren.

Es lag wohl daran, dass sein damals kleines Herz dick vernarbt weitergewachsen war und dicht daneben besonders dünne Stellen aufwies. Die konnten jederzeit wieder aufbrechen. Er musste sich unbedingt vor weiteren Verletzungen schützen, sonst kostete es ihn den Verstand oder das Leben. Auf der anderen Seite sollte gerade er ein Zeichen setzen, damit dieses schreckliche Schicksal nicht noch mehr Kinder traf. Wie schnell ihn die Vergangenheit doch immer wieder einholte! Es musste endlich etwas geschehen.

Hugo klingelte und wartete auf eine Reaktion. Das letzte Mal war er vor ein paar Jahren hier gewesen. Er hatte sich mit Leo aussprechen und ihm verzeihen wollen. Aber nicht Leo hatte ihm seinerzeit die Tür geöffnet, sondern Dunja. Es war wie ein Kulturschock gewesen, als er die Einrichtung gesehen hatte, die eher einer Barbie-Welt glich als der wohlhabender Geschäftsleute. Noch nicht einmal eine halbe Stunde hatte er sich mit ihr unterhalten. Oberflächlich, denn über Leo mochte sie nicht reden. Zwischendurch hatte er Geräusche im Haus gehört und wenig später war eine Tür zugefallen. Er hatte verstanden. Diesmal konnte Leo nicht wie ein feiger Hund flüchten. Er war tot. Die Strafe für seine Hartherzigkeit.

Die Gegensprechanlage knarzte. »Hallo?«

»Ja, hallo, ich bin's, Hugo.«

»Hugo?«

»Ja, Hugo von Stein … der Bruder von Leo.«

»Ähm … hat Addi nichts gesagt?«

»Was?«

»Na ja … dass … Ach, komm rein.«

Der Summer ertönte, Hugo stemmte sich gegen die Tür und stolperte direkt in sein Verderben.

Dunja trat ihm mit einem Champagnerglas in der Hand entgegen. Sie sah aus, als hätte sie gerade im Whirlpool Tauchversuche gemacht. Das Make-up war verschmiert, die dunklen Haare klebten am Kopf oder standen ab. Mit einer Hand zog sie den Bademantel enger.

»Meine Güte, bist du gewachsen?«, fragte sie Hugo. Obwohl sie selbst nicht gerade klein war, musste sie an dem Zweimetermann hoch sehen. »Wie lange ist es her, dass wir uns zuletzt gesehen haben?«

»Fünf Jahre?«, bot Hugo an.

»Es kommt mir vor wie zwanzig. Du hast dich sehr verändert. Bist grau geworden. Bin ich etwa auch so schnell gealtert wie du? Dann mache ich sofort einen Termin bei meinem Doc.«

»Du siehst aus wie immer«, antwortete Hugo.

Dunja protestierte: »Wie langweilig.« Sie nahm einen Schluck, schien dabei zu überlegen. »Ist das jetzt eine Beleidigung oder ein Kompliment?«

»Wie du es möchtest.«

»Es ist eine Beleidigung! Du entschuldigst dich sofort dafür.« Sie kniff die ohnehin viel zu schmalen Lippen zu einem Strich zusammen.

Bei Leo hätte er sich sofort entschuldigt, aber doch nicht bei Dunja. Sie hatte ihm gar nichts zu sagen. Er ging einfach an ihr vorbei, durch den langen Flur ins Wohnzimmer, und sah sich um. Er hatte sich vor der rosafarbenen Bling-Bling-Einrichtung gefürchtet, aber seit seinem letzten Besuch waren hier in den hohen Räumen geschmackvoller Prunk und Luxus eingezogen. Das sah verdächtig nach einer Innenarchitektin mit unbegrenztem Budget aus. Viel Gold und Blau. Großornamentige Seidentapeten, magnolienfarbene hochflorige Teppichböden und darüber Perserteppiche. Original Chesterfield-Couch und -Sessel, antike Stand- und Wanduhren, gelackte Schränke und Sekretäre aus irgendeinem Jahrhundert und sicher wertvolle Ölgemälde alter Meister. Hatte Leo etwa auch mit Antiquitäten gehandelt?

»Alles gesehen?«, fragte Dunja schnippisch.

Hugo sah zum mit *Pommery Brut* gefüllten Champagnerkübel und der daneben liegenden Flaschenleiche. Er würde leichtes Spiel mit Dunja haben, wenn er sie nur trinken ließ, ihr ab und zu Komplimente machte und sie in Sicherheit wog.

Er nickte. »Ja, ich habe genug gesehen. Wir müssen über Leo reden und über die Modeschmuckfirma. Wer führt sie weiter?«, kam er direkt zur Sache.

»Woher soll ich das wissen? Ich muss zurück zu meiner Yacht. Addi wird sich erst einmal darum kümmern. Hauptsache, die Knete kommt.«

»Wann ist die Testamentseröffnung?«, fragte Hugo.

»Überhaupt nicht. Leo hielt nichts von Testamenten. Sentimentaler Quatsch, sagte er dazu. Wozu auch? Kinder gibt es nicht. Also erbe ich alles«, sagte Dunja und Hugo sah, wie ihre Mundwinkel zuckten, als wolle sie breit grinsen.

»Bist du dir da so sicher?«, fragte Hugo und rechnete mit einem Wutanfall oder einer anderen Reaktion. Es sollte ein Test sein, ob sie etwas über eine andere Frau wusste, die ihrem Erbe im Wege stehen könnte.

Sie schaltete überraschend schnell. »Wie kommst du darauf? Meinst du, er hatte eine Geliebte?«

Hugo zuckte mit den Schultern. Das mit der Freundin hob er sich als Trumpf auf. Während sie sich die Augen auskratzten, würde er alles, was Leo gehörte, an sich nehmen. Wie auch immer das vonstattenging. Er wollte darum kämpfen, denn es gab nur einen, dem es wirklich zustand, und das war er. Als Wiedergutmachung, wegen der Entbehrungen, der Demütigungen, der Misshandlungen und der entzogenen Bruderliebe. So konnte er ihm nah sein, ganz nah sein.

Dunja winkte ab. »Pah, der und Geliebte. Der doch nicht. Bei dem würde es keine Frau lange aushalten. Du ahnst nicht, wie er im Bett ...«

»Bitte verschon mich mit Einzelheiten. Das interessiert mich nicht.«

»Warum so prüde?«

»Lass Tote ruhen.«

»Ja, ihr seid ganz dicke. Das hat Leo mir erzählt. Paah, einen Dreck hat er sich um dich gekümmert, oder meinst du wirklich, er sei nie da gewesen, wenn du am Telefon nach ihm verlangt hast oder du uns besuchen kamst? Verleugnet hat er dich, zeitlebens. Gehasst hat er dich!«

»Hör auf damit!!!«

»Lächerlich hat er dich ...«

»Sei still!!!« Hugo sprang auf und legte seine großen Hände um ihren schlanken Hals. Dunja verschwamm vor seinen Augen.

»Lass das! Es stimmt!«, krächzte sie.

»SEI STILL!!!« Ihre Nasen berührten sich.

Sie presste ihre Lippen auf seine und gab ihm einen langen Kuss.

*

Mia öffnete die Wohnungstür und staunte nicht schlecht, als dieser Nachfolger der Modeschmuckfirma vor ihr stand. Diesmal stellte er sich sogar mit »Addi Fischer« vor. Woher kannte er ihre richtige Adresse?

»Hallo, Frau Dr. Marquardt. Ich war gerade in der Gegend, nachdem ich Sie in der orthopädischen Praxis nicht angetroffen habe, und da dachte ich mir, ich schaue mal nach, wo die andere Dame wohnt, deren Visitenkarte hinter der ihren klebte – oder soll ich Sie lieber Frau Mia Magaloff nennen?«

»Huch«, rutschte es Mia heraus.

»Sie sind doch Frau Magaloff, oder? Oder sammeln Sie nur Visitenkarten? Ist das wirklich Ihr Haus?«

Mia packte ihn am Ärmel und zerrte ihn in den Flur. Er stolperte. Sie schloss schnell die Tür.

»Moment, Moment, nicht so stürmisch.« Albern fächelte er sich mit der Karte Luft zu.

»Lassen Sie das!«, sagte Mia.

Er lachte. »Warum so wütend? Wissen Sie, wie man das in Fachkreisen nennt, wenn man sich für einen anderen ausgibt? Hochstapelei.«

»Sonst noch was? Jetzt weiß ich es, und nun können Sie wieder gehen«, sagte sie und riss die Tür auf.

Addi schloss sie wieder. »Magaloff war mir gleich so bekannt vorgekommen. Ist ja nicht alltäglich, der Name. Es gab da mal einen Mann, der sehr von Ihnen geschwärmt hat …«

»Was wollen Sie?«

»Das wollte ich Sie fragen.« Seine Stimme wechselte von lieblich zu bedrohlich. »Warum spionieren Sie mir unter falschem Namen hinterher?«

»Mache ich das?«

»Es sieht ganz danach aus.«

»Nun. Ich ... ich wollte mal schauen, welche Arbeitsstelle mir entgangen ist. Leo, also ich meine *Herr von Stein* hatte mir einen lukrativen Job bei *FunnyFifty* angeboten. Ich hatte sogar meinen Arbeitsvertrag unterschrieben. Aber das hat sich ja jetzt erledigt, oder?«

»Ja, genau. Meine Pläne gehen in eine andere Richtung, was die Fortführung der Firma angeht. Aber ich kann Ihnen verraten, wofür er Sie vorgesehen hatte. Sie sollten so eine Art Telefonakquise machen, aber wenn überhaupt, dann würde ich den Posten lieber mit einem Mann besetzen. Wir haben nur männliche Mitarbeiter. Darauf fahren die Frauen besser ... Ich meine, da spielt der Flirtfaktor doch eine wesentliche Rolle, bei den Bestellungen. Aber zunächst müssen sowieso erst viel wichtigere Dinge geregelt werden.«

»Sicher.« Mia kramte in ihrer Argumentendatei. Ihr fiel das Stichwort Quotenregelung ein, sie legte es aber wieder unter Q ab.

»Gut, dann sind wir uns ja einig«, sagte Addi Fischer. »Sie lassen mich in Ruhe, und wenn nicht, bekommen Sie Ärger mit mir. Ich kann unehrliche Menschen nicht ausstehen und Betrüger schon gar nicht.«

Mia sah ihm hinterher, wie er das Haus verließ und in seinen Jeep kletterte. Der Wagen war zwei Nummern zu groß für ihn – nicht nur der Wagen. Er und Geschäftsmann? Das stand ihm nicht. Kein Benehmen, kein Charisma. Was war nur in der Zwischenzeit mit ihm geschehen? Bei der ersten Begegnung hatte sie noch einen mittelmäßigen Eindruck von ihm gehabt. Aber nun, mit seinem verwaschenen pastellfarbenen Poloshirt und der abgewetzten Outdoor-Jacke, sah er eher aus wie ein drogensüchtiger Pfandflaschensammler. Fast zerbrechlich wirkende einssechzig, dazu die dünnen Spinnenfinger, die er bestimmt überall mit drin hatte. Mit seiner zierlichen Statur, den schwarzen Locken und mit den weichen Gesichtszügen würde er auch auf einer Damentoilette nicht auffallen. Allein sein Blick hatte etwas Skrupelloses, weshalb man ihn keinesfalls unterschätzen durfte.

Mia wünschte sich, ihn nicht wiedersehen zu müssen, wusste aber, dass es sich wohl nicht vermeiden ließ, wenn sie bezweckte, mehr über Leos Tod herauszufinden. Und das wollte sie unter allen Umständen. Zum einen aus privaten Gründen – niemand ermordete ihr ungestraft einen Mann vor der Nase weg –, zum anderen musste sie die Gewissheit bekommen, ob er etwas mit diesen *Romance Scammern* zu tun hatte und ob es ein Nest davon gab. Sollte das wirklich der Fall sein, würde sie diesen Liebesbetrügern den Kampf ansagen, die so viel Leid bei den Frauen anrichteten.

Mia folgte dem Festnetzdudeln ins Wohnzimmer. Sie nahm ab und kam nicht zu Wort.

»Hallo, Frau Magaloff, ich bin's. Haben Sie gleich Zeit für mich? Ich habe da etwas Neues herausgefunden. Sie werden es mögen.«

Ausgerechnet jetzt. Sie hatte so viel zu erledigen, musste eine Bestandsaufnahme machen. »Hm … Das ist schlecht … Ich erwarte Besuch.« Jetzt nebelhornte es auch noch an der Tür. »Hören Sie? Da ist er schon«, nutzte sie es aus.

Sie ging mit dem Hörer in der Hand in den Flur und sah die Umrisse eines Mannes durch die geriffelte Scheibe. Er hatte ein großes, kofferähnliches Gepäckstück bei sich.

Schnell sprach sie in den Telefonhörer: »Ja, das ist er. Entschuldigen Sie, das ist jetzt ganz schlecht. Ich muss auflegen. Wir reden später, ja?« Sie beendete das Gespräch und öffnete die Eingangstür.

»… Sie lassen mich ja nicht zu Wort kommen. Ich wollte noch sagen: »Es dauert auch bestimmt nicht lange.«

Der Streichler … immer wieder für eine Überraschung gut.

Der fesch gekleidete Selfmademan hatte diesmal eine Massagebank mitgebracht, die er mit ein paar Handgriffen gekonnt aufbaute. Die Liegefläche bedeckte er mit einem nach Orchideen und Vanille duftenden blütenweißen Saunatuch. 99,9% der Frauen mochten den Vanilleduft, der sie besonders sinnlich machte. Das war wissenschaftlich erwiesen, das hätte er in einer Frauenzeitschrift nachgelesen, meinte er.

Er bat sie, sich hinzulegen. Mia war mutig. Sie zog vor ihm das T-Shirt aus und legte sich mit Jeans und schwarzem BH bäuchlings auf die Liege. Den Bund der Hose schob sie etwas weiter nach unten. Ihre fünfhundert Gramm Gewichtsabnahme ließen das wieder zu. Mia schloss die Augen und spürte etwas Plüschiges, mit dem er sie nun verwöhnte. An diesem Etwas befanden sich Massagepunkte, die er ihr mal schwächer und mal stärker auf die Haut drückte.

Mia schnurrte. »Nicht nachlassen«, feuerte sie den Streichler nach einiger Zeit an. »Jaa, so ist es prima. Allmählich haben Sie den Bogen raus. Ich werde Sie bei Gitti lobend erwähnen, wenn sie von ihrem Kurzurlaub wiederkommt.«

»Pschschscht. Entspannen Sie sich.«

»Hmmmm … ja, genau. Das machen Sie sehr gut. Weiter unten. Links. Mitte. Rechts.«

»Frau Magaloff!«, säuselte er. »Sie sollen sich entspannen, anstatt Kommandos wie auf dem Exerzierplatz zu geben. Genießen Sie es einfach.« … und nach einer Weile: »Bitte einmal umdrehen.«

Mia zögerte und hielt die Augen geschlossen. Sie war gedanklich weit weg. »Haben Sie Kinder?«, fragte sie ihn.

»Leider nicht. Habe keine passende Frau gefunden, mit der ich welche hätte haben wollen.«

»Sehr gut. Ich meine, ist ja nicht schlimm.«

Wenn Mia es recht überlegte, war es sogar hervorragend. Unter keinen Umständen würde sie jemals einen Familienvater in Gefahr bringen wollen. Sie hatte da eine Idee. Wenn Addi nur Männer einstellte, dann musste sich eben der Streichler bei *FunnyFifty* bewerben und herausbekommen, was da so los war und vor allen Dingen, welche Rolle Leos Witwe, diese Dunja, wirklich übernommen hatte. Aber alles zu seiner Zeit. Zu gerne wüsste sie auch, in welche Richtung Kommissar Okrim nun ermittelte. Wenn er Mia nicht mehr im Visier hatte, war es einerseits gut für sie, aber auch wiederum nicht, denn so musste sie sich alle Informationen selbst besorgen.

Mia drehte sich langsam um und ließ die Augen dabei geschlossen. Sie zuckte zusammen, als der Streichler an eine ihrer empfindlichen Stellen kam. Besonders in der Taille war sie kitzelig, aber dies war kein Kitzeln, es war schöner. Es war so, als habe er plötzlich zwei Schalter bei ihr umgelegt, den für die Gedanken auf AUS und den für die Gefühle auf AN.

»Wir sollten uns duzen«, sagte Mia schnell, bevor sie es nicht mehr konnte.

»Sehr gerne«, kam es flüsternd zurück.

Mia wurde warm, auch ohne Hitzewallung. Sie tastete nach dem Vorderverschluss ihres BHs und ließ die Körbchen seitlich herunterfallen. Weiche Fellkissen spürte sie auf ihrem Bauch, die Kurs auf die erregten Wölbungen nahmen. Jetzt wollte Mia sie nicht nur spüren. Sie öffnete die Augen und sah zwei Plüschkarnickel direkt auf sich zukommen.

*

Genüsslich sog Hugo an der Zigarette, die Dunja ihm hinhielt. Sie lagen nackt und ausgestreckt auf den warm geriebenen Satinlaken. Er hatte einen Arm um sie gelegt.

»Das war gut«, sagte er, ohne nachzufragen, wie sie es empfunden hatte. Musste er auch nicht. Er sah es an ihrem entspannten Gesichtsausdruck, den sonst nur schlafende Babys hatten. Dunja rollte sich zu ihm auf die Seite, mit direktem Blick auf die massive Goldkette. Sie fuhr mit dem Zeigefinger darunter und hob sie aus seiner weißen Brustbehaarung. Der schwere Anhänger daran sah aus, als bestünde er aus zwei unterschiedlich großen Ästen, die von einem Seil im oberen Drittel zusammengehalten wurden. Das Kreuz baumelte wie ein Pendel über seiner Brust. Anerkennend pfiff sie durch ihre gebleichten Zähne: »750er Feingold. Bist wohl reicher als dein Bruder, was?«

Hugo lächelte nur. Sollte sie es ruhig glauben. Darum also interessierte sie sich so brennend für ihn. Es waren nicht sein alternder Körper und die zum Teil natürlich erschlaffte Haut, sondern das angebliche Geld, die damit verbundene Macht, das Ansehen, dass ihn für sie so attraktiv machte. Vermutlich auch der einzige Grund, warum sie sich Leo geangelt hatte. Wer mit seinem Geld so herumprotzte, musste mit falschen Freunden rechnen. Das lockte solche Vögelchen wie Dunja kilometerweit an.

Jetzt hatte sie es aber nicht mehr nötig. Hatte sie vergessen, dass sie selbst ein Vermögen, diese Villa und eine Firma besaß? Vorausgesetzt es stimmte, dass Leo ihr das alles vermacht hatte.

Dunja war unter der Dusche. Hugo wollte gleich nach ihr gehen. Er zog die Schublade des Nachttisches auf und suchte ein Papiertaschentuch, bis er mit den Fingern gegen etwas Kaltes stieß. Er zuckte zurück. Unter den Päckchen befand sich eine Waffe.

»Was willst du mit der Pistole?«, fragte er sie und hielt den Lauf gegen die Lampe, als sie aus dem Bad kam.

Sie lachte spöttisch. »Ach, die ist von Leo. Die hat er sich mal besorgen lassen. Er meinte, er fühle sich damit sicherer.« Dunja ließ ihr Handtuch vor ihm fallen und zog sich aufreizend vor ihm an. Sie drängte: »Pack sie wieder weg. Nicht, dass noch ein Unfall damit passiert.«

Hugo machte es und merkte sich die Stelle, an der sie lag. Sofort konzentrierte er sich wieder auf Dunja, die vorsichtig in den dunkelroten Slip gestiegen war, der nur aus breiter transparenter Spitze bestand, genauso wie der BH, mit dem sie ihre chirurgisch tadellosen großen Brüste bedeckt hatte. Zu schade, dass sie die Dessous nun unter der blauen Jacke und dem kurzen Rock versteckte, auch wenn ihre Figur und Ausstrahlung das Designerkostüm zu etwas ganz Besonderem machten. Laszív schob sie den Rock wieder ein Stück höher, zeigte ihre langen glatten und gebräunten Beine, rollte die halterlosen schwarzen Strümpfe daran hoch und schlüpfte in die schwarzen Pumps mit den Centabsätzen. Ja, so sollte eine Frau nach seinem Geschmack sein: groß, schlank, üppige Oberweite, edel gekleidet – allerdings mit viel mehr Intellekt und sozialer Kompetenz.

»An was denkst du gerade?«, fragte Dunja.

Aus diesem Grund war Hugo Single: Weil er sich solche Fragen nicht mehr anhören und schon gar nicht beantworten wollte. Jetzt tat er es aber, weil er einen Zweck damit verfolgte. »Ich denke an Addi Fischer.«

»Bitte? Seit wann bist du ...«

»Dachte, ich hätte es dir bewiesen, zu welchem Geschlecht ich mich hingezogen fühle. Nein, ich denke daran, was er wohl mit der Firma anstellt, so ohne Firmeninhaber. Du darfst ihm keine freie Hand lassen, Dunja. Ohne Kontrolle wirtschaftet er bestimmt in seine eigene Tasche. Das geht alles von deinem Geld ab.« Diese Sprache musste sie doch verstehen.

»Hast recht, ich werde gleich morgen zu ihm fahren und mir den Modeschmuck, ich meine, die Firma anschauen. Muss mir dann wohl einen neuen Chef suchen, der sich darum kümmert. Wo bekomme ich denn den so schnell her? Ach, wie ich Leo vermisse ...«

Hugo lachte spöttisch. »Du vermisst nicht Leo, sondern seine Überweisungen.«

Gerade wollte sich Dunja künstlich darüber aufregen, als auch sie das Lachen überkam. »Erwischt. Es stimmt. Leo hat mich immer wie ein kleines Kind behandelt. Weder das ›Klein‹ stimmt, noch das Alter. Mit neununddreißig ist man kein Kind mehr und Schwarzhaarige sind auch keine Blondinen. Er hat mich nie in seine Geschäfte eingeweiht. Sagte immer, das kapiere ich ja sowieso nicht. In Wirklichkeit wollte er wohl nicht, dass ich dahinterkomme, wie viel er wirklich damit verdient. Klar, es hat mich auch nie großartig interessiert, sonst hätte ich selbstverständlich darauf bestanden. Hätte er mit echtem Schmuck gehandelt, hätte ich mich nicht so abwimmeln lassen. Aber so … Wie soll es denn bloß weitergehen?«

»Lass mich das mal machen«, bot Hugo an.

*

Mia zog sich ganz in Schwarz an, nicht nur weil es schlank machte, sondern auch, weil es auf einer Beerdigung besser aussah, vor allen Dingen aber unauffälliger war. Eigentlich müsste sie sich in Camouflage kleiden und in den Büschen verstecken, denn wenn Addi Fischer sie entdeckte, gab es Ärger. Das nahm sie aber gerne in Kauf. Sie musste sich, aus rein privaten aber auch aus ermittlungstechnischen Gründen, ein persönliches Bild von Leos Witwe Dunja machen. Das Geknarze durch die Gegensprechanlage der Villa reichte ihr da nicht. Interessant war es für sie auch, wer sonst noch zu seiner Beerdigung kommen würde. Auf Bestattungen tauchten manchmal Nebenbuhler, Geliebte, Lover, Rächerinnen und Rächer, sogar Mörder auf, die sich mit ihrem Verhalten oder in Gesprächen verrieten. Meist standen zwei Kripobeamte im Hintergrund, beobachteten alles aus sicherer Entfernung, oder lieferten sich eine Schießerei mit dem Mörder und verhafteten ihn zwischen den Gräbern. Oder der Pfarrer flüchtete plötzlich mitten in seiner Grabrede, weil er selbst der Täter war und sein schlechtes Gewissen ihn mitten im Gebet übermannt hatte. Gut, so stellten sie es zumindest im Fernsehen dar, wohl eher aus dramaturgischen Gründen. Wie Leo jetzt wohl in seinem Sarg aussah? Lange fettige Haare, gelbwachsige Haut, eingefallene Augen, Brustkorb … Alles eingefallen, alles wurmstichig und mit Parasiten befallen. Winzige Tiere, die sich zu Lebzeiten bereits im Körper befanden und wie Zombies auferstanden, sobald der Mensch die Augen zumachte. Nichts lassen sie von einem übrig als das verweste, abgenagte Knochengestell, an dem sich auch die anderen Tiere auf dem Friedhof zu schaffen machen und des Nachts versuchen, die Gräber aufzuscharren, um an ihre Beute zu kommen. Am Tage sah das jedes Mal so aus, als habe der Tote sich mit bloßen Händen aus dem Grab befreien wollen. Gruselig.

Mia schüttelte sich. Sie wollte verbrannt werden. Aber erst, wenn sie tot war.

Es war kein Wetter für einen Besuch auf dem Krefelder Zentralfriedhof. Die Sonne strahlte heiße dreißig Grad vom Himmel. Mia in Schwarz mit großem schwarzen Sonnenhut, tief ins Gesicht gezogen, und schwarzer Handtasche. Ein Bikini, Liegestuhl und ein Buch im Gepäck wären ihr lieber gewesen. Der Asphalt flimmerte überall dort, wo hohe Bäume ihm keinen Schatten spendeten. Mia mochte es nicht, über Friedhöfe zu gehen, weil sie sich dort nie zurechtfand und immer verlief. Selbst ihre Uschi hätte sie hier nicht durch die Gräberstraßen navigieren können. Diesmal war es jedoch einfach. Von Weitem sah sie die aus zirka hundert Leuten bestehende Karawane in Schwarz, der sie nur folgen musste. Donnerwetter, er hatte wohl eine große Familie und viele Freunde gehabt, oder waren das alles Bekannte aus dem Internet? Ein *flashmob* von *facebookern*? Mia schloss sich unbemerkt hinten an und zeigte ihre trauernde Miene, die ehrlich war und von alleine kam, weil sie Leo und seine charmante Art ein klitzekleines bisschen vermisste. Es war so tragisch.

Am Grab angekommen, drangen erste Worte des Pfarrers an ihr Ohr: »… war ein guter Mann, ein aufopfernder Familienvater von acht Kindern …« Mia wurde blass. »… und ein treuer Ehemann …« Sie hustete leise. »… er sein ganzes Wohl darin sah, dass es seiner Familie gut ging …« Sie schob die Augenbrauen nach oben. »… Auch bei seinen Kollegen war er hochgeschätzt. Er war aufopferungsvoll, fleißig, zuverlässig und hilfsbereit. Aber meistens auch sehr ernst. Er hatte schwer an der Last seiner Verantwortung zu tragen. Ein guter Mensch ist von uns gegangen, und so geben wir ihm nun das letzte Geleit. Auf dass du deinen Frieden findest, Harro Schneider …«

Falscher Film, falsche Beerdigung. Erst jetzt kam Mia

dazu, sich die Beerdigungsgesellschaft genauer anzusehen. Sie erkannte niemanden, außer ... auch er sah sie direkt an: Hauptkommissar Gern! Mia musste sich auf die Zunge beißen, um nicht seinen Namen zu rufen. Sie nahm die dunkle Sonnenbrille ab und schob den Hut etwas höher, gab sich so zu erkennen.

Gern lächelte überrascht. Auch er schien hier fehl am Platze zu sein, wie sich jetzt herausstellte. Schnellen Schrittes gingen sie zur Friedhofskapelle zurück, schwenkten dann nach rechts. Es ging hier zu wie auf einem Bahnhof. Ein Trauerzug nach dem anderen. Sie schlossen sich dem Sarg und dem Karren mit den Blumenkränzen der nächsten Prozession an. Ein Kranz stach besonders hervor. Er bedeutete ihnen, dass sie richtig waren. Von den wunderschönen weißen Lilien hing eine lange schwarze Satinschleife herab: *Ich werde dich vermissen – In Liebe – Deine Dunja* stand dort gedruckt. Wobei das j von Dunja ein Dollarzeichen war – vermutlich ihr Logo.

Erst jetzt erlaubten sich Mia und Gern ein leises Gespräch.

»Was machen Sie denn hier, Frau Magaloff?« Er keuchte vom strammen Gehen. »Wieder im Dienste der Gerechtigkeit?«

»Das könnte ich Sie fragen.« Auch Mia blieb die Luft weg.

Er antwortete empört: »Ich habe hier beruflich zu tun.«

Mia stutzte. »Wenn ich mich recht erinnere, sitzen Sie doch im Mönchengladbacher Präsidium. Ist das kein Moerser Fall?«

»Ja und nein, ich habe gewechselt. Außerdem kümmere ich mich um einen Mafiamord. Aber, pscht!« Er hielt einen Finger auf seine Lippen. »Mehr sage ich nicht.« Gern spielte mit etwas in seiner weiten dunklen Leinenhose. Wenn er noch rauchte, war es die Pfeife im Lederbeutel. »Ach, übrigens: Waren wir nicht beim Du, seit unserem letzten ... Fall im Hotel, dem Fall ins Bett? Daran denke ich gerne zurück, wenn auch das Ende interrupt war.«

»Pscht, nicht so laut«, zischte Mia. »Das ist ja wohl kein

Thema für den Friedhof. Außerdem übertreibst du gewaltig. Kann mich nicht erinnern, dass du jemals in mir, also ich meine, dass wir eine soo tiefe Begegnung hatten.«

»Doch, doch, zumindest als Avatare in der virtuellen Welt. Schon vergessen, wie wir Schleudersex hatten?«

»Schleudersex?«

»Schnell wechselnde Positionen? Von vorne, von hin…«

»Pscht! Gern!«

»Gern? Du meinst, noch mal?«

Mia musste lachen, obwohl sie wütend war. Wieso war dieser Mensch immer noch so unverschämt, und wieso sah er immer noch so unverschämt männlich und gut aus?

»Du siehst toll aus, Mia.«

»Toll? Wie meinst du das genau?« Sie grinste, verlangte nach mehr.

Beide blieben kurz stehen und atmeten tief durch. Das atemberaubende Reden über eine Marathondistanz verlangte es.

»Du bist also wegen diesem Leo von Stein hier?«, hakte Mia nach, die sich etwas beruhigt hatte.

»Hör zu, ich bin im Alter schlauer geworden und falle nicht mehr auf deine Tricks herein. Aber … kannst du schweigen wie ein Grab?«

Mia rückte näher und hakte sich unter. »Ja, dafür bin ich bekannt.«

»Dann mache es auch.« Er gab ihr einen Kuss auf die Wange. Sonnenbrille und Hut verrutschten.

Zumindest auf dem Friedhof hatten sie jetzt ihr Ziel erreicht. Viel war hier nicht los. Direkt vor dem offenen Grab, mit dem Rücken zu ihnen, standen die Witwe Dunja von Stein und rechts von ihr und eingehakt der kleine Addi Fischer mit seinem dunklen Krollekopf. Es hatte etwas von Mutter und Kind. Links von ihr, ebenfalls am Arm eingehakt, stand ein Zweimetermann. Der Vater? Ihn kannte Mia nicht. Sie stellte sich dicht hinter Gern, um dort jederzeit in Deckung gehen zu können, falls sich Addi umdrehte.

Die Beerdigungszeremonie nahm ihren Lauf. Die Rede des

Laienschauspielers war schleppend und langatmig. Es war bestimmt einer dieser Trauerredner, der sich als verkanntes Autorengenie betrachtete. Bereitstehende rote Rosen oder wahlweise etwas Erde wurden von den wenigen Anteilnehmenden ins Grab geworfen. Danach kondolierten und verabschiedeten sich einige sofort. Einen Beerdigungskaffee schien es also anschließend nicht zu geben.

Nun trat aus der immer kleiner werdenden Anzahl der Trauergemeinde eine große Person an die Gruft heran. Sie war mit einer schwarzen Jeans und einem Kapuzenshirt bekleidet, hatte eine Baseballkappe auf dem Kopf und eine dunkle Sonnenbrille auf der Nase. Es war nicht möglich, zu erkennen, ob es sich dabei um eine Frau oder einen Mann handelte. Sie oder er hielt einen knallroten Leinenbeutel mit der Aufschrift *Ich lese gern* in der Hand. Weder Blumen noch Erde beachtend, stierte die Person auf den Sarg und murmelte etwas. Dabei zog sie einen großen braunen Umschlag aus ihrer Leinentasche und warf ihn verächtlich auf den Holzsarg. Es machte laut »Klock«.

Mias Phantasie lief auf Hochtouren, und so wie Gern sie ansah, ratterte es auch bei ihm im Gehirn.

Dunja drückte die Frau beiseite und fast sah es so aus, als würde die Witwe sich in die Gruft stürzen wollen, um den Umschlag herauszuholen. Doch dann nahm sie den Eimer mit der Erde und schüttete den kompletten Inhalt über das Kuvert aus. Die oder der Fremde bekam es nicht mehr mit, da sie oder er längst über alle Friedhofswege gesprintet war.

Der Zwerg und der Riese ergriffen je einen Arm von Dunja. Addi zog sie nach links und der Zweimetermann nach rechts. Ihre Arme hingen nun in der Waagerechten, der Körper schwankte hin und her.

»Lasst mich doch alle in Ruhe«, rief sie und ruderte sich frei. Sie brach in Tränen aus. Die restliche Trauergemeinde wandte sich ab und flüchtete, allen voran der Große und der Kleine. Da stand sie nun: Dunja, aufgelöst, aber top gestylt. Sie heulte hemmungslos.

Gern flüsterte: »Kümmere dich um sie, Mia, und ruf mich an, okay?« Er rannte los.

Mia ging zu ihr, sie legte den Arm um ihre Schulter. »Kommen Sie, wir trinken einen heißen Kaffee, der wird Ihnen gut tun. Ich bin Frau Magaloff. Sie erinnern sich vielleicht an mich. Ich hatte ... geschäftlich ... mit Ihrem Mann zu tun und war bei Ihnen.« In solch einer Ausnahmesituation musste sie es ihr einfach glauben.

Dunja schluchzte: »Er war ein Verbrecher, wissen Sie? Aber auch Verbrecher sind Menschen und können einem fehlen.«

*

Addi riss sich seine schwarzen Sachen vom Leib. Endlich durfte er wieder in seine Lieblingsklamotten schlüpfen: Blue Jeans und rosa Poloshirt. Nach einem Umweg durch die Küche ging er auf die Dachterrasse der Penthouse-Wohnung. Im Liegestuhl hielt er sich die eiskalte Flasche Bier an die Schläfe. Nein, das machte seine Kopfschmerzen nur noch schlimmer. Er trank einen großen Schluck. Vielleicht wirkte es ja innerlich. Oder sollte er sich lieber den Tigerbalsam auf die Stirn schmieren?

Solange sein Problem mit Hugo nicht gelöst war, konnte er tausend Heilmittelchen ausprobieren. Dunja ließ sich zu sehr von ihm beeinflussen. Es durfte nicht so weit kommen, dass ihn die beiden aus seiner sicher geglaubten Position drängten und er irgendwann auf der Straße saß oder woanders.

Seit zwei Tagen und Nächten befand Hugo sich nun schon in der Villa bei Dunja und da hatten sie genügend Gelegenheiten gehabt, übereinander herzufallen, und sie fiel über jeden Mann her – fast jeden. Da lief sicher was. Fest stand jedenfalls: Hugo musste gehen. Wohin auch immer.

Zuerst sollte Addi aber dringend nach den Schlüsseln für den Tresor suchen. Zu dumm, dass er die Zahlenkombination aus Versehen darin eingeschlossen hatte und dass es einen automatischen Schließmechanismus gab, sobald man die Tür zudrückte. Im Büro oder in der Villa konnten die

Schlüssel nur sein. Oder in Leos Wagen, in der Aktentasche? Er wollte gleich mal in die Tiefgarage gehen. Als wenn es so sein sollte … Hätte Leo ihn nicht vom Chinarestaurant aus angerufen und ihm aufgetragen, den Wagen abzuholen, sie hätten das Auto womöglich konfisziert. Da fiel ihm ein: Er musste noch einmal zum Restaurant fahren. Er hatte dort etwas vergessen. Hoffentlich war es noch da. Die Menschheit war so schlecht.

*

Erst am nächsten Tag wählte Addi Dunjas Nummer. Anstandshalber erkundigte er sich zunächst nach ihrem Befinden. Ihr zaghaftes »Nicht gut« war völlig übertrieben, denn sofort darauf folgte eine Tirade an Vorwürfen und Standpauken: »… und deshalb wird Hugo zukünftig die Firma leiten, Addi. Bitte zeige ihm alles, was er wissen muss. Überweise ihm am besten ein Gehalt von … hm, sagen wir mal … neuntausend Euro monatlich. Ich denke, das muss reichen. Er ist ja keine Bundeskanzlerin.«

»Bist du wahnsinnig geworden?«, fragte Addi, obwohl er es nicht hätte fragen müssen, weil er es wusste. »So viel Geld? Ausgerechnet diesen Hugo willst du mir vor die Nase setzen?« Er sprang auf und lief wie ein Aufziehmännchen hin und her. Nein, das war nicht auf Dunjas Mist gewachsen, das hatte ihr Hugo in den Mund gelegt. Er musste sie umstimmen: »Es hatte doch seinen Grund, warum Leo nichts mit seinem Bruder zu tun haben wollte. Sonst hätte er ihn doch viel eher zu seinem Geschäftspartner erklären können. Hast du mal darüber nachgedacht?«

»Nein.«

»Dunja, wozu brauche ich einen neuen Chef? Was meinst du denn, wer die Firma bisher aufrecht gehalten hat? Wer hat wohl das Geschäft angekurbelt und die Kontakte geknüpft, sich um die Buchhaltung und die Mitarbeiter gekümmert, he?«

»Leo?«

Er raufte sich die Haare. »*Ich* war es und es ist *mein* Verdienst, dass du auf dieser Luxusyacht sitzen und dir deine schönen Brüste sonnen kannst. Mein Verdienst! Leo hat nur den Chef gegeben. In Wirklichkeit habe *ich* mich um alles gekümmert.«

Dunja stöhnte auf. »Du wiederholst dich. Reg dich ab. Brauchst du keine Hilfe in der Firma?«

»Hilfe ja, aber keinen Chef. Dunja, wir sollten lieber einen Mitarbeiter einstellen und dann läuft es wieder wie vorher und du bekommst sogar eine neue Yacht.«

Dunja schwieg.

Addi wartete eine Weile, so wie ein Angler darauf wartete, dass der dicke Fisch endlich anbiss. Dunja hatte Ahnung vom Tuten und Blasen, aber nicht von Geschäften dieser Größenordnung und Kriminalitätsgüte. Das ging nicht gut, wenn die sich einmischte. Da konnte er gleich freiwillig in den Knast gehen. Er hatte ihr Bild genau vor Augen, wie sie jetzt gedanklich abwesend an ihrer Kette spielte und wohl eher überlegte, welche Farbe sie für die Kissen nehmen sollte, auf denen sie sich an Deck in der Sonne rekeln wollte, wenn sie wieder in Italien war. Da gehörte sie auch hin und er kam nach, aber erst, wenn er alles geregelt und seine Schäfchen im Trockenen hatte.

Dunja schien nicht dazugelernt zu haben: »Suche bitte bis übermorgen alle Unterlagen heraus und lege sie bereit: Einkauf, Verkauf und was es sonst noch so alles gibt.«

Addi machte einen letzten verzweifelten Versuch. »Wozu das denn? Du musst dich nicht darum kümmern, Dunja. Kennst dich doch nicht damit aus. Was nützt es dir, wenn du da reinschaust und nicht weißt, worum es geht?«

»Wer sagt denn, dass *ich* mir das ansehen will? Hugo kommt morgen zu dir. Er weiß Bescheid, wie so etwas zu lesen ist, und den Rest erklärst du ihm. Er hat studiert und ist Betriebswirt.«

Addi sah Rot. »Na gut, dass er kein Finanzbeamter ist.«

»Wieso?«

»Nur so.«

»Ach so.«

Ihn hatte gleich ein komisches Gefühl beschlichen, als dieser Hugo am Telefon seinen Besuch angekündigt hatte. Der sollte sich gefälligst um seine Angelegenheiten kümmern und dahin zurückgehen, wo er hergekommen war. Also musste Addi seine Taktik ändern, wachsam sein und sich mehr um Dunja bemühen, sie umgarnen, ihr Geschenke machen. Ihr beweisen, dass er einzig und alleine der richtige Mann, der richtige Geschäftsführer für sie und die Firma war. Er musste sie zum Essen ins *Mercure-Landhotel* einladen, sie im Spa-Bereich verwöhnen lassen und sie nachts selbst verwöhnen. Zum krönenden Abschluss, nach ein paar Flaschen Champagner, würde sie ihm alles unterzeichnen, was er unterzeichnet haben wollte. Er könnte ja behaupten, es sei ihr Aufgebot. Halt. Aufgebote gab es nicht mehr. Ob sie das wusste? Hoffentlich reichte ihre Naivität so weit.

»... jedenfalls fliege ich gleich morgen Abend zurück«, sagte Dunja durch den Hörer. »Ich brauche dringend Ruhe und Sonne. Die Beerdigung und das alles drum herum haben mich sehr mitgenommen. Wenn was ist, hast du ja meine Nummer und kannst mich jederzeit anrufen.«

Addi sah seine Felle wegfliegen. »Gehen wir vorher noch essen? Als Abschied? Ins Mercure?«

»Oh, geht nicht, bin mit Hugo verabredet. Wir müssen einige letzte Dinge besprechen.«

Nach diesem aufreibenden Gespräch hatte Addi vergeblich versucht, sich zu beruhigen. Nun musste er es mit Ablenkung probieren. Er ging an den PC und sah in seinem Mail-Eingang nach. Da war sie wieder, die reiche Alleinlebende, um die er sich jetzt eigentlich kümmern müsste. Aber irgendwie war ihm die Motivation abhanden gekommen.

*

Mia hatte sich gestern lange mit Dunja unterhalten und dabei zwischendurch ihr schlechtes Gewissen unterdrückt, sobald die Sprache auf Leo gekommen war. Dunja schien ihn wirklich geliebt zu haben und sie, Mia, war auf dem besten Wege gewesen, ihr diesen Lebemann wegzunehmen.

Für Sentimentalitäten war keine Zeit. Mia musste mit ihrer Ermittlung weiterkommen und deshalb tastete sie sich langsam vor: »Ja, es ist tragisch. Viel zu früh ist Ihr Mann von uns gegangen. Ich werde ihn auch in guter Erinnerung behalten. Beinahe hätte ich in seiner – pardon – Ihrer Firma gearbeitet. Ich hatte schon den Vertrag unterschrieben, aber dann … Wie furchtbar.« Gemeinsam hatten sie ihre Taschentücher gezückt. Dunja wischte sich die Tränen ab, Mia putzte sich dezent die Nase und ließ nicht locker: »Wer wird denn jetzt die Firma weiterführen, kümmern Sie sich darum?«

»Nein, nein, ich gehöre an den Gardasee, dort ist meine Heimat. Hier in Deutschland ist es mir im Sommer und Winter zu kalt und dann der viele Schnee. Brrrrrr. Ich liebe die Sonne, wissen Sie, das Meer, die Schiffe, das Dolce Vita, den Cha… einfach alles.«

»Ah, der Gardasee – wunderschön. War selbst mal dort. In Sirmione. Wo liegt Ihr Schiff vor Anker?«

»Ganz in der Nähe. Im Hafen von Garda. Kennen Sie Garda?«, fragte Dunja.

»Nein, noch nicht. Möchte ich aber unbedingt kennenlernen und mir dann ein Boot mieten und auch die anderen Orte vom Wasser aus erkunden«, antwortete sie.

»Das lohnt sich auf alle Fälle. Besuchen Sie mich doch mal.« Dunja wühlte in ihrer Gucci-Handtasche und zog ein goldenes Visitenkarten-Etui hervor, gab Mia ihre Karte mit reich verzierten Gold-Ornamenten. Mia nickte anerkennend und betrachtete das Foto darauf genauer. Dunja war an Deck ihrer Yacht zu sehen, die *Goldrausch* hieß. Auf der Rückseite der Visitenkarte stand in goldenen Buchstaben die Adresse des Piers. Vielleicht war das etwas für Lilo.

Mia fehlte noch die Beantwortung ihrer Frage. Sie musste es anders versuchen: »Nur schade um Ihre schöne Villa, wenn sie nun für immer am Gardasee bleiben wollen … und was ist mit der Firma?«

»Hugo, Leos Bruder, wird in der Villa wohnen, bis wir eine andere Lösung gefunden haben. Mal sehen. Vielleicht verkaufe ich sie ihm auch. Erst einmal muss er sich um das Geschäft kümmern. Er wird es schon schaukeln. Leos Stellvertreter, Addi Fischer, wird ihm dabei helfen.«

»Addi Fischer? Ach ja.«

»Sie kennen ihn?«

»Nur flüchtig.«

»Genau. Addi ist für den Einkauf und Verkauf zuständig.«

»Ach so ... also wird er kein Geschäftsführer?«, fragte Mia.

»Nein, natürlich nicht. Einer muss ja arbeiten«, antwortete Dunja. »Aber sagen Sie mal, wieso interessiert Sie das so genau? Wie gut kannten Sie meinen Mann eigentlich?«

Mia fächelte sich Luft zu.

»Sie werden ganz rot. Also sehr gut? Hatten Sie ein Verhältnis mit ihm?«

»Nein, nein, ich habe in letzter Zeit so meine hormonellen Schwankungen, bin immerhin schon neunundvierzig, auch wenn Sie es jetzt nicht geglaubt hätten.« Ablenkung um jeden Preis.

Mia war aus dem gestrigen Gespräch noch mal mit einem blauen Auge davongekommen. Symbolisch gesprochen.

Heute hatte sie ursprünglich in die Krefelder Innenstadt fahren wollen, um einige Erledigungen zu machen. Doch es war mit neununddreißig Grad viel zu heiß dafür. Deshalb setzte sie sich in ihrem luftigen Sommerkleid auf das Fahrrad und fuhr ins nächstgelegene Dorf. So mussten sich ihre Haare im Föhnwind fühlen. Die 2,5 Kilometer bis nach Traar, das am Nordrand von Krefeld lag, würde sie problemlos schaffen. Vorbei an Wiesen und Feldern kam sie zur Moerser Landstraße, dem eigentlichen Ortskern. Wenn man den Rathausplatz einmal beiseite ließ, handelte es sich genauer gesagt um ein Straßendorf. Links und rechts befanden sich zahlreiche Arztpraxen und Geschäfte, unter anderem das Café, der Blumenladen, die Apotheke, das Zeitungs- und

Lottogeschäft mit Reisebüro und das Sportgeschäft, natürlich auch die Sparkasse und Volksbank. Ach ja, beinahe hätte sie ihre Sommerresidenz vergessen: Das Eiscafé *San Marco*.

Mia setzte sich vor das Café in den Aluminiumsessel und studierte die Karte, die sie zwar in- und auswendig kannte, deren Eisbecher-Fotografien sie aber jedes Mal aufs Neue faszinierten. Sie liebte diesen riesigen Eierlikörbecher mit der Waffel und der fluffigen Sahne. Als sie zur Eistheke sah, nickte die bella Bedienung wissend.

Mia lehnte sich zurück und schloss die Augen. Die heißen Sonnenstrahlen führten sie gedanklich in die Wüste. Ein Ort, von dem sie manchmal träumte. Eigentlich mehr von Oasen und den Beduinen, besonders von einem, der mit den kohlenschwarzen Augen aus seinem leuchtendblauen Turban hervorschaute. Den hatte sie mal auf einer Bildleinwand bei *Poco* gesehen, für 29,80 €. In Wirklichkeit war es vermutlich kein Beduine, sondern der Fensterputzer der Marketingfirma, der während einer Besprechung vom Grafiker entdeckt worden war. Sie sollte an ihrer Romantik feilen. Nur wie, wenn alle Männer sie verlassen hatten. Sie versuchte, sich einen anderen Mann ins Gedächtnis zu rufen. Leo erschien vor ihren geschlossenen Augen. Leo, der Lächelnde. Leo, der Geheimnisvolle, Leo der Lustmolch …

Eine Fahrradbremse quietschte. »Fahren wie die Henker«, murmelte Mia mit geschlossenen Augen.

»Mit wem redest du?«

Sie schreckte hoch. »Biggi! Du hier und nicht in Tunesien? Sind die fünf Tage schon wieder um?« Himmel, ihre Trödelmarktschwestern hatte sie ja völlig aus den Augen verloren. Sie musste sich doch noch bei ihnen für den Streichler bedanken. Der hatte sich auch lange nicht mehr gemeldet. Vermutlich saß der Schock tief, Mia barbusig gesehen zu haben.

»Setz dich, Biggi. Du musst mir erzählen, wie es war, alles!«

»Klar, ich wollte ohnehin zu dir. Wir brauchen dringend deine Hilfe. Es ist etwas Fürchterliches passiert.« Biggi schnappte sich die Karte und verschwand dahinter. »Was kannst du empfehlen?«

»Das scheint ja sehr schlimm zu sein, wenn das Eis vorgeht.«

»Ist es auch, aber ich brauche dringend eine Abkühlung, bevor ich loslege. Wie schmeckt der After-Eight-Becher?«

»Hmmm … hier schmeckt alles gut. Ich bin ja nur selten hier, aber …«

»Prego Signora, Ihr Eierlikörbecher – wie immer – buon appetito.«

»Ich hätte auch gerne einen und einen Cappuccino«, bestellte Biggi. »Vom Eis wird mir immer so kalt.«

»Also, was ist passiert?«, Mia schob den Löffel in das Eis, bis zum Boden des Glasbechers, und holte aus allen Schichten etwas hervor. Sie ließ sich die köstlich kühle Creme auf der Zunge zergehen.

»Es geht um Gitti.«

»Was ist mit ihr? Ist sie krank?«

»Viel schlimmer.«

Mia ließ den mit Sahne gehäuften Löffel fallen. Der machte einen Salto gegen die im Ständer stehende Karte und katapultierte den süßen Schaum direkt in Biggis Gesicht. Die schrie auf, im Einklang mit Mia. Die Köpfe der anderen Gäste flogen ruckartig herum.

»Himmel! Gitti ist doch nicht etwa … sie ist doch nicht etwa tooot?«

Stimmengemurmel.

»So gut wie. Sie ist in den Fängen eines Tunesiers«, flüsterte Biggi.

»Entführung?«, flüsterte Mia zurück, die sich wieder in der Gewalt hatte und vermeiden wollte, dass Panik an den Nachbartischen aufkam und sie womöglich überrannt wurden.

Biggi wischte sich noch immer die Sahne von der Wange und schleckte sie auf. »Ob es eine Entführung war, wissen wir nicht. Gitti hat sich verliebt, in einen tunesischen Weinbauern.«

»Puuh, ach sooo. Sag das doch.«

»Sie hat sich verliebt und das nur, weil wir anderen nicht mit in die Strandbar gegangen sind. Einen Moment passt man nicht auf sie auf und dann so etwas. Uns anderen ging es vom Vorabend nicht so gut, musst du wissen, und so hatten wir uns erst später, für dreiundzwanzig Uhr, vor der Disco verabredet, und wer nicht kam, war Gitti.«

»Na, dann weiß ich auch schon, wo sie war.« Mia grinste.

»Nein. Sie war nicht im Bett, sondern am Strand, mit diesem … Majoran. Das …»

»Du meinst Maruan. So heißt auch einer vom Trödelmarkt, müsstest du eigentlich kennen.« Mia überlegte kurz. »Ach nee, der kann es nicht sein, der ist mittlerweile über siebzig. Oder etwa doch?« Sie riss die Augen auf.

»Nee, der nicht, denn Gittis Marujan ist wesentlich jünger. Das ist der zweite Skandal. Er ist erst dreißig Jahre alt.«

Mia pfiff durch die Zähne. »Woher weißt du … wisst ihr das alles? Ich denke, ihr habt sie nicht mehr gesehen?«

»Das hat Gitti uns aufgeregt am Handy verraten. Er hat sie an der Strandbar angesprochen und mit ihr Wein geschlürft. Ihr gesagt, er habe sofort gesehen, dass sie eine hübsche, lebenslustige, aber einsame Frau sei. Gitti, das Kamel, ist auch gleich darauf hereingefallen und hatte nichts Eiligeres zu tun, als das zu bejahen, zu sagen, dass sie hier bisher noch keinen netten und liebevollen Mann kennengelernt habe. Er versprach, ab sofort und für immer für sie da zu sein und dass er auf den kostbarsten Stern aller Sterne – damit meinte er Gitti – muss man sich mal vorstellen! – aufpassen will, damit er nicht wieder unbeachtet im Orbit verschwindet – also der Stern, also Gitti und nicht der Tunesier. Diesen Schleim hatte er doch bestimmt aus dem Internet. Kannste sagen, was du willst. Die sitzen doch immer alle im Internetcafé. Jedenfalls war es Mitternacht, erzählte Gitti am Handy, als er ihr jeden Wunsch erfüllen wollte. Er hat sie an die Hand genommen, ihr tief in die Augen geschaut und gesagt: ›Und jetzt willst du mit mir an den Strand gehen und zärtlich geküsst werden. Dein Wunsch sei mir Befehl.‹«

»Heißßß und romantisch, auch irgendwie kitschig … aber nicht unbedingt bedenklich, wenn man sich darauf einlassen kann und Kondome dabei hat.«

»Na ja, wie man es nimmt. Am nächsten Tag begleitete Gitti uns zum Flughafen …«

»Ja, dann …«

» … mit Herzchen in den Augen – aber ohne Koffer – und mit der Botschaft, dass sie noch eine Woche dranhängt, weil ihr junger hübscher Maurian …«

»Ma-ru-an.«

»Sag ich doch … sie mit zu seinen Eltern nehmen will, und danach wollen sie sich ein einsam gelegenes Ferienhaus am Strand mieten und ausgiebig ihre junge Liebe genießen.«

»Da schau an, die Gitti. Heiner würde aus dem Grab kommen, wenn er das wüsste.«

*

Otto Okrim war siegessicher. Diesen Fall würde er lösen. Darauf verwettete er alles, was er hatte, und das war im Laufe seines fünfundsechzigjährigen Lebens eine ganze Menge Hausrat.

Insgeheim genoss er nun seine vorzeitige Pensionierung. Von zu Hause aus erledigte sich vieles leichter und vor allen Dingen redete ihm niemand dazwischen. Außerdem musste er sich nicht das Alltagsgeschwätz seiner Kollegen anhören, konnte sich ganz auf den Fall konzentrieren.

Die Zeugenaussagen brachten leider keine weiteren Hinweise. Die modisch bewusste und top gestylte Witwe hatte er zwischendurch erwischt, kurz bevor sie wieder an den Gardasee fliegen wollte. Ihr glaubte er. Sie hatte nichts mit dem Mord zu tun, denn so wie es aussah, hatte sie bereits zu Leos Lebzeiten im Geld geschwommen. Es fehlte ihr an nichts. Ihr Mann war weit weg vom Schuss gewesen. Sie hatte gemacht, was sie wollte, wohl auch in puncto Männer, und führte ein unbeschwertes und fröhliches Leben. Außerdem erbte sie, als Ehefrau ohne Kinder, sowieso alles. Welchen Grund gab es da, seinen Mann abknallen zu lassen? Keinen.

Nur, was diese Mia Magaloff anging, war er sich nicht sicher. Sie war die letzte Person, die Kontakt mit Leo von Stein gehabt hatte. Wäre sie mit ihrer Falschaussage bei ihm durchgekommen, hätte sie ein wunderbares Alibi gehabt. Von wegen »Ich war nur zum Büfett-Essen mit einer Freundin verabredet.« In Wirklichkeit hatte sie diesen Leo mit den chinesischen Köstlichkeiten angelockt und ihn dem Killer direkt vor die Pistole geliefert. Diese Skrupellosigkeit, es an einem öffentlichen Ort zu machen, bekam eine ungeheure Brisanz und Gefährlichkeit. Er musste sich wappnen, sich dringend eine Waffe und eine Dienstmarke besorgen. Besonders bei einigen ausländischen Bürgern wirkte die Marke wie ein Sheriffstern. Für die zählte ein Dienstausweis nicht viel, den sie sich erst durchlesen mussten und sowieso nicht verstanden. Er griff zum Hörer: »Hier spricht die Polizei, hallo, Eddi.«

»Wat is los?«

»Okrim hier, du Schnarcher.«

»Ach du Scheiße. Ich war es nicht. Ehrlich.«

»Was warst du nicht?«

»Was du mir jetzt anhängen wirst. Egal was. Ihr hängt mir doch immer alles an, nur weil ich so gut zeichnen kann, Waffen sammle und Bomben herstelle. Das lasse ich nicht mit mir machen, eher sprenge ich mich in die Luft.«

»Hey, hey, komm runter. Niemand will dir was. Ich brauche deine Hilfe. Ich habe meine Dienstwaffe verloren und muss schnell eine neue haben, für meinen aktuellen Fall.«

»He? Wie, du brauchst eine neue Waffe? Kriegst du doch von Vater Staat, oder müsst ihr euch die jetzt von zu Hause aus mitbringen?«

»Doch doch, nein nein, aber die mussten die neuen Pistolen erst einmal wieder zurückschicken, weil die Abzüge klemmten – geht natürlich gar nicht«, log Otto. »Also, was ist jetzt, kannst du mir eine ausleihen? Von mir aus auch verkaufen – aber kein Wucher, sonst zeige ich dich an.«

»Immer einen Scherz auf den Lippen. Brauchst du auch eine Dienstmarke dazu?«

»Wie kommst du darauf?«

»Na, das hört sich doch nach verdeckter Ermittlung eines verdeckten Ermittlers an, der in der Szene nicht erkannt werden soll. Ihr Kommissare könnt euch alle noch so gut tarnen, eure Köppe kennt man.«

»Ja, du kennst dich aus.« Otto unterdrückte sein Lachen. »Mach mal so'n Ding fertig. Die Dienstmarke meine ich.«

»Brauche ich nicht, habe ich hier liegen. Außerdem gibt es die Messingschilder tonnenweise im Auktionshaus. Nur mal so als Tipp. Bis wann brauchst du das Spielzeug?«

»Hast du schon was gegessen?«

»Ja, Handkäse mit Musik.«

»Okay, der Tag ist lang. Da passt noch was rein. Um sechs bei *dem* Chinesen in Moers. Okay? Warte vor der Tür auf mich, damit wir uns nicht suchen müssen und du nicht wieder quer durch den Raum meinen Namen brüllst.«

Otto war stolz auf seine Idee. Er schlug damit drei Fliegen mit einer Klappe. Erstens: Er konnte sich den Tatort nochmal ansehen, zweitens bekam er seine Waffe und drittens sein Hähnchen süßsauer, nach dem er seit Stunden lechzte. Nein, es waren sogar vier Fliegen. Viertens: Bei diesem Geschäftsessen brachte er sich wieder auf den Laufenden, was so in der Szene gemunkelt wurde. Eddi war Schutzpolizist.

Eddi war unpünktlich. Seit fünfzehn Minuten stand Otto nun vor dem Chinamann und wartete auf ihn. Hätten sie sich doch nur nicht draußen verabredet. Noch weitere fünf Minuten und er ging rein. Otto fror und sah auf seine Schuhe, die nass geworden waren. Aus Langeweile betrachtete er die Schaufenster, direkt neben den massiv wirkenden Drachensäulen. Auch die Porzellandrachen rissen ihre Mäuler auf. Aber wohin man sah, winkten überall diese Glücksbären … oh nein, das waren Katzen, ja Katzen, oder …? Er hatte sich bisher immer nur mit dem chinesischen Büfett beschäftigt, nicht mit der Kultur, wusste aber, dass sie Geld und Glück heranwinken sollten. Ein Profiler würde jetzt analysieren, was das Winken und die Anordnung der Figuren bedeuten könnte. Wollte der Inhaber damit ein Zeichen geben? Den Killer heranwinken und den nächsten Auftrag signalisieren?

Dem strömenden Regen war es vermutlich auch langweilig geworden, jetzt fisselte er. Noch schlimmer. Otto rückte ein Stück dichter ans Fenster. Viel Platz hatte er unter dem schmalen Vorsprung nicht, denn ein gut erhaltenes Fahrrad stand im Weg. Das gehörte sicher der Bedienung, oder der kleinen Tochter der Bedienung. Der Sattel war ganz nach unten gestellt und der Rahmen hatte einen tiefen Einstieg. Womit war eigentlich diese Magaloff am tödlichen Tag gekommen? Nein, dieses Fahrrad wäre zu klein für sie gewesen. Sie war ein ganz schöner Brummer. Aber wenn sie das mit dem reichlichen Alkoholkonsum eingeplant hatte, war sie mit Sicherheit nicht mit dem Wagen gekommen. Noch immer meinten die meisten, sie könnten sich das Geld für das Taxi sparen und betrunken mit dem Rad nach Hause fahren. Hinterher wunderten sie sich, wenn sie bei einer Polizeikontrolle den Führerschein loswurden.

Er sollte sich mehr auf den Fall konzentrieren. War der Tatort auch wirklich gründlich untersucht worden? Vermutlich nur halbherzig. Die sogenannten Spezialisten hatten einen gelangweilten Eindruck gemacht. Sie hatten eine vorgefasste Meinung zur Auffindesituation gehabt und somit das Interesse daran verloren, weil sie keinen Mord dahinter vermuteten, sondern nur einen Herzinfarkt. Da lohnte sich die ganze Arbeit nicht. Ist doch so. Machen wir uns da nichts vor. Die machen doch alle nicht mehr als nötig, dachte Okrim. Ein Wunder, dass der Notarzt nicht schnell sein Häkchen bei *Natürlicher Tod* gemacht hatte. Der hatte anscheinend erst Rücksprache mit dem Hausarzt halten wollen, ob es beim Opfer irgendwelche Vorerkrankungen in dieser Hinsicht gab. Zugegeben, das war auch Ottos allererster Gedanke gewesen, bis er eben das Auge gesehen hatte.

Jedenfalls musste Otto sich noch einmal in Ruhe die Gegebenheiten anschauen. Vielleicht hatte er etwas nicht bedacht oder übersehen. Und wie war der Killer zum Restaurant gekommen? Mit dem Taxi? Mit einem Fluchtauto, mit dem Motorrad oder Fahrrad? Jedenfalls schien es eher unwahrscheinlich, dass er zu Fuß unterwegs gewesen war, weil das Restaurant einsam inmitten von Feldern lag.

Otto sah auf die Uhr. Noch eine Minute, dann würde er dafür sorgen, dass Eddi im Chinarestaurant auf Lebenszeit Hausverbot bekam, indem er dem Inhaber sagte, dass er gesehen habe, wie Eddi beim letzten Besuch einen Glücksbringer gestohlen hatte.

Eddi kam um die Ecke.

»Ah, endlich«, rief Otto ihm entgegen. »Da hast du noch mal Glück gehabt.«

*

Mia und Biggi waren das Eis und die vielen Cappuccinos nicht bekommen, das lag aber vor allem am Gesprächsthema. Allein die Vorstellung, ihre Trödelschwester Gitti könnte für immer in Tunesien bleiben, in den Fängen eines jungen Weinbauern, der sie erst hörig und dann bettelarm machte, drehte ihnen den Magen um. Da musste etwas geschehen. Sie fuhren zu Mia.

»Ruf sie an!«, sagte Biggi mit hysterisch rotem Kopf. »Sprich mit ihr. Bringe sie zur Vernunft. Auf dich hört sie vielleicht. Du bist die Älteste von uns – und die Vernünftigste.«

Mia hätte ihr am liebsten den kalten Fencheltee über das Kleid geschüttet, um sie vom Gegenteil zu überzeugen. Stattdessen griff sie zum Funktelefon und wählte Gittis Handynummer. Sie durfte nicht an die Kosten für das Gespräch denken. Was nützte ihr eine Flatrate, wenn die nicht für Gespräche an ein Handy und nach Tunesien galt? Die Rechnung von diesem Monat übernahm hoffentlich noch Bodo. Es waren ja nur noch ein paar Tage bis zum Ersten, so lange durfte sie ihm nichts von der endgültigen Trennung sagen, wenn er sich überhaupt meldete. Nein, sie war nicht berechnend. Sie musste nur finanziell klarkommen.

»Hallo, Gitti! Mia hier. Das ist ja eine tolle Verbindung. Donnerwetter. Biggi ist bei mir und hört mit. Sie hat mir alles erzählt. Sag mal, was machst du für Sachen? Wie ist er denn … ich meine, wie bist du denn auf die Idee gekommen? Was hat dich denn da gestochen, ich meine geritten, ähm … bewegt? Du weißt, was ich meine.«

»Mia! Schön dich zu hören. Ich hätte mich spätestens morgen bei euch gemeldet. Hallo, Biggi, du alte Tratschtante. Ich wollte es Mia doch selbst sagen. Egal. Wie hat dir unser Geburtstagsgeschenk gefallen, Mia? Macht er es gut?«

Biggi schämte sich kurz fremd, dann flüsterte sie Mia zu: »Sie hat nur Sex im Kopf. Nur Sex.«

»Ja, er ist wunderbar. Wenn er einen streichelt, dann vergisst man alles um sich herum …«

Biggi sah Mia böse an. «Komm zur Sache!«, zischte sie leise. »Sonst sehen wir Gitti nie wieder.«

»Du hast mir meine Fragen noch nicht beantwortet, Gitti. Bist du noch mit diesem Maruan zusammen?«

»Ja, sicher. Hätte ich nie gedacht, dass es mit einem viel jüngeren Mann so schön sein kann und dass er mich so schön fi… findet. Hach, ich blühe noch mal so richtig auf. Gell, mein Schatz?«

»Ja, wie schön«, antwortete Mia. »Hast du ihm Geld gegeben, Gitti? Für irgendwas?«

»Mit Schatz meinte ich nicht dich, sondern Maruan. Er sitzt neben mir. Wir schauen gerade fern, meine Lieblings-Soap, damit er noch besser Deutsch lernt. Sag mal was, Maruan.« Sie hielt ihm wohl den Hörer hin. »Dass wirrst du berreuen … Ichhh liebe dichhhh … Sack, dass das nicht wahrrr ist …«

»Hörst du, das kann man immer gebrauchen. Ansonsten spricht er fließend Englisch, Französisch und Spanisch.«

»… und perfekt Deutsch, nur keinen Dialekt«, rief er akzentfrei dazwischen.

Mia fühlte sich veräppelt. »Das ist sehr verdächtig«, flüsterte sie Biggi zu. »Hast du ihm Geld gegeben, Gitti?«, wiederholte sie sich. »Antworte nur mit Ja oder Nein.« Mia und Biggi sahen sich ängstlich an, weil sie die Antwort zu ahnen meinten.

»Nein, natürlich nicht. *Er* hat *mir* welches geliehen. Ich komme erst morgen wieder zur Bank. Nein, alles in Ordnung, du musst wissen, seine Familie ist in Tunesien sehr angesehen. Sie sind reiche Leute. Sie haben eine Weinzucht.

Biggi lachte spöttisch: »Is klar, eine *Weinzucht* und Gitti ist ihr Kamel. Das heißt Weinanbau – wenn überhaupt.«

Im Hintergrund hörte Mia eine Kuckucksuhr. Gab es die auch in Tunesien? Dass Gitti eine besaß, wusste sie.

»Hast du etwa deine Kuckucksuhr mit nach Tunesien geschleppt, oder haben die ihre eigenen Kuckucke?«, fragte Mia.

»Wieso Tunesien? Ich bin wieder in Deutschland. Wir haben einen Last-Minute-Flug bekommen. Wir bleiben eine ganze Weile, bis wir einige Dinge geregelt haben. Außerdem muss ich meinem Schatz doch Deutschland zeigen, bevor ich demnächst alles aufgebe.« Mia und Biggi sahen sich erschrocken an.

Dann hatte Mia eine geniale Idee. Sie überredete Gitti, sich morgen mit ihnen in der Weinhandlung *Ausgesuchte Weine* in Krefeld zur Verkostung zu treffen. Maruan sollte sie auf alle Fälle mitbringen. Dies wäre eine sehr gute Gelegenheit, ihm auf den Zahn zu fühlen – ob er wirklich so viel Ahnung vom Wein hatte oder ob Gitti sich da etwas vormachen ließ oder sich selbst etwas vormachte. Von wegen reiche Eltern und Weinanbau …

Jetzt, am frühen Abend, wehte endlich ein laues Lüftchen. Zeit, sich auf die Terrasse zu setzen und ein wenig auszuspannen.

Mia dachte über Gitti nach und wie sie ihr von ihrem jungen Liebhaber vorgeschwärmt hatte. Anscheinend wurden nicht nur Männer wieder jung, wenn sie sich eine Jüngere nahmen, sondern auch Frauen, wenn sie einen Jüngeren bekamen. Mia überlegte, ob sie ihre Zielgruppe bei der Männersuche erweitern sollte, aber ihre Skrupel waren größer. Sie stellte sich vor, wie sie in den Armen eines Dreißigjährigen lag und er sanft ihre vielen Rundungen streichelte und zu den Stellen kam, an denen das Bindegewebe nachgelassen hatte und die Haut eher faltig und schlaff war. Bestimmt kein schönes Gefühl für ihn. Sie konnten es vielleicht ja einfach im Dunkeln treiben, aber bekam man dann nicht einen noch besseren Tastsinn?

Mia griff zum Longdrink-Glas und trank es mit ein paar Schlucken halb leer. Das tat gut. Auch daran sollte sie sich gewöhnen: regelmäßig ihren Flüssigkeitshaushalt aufzufüllen. Mit Wasser natürlich, möglichst ohne Kohlensäure, damit sie nicht aufschwemmte wie eine Wasserleiche. Apropos. Da war es wieder, ihr Problem, ihre Leiche.

Sie nahm das Handy vom Tisch und drückte die Kurzwahl.

Ja, er hatte Zeit für sie! Wunderbar. Mia plauderte zunächst nur ein wenig. Sie erzählte von sich und von Leo, ihrem guten Bekannten, den sie durch einen tragischen Unfall verloren hatte. Wie zufällig fragte sie ihn, ob er nicht Lust hätte, jetzt gleich zu ihr zu kommen. Sie habe da ein dringendes Anliegen, das sich am Telefon schlecht erklären ließe. Keinesfalls durfte sie ihm den genauen Grund nennen, warum er kommen sollte. Wenn er den jetzt schon wüsste, würde er es nicht machen.

*

Hugo hielt auf dem Parkplatz des Bürogebäudes der *Funny-Fifty*. Hoffentlich war Addi um diese Zeit noch da. Um achtzehn Uhr im Sommer konnte man sich schönere Dinge vorstellen, als in der Firma zu hocken. Es sei denn, er stellte sie auf den Kopf, bevor ein anderer sie übernahm. Was Addi bis jetzt nicht beiseite geschafft hatte, würde er zukünftig nicht mehr bekommen.

Dunja hatte Hugo nun alle Freiheiten gegeben, die er brauchte. Sie hatte ihm die letzte Seite seiner verfassten Handlungsvollmacht unterschrieben und somit die Geschicke der Firma in seine Hände gelegt. Damit war er in der Lage, erste Geschäfte zu tätigen, bis die offizielle Überschreibung notariell abgewickelt worden war. Er hatte Dunja nicht zwingen müssen, zu unterschreiben. Im Gegenteil, sie war sichtlich froh gewesen, sich von nun an um nichts mehr kümmern zu müssen. Außer darum, wie sie ihre Tantiemen schnellst- und bestmöglich wieder ausgeben könnte. Sie hatte nur halb hingehört, als Hugo ihr erklärt hatte, worum es ging, geistig vermutlich längst wieder mit ihren zwei Koffern im Flugzeug, auf dem Weg nach Italien.

Es war nur ein Blatt Papier gewesen, aber eins, das ihm sehr viel bedeutete. Seine Zukunft hing daran. Eine Zukunft mit der Firma und der Frau seines Bruders. Eine Art Wiedergutmachung, oder sollte er es eine feindliche Übernahme nennen? Die ersten drei Seiten des Dokuments würde er so schnell wie möglich hinzufügen, so wie er sie brauchte.

Hugo betätigte den Klingelknopf. Dies war das erste und letzte Mal, dass Addi ihm öffnen musste, danach würde er sich selbst die Tür aufschließen.

Es dauerte lange, bis Addi zur Tür kam. »Ach, Sie sind es schon wieder.« Abfälliger hätte er Hugo nicht begrüßen können. »Kommen Sie rein, wir haben einiges zu klären.«

»Deswegen bin ich hier.« Hugo folgte Addis schnellem Schritt durch die Räume der Firma. Es war ein geheimer Wettlauf darum, wer zuerst auf dem Chefsessel sitzen durfte.

Addi gewann. Er schnappatmete, beruhigte sich etwas und ließ sich mit der Relax-Stellung nach hinten kippen. Dabei schien er alles andere als entspannt zu sein.

Bereits auf Leos Beerdigung war Addi ihm äußerst unsympathisch vorgekommen und das würde sich jetzt nicht ändern. Hugo strich über das blankpolierte Mahagoniholz. Der Tisch war riesengroß, wie für ihn gemacht. Sobald er ihm das von Dunja unterschriebene Dokument gezeigt hatte, das ihn als Chef auswies, durfte Addi am kleineren Tisch der Billiggattung Platz nehmen. Allzu sehr durfte Hugo es sich jedoch nicht mit ihm verscherzen. Er brauchte ihn zur Übergabe des Geschäfts. Außer, dass mit Modeschmuck für die reifere Frau – aus aller Welt, in alle Welt – gehandelt wurde, wusste er nichts über die *FunnyFifty*. Er wusste nur, dass er sie besitzen wollte.

Addi bot Hugo gönnerhaft einen Kaffee aus dem Automaten an. Ja, er wollte einen, schon allein. um sich von diesem südländisch wirkenden Macho bedienen zu lassen und … Während Addi gekonnt und zielsicher den Knopf für den bestellten Cappuccino drückte, sprang Hugo auf und setzte sich auf den freigewordenen Chefsessel.

Addi stutzte, als er sich zu Hugo umdrehte. Er knallte die Tasse vor ihn auf den Tisch. Nicht nur die Milchschaumcreme schäumte über.

Das Gedudel des Handys funkte dazwischen. Addi zögerte, das Gespräch anzunehmen.

»Wollen Sie nicht abnehmen?«, fragte Hugo.

Addi sah an sich hinunter. »Muss ich?«

»Der Klingelton nervt. Sonst nehme ich ab und erkläre es zur Chefsache.« Hugo streckte den Arm nach dem Hörer aus.

»Es ist privat«, sagte Addi mit einem Blick auf das Display.

»Das stört mich nicht. Gehen Sie endlich an den Apparat.«

Addi hob den Hörer hoch. »Hallo? Wer? Ah ja, hallo. Nein, ich habe versucht, dich zu erreichen. Es ist etwas Fürchterliches passiert …« Er schaute kurz zu Hugo, der ihn direkt ansah und sich gar nicht erst bemühte, so zu tun, als höre er nicht mit, dann fuhr er fort: »Ich … ich hatte auf dem Weg zum Flughafen einen Unfall, mit meinem Leihwagen … Das hat ein Dieb ausgenutzt, und während ich mich mit dem Unfallverursacher noch gestritten habe, stahl er meine Aktentasche, in der sich mein Laptop, Geld und meine Papiere befanden. Wichtige Wertsachen – einfach weg … Ja, ich bin noch in München. Aber, was viel schlimmer ist: Deine wunderbaren Gedichte und Liebesbekundungen, die ich vor dem Einschlafen immer lese, sind unwiederbringlich verschwunden. Zwar trage ich sie in meinem Herzen, aber auch der gesamte Mailverkehr zwischen uns ist einfach … Ich bin untröstlich, aber ich konnte mich nicht eher melden … Liege noch im Krankenhaus … Nein, bitte nicht, du sollst mich in dem Zustand nicht sehen … Ich komme zurecht … Werde auch bald wieder entlassen … Aber dann muss ich mich erst einmal um meine Papiere und ein neues Laptop kümmern. Ich weiß nicht, wie ich die hohen Kosten … Habe doch gerade erst meine Anlagen getätigt und muss jetzt eine gewisse Zeit überbrücken. Du? Oh, das würde mir sehr helfen. Ja, das dürfte reichen, per Bargeldtransfer, das geht schneller. Ich lasse es dann an der Auszahlungsstelle abholen. Kennst du ja. Du bist ein Engel. Ja, ich liebe dich auch und kann es kaum erwarten, bei dir zu sein, dich in meinen Arm zu nehmen.«

Hugo zog eine Augenbraue hoch und räusperte sich, was Addi am Handy sofort Ärger einbrachte.

»Nein, wie kommst du darauf, meine Glücksfee? Das war mein Zimmernachbar. Nein, du kannst ihn nicht sprechen. Vertraust du mir nicht? Es stimmt alles, was ich dir gesagt habe. Du kannst es ja nicht sehen, aber er nickt. Ich kann ihn dir nicht geben. Er hatte eine Kieferoperation und ist nicht in der Lage zu sprechen. Ja, mache ich. Ich dich auch, meine Sonne. Bis bald. Ich melde mich. Sobald ich hier raus bin, teile ich dir meine Zugverbindung mit. Bussi Bussi … Ja, ich sehne mich auch nach dir. Bi-ba-bye.«

»Interessant«, sagte Hugo. »Sie hatten einen Unfall und sind bestohlen worden?« Er sah sich um: »Wir befinden uns hier in München, in einem Krankenhaus? Wann ist die nächste Visite?« Hugo hob die Hände. »Aber keine Sorge, das ist Ihre Sache. Ich möchte Sie nur bitten, Privatgespräche auch privat zu führen und nicht hier in der Firma.«

»Na ja …« Schon wieder dudelte es. Addi nahm das Gespräch an und drückte sofort auf den Ausknopf. »Wir sollten uns jetzt nicht mehr stören lassen und einiges klären. Ich denke, was die Firma und die Weiterführung angeht, unterliegen Sie wohl einem großen Missverständnis.«

Hugo widersprach: »Das kann nicht sein. Hier, schauen Sie: die Vollmacht. Dunja hat Ihnen sicher gesagt, dass *ich* mich zukünftig um die Belange der *FunnyFifty* kümmern werde. Wo sind die Unterlagen? Finanzamt: Umsätze – Steuer – Erlös, die Bestelllisten, Mitarbeiterliste, Lagerbestand, usw. Genau, das Lager würde ich auch gerne sehen. Wo befindet es sich? Hier sehe ich jedenfalls keinen Schmuck.«

»Er ist zwischengelagert, in einer Scheune in der Nähe vom Elfrather See. Das ist nicht weit von hier entfernt. Ich bringe sie gleich dorthin.«

»Das können Sie gerne machen, dann erzählen Sie mir sicher auch, womit mein Bruder sein Geld wirklich verdient hat. Ich denke mal nicht, dass es legal war«, sagte Hugo und blickte direkt in das dunkelrot angelaufene Gesicht von Addi. Der sah aus wie das Rumpelstilzchen, dem gerade sein eigener Name verraten wurde und das sich jeden Moment selbst in Stücke zerreißen will.

*

Mia begrüßte den Streichler mit offenen Armen, so als sei er ein langjähriger Freund. Nein, mehr noch: Sie hofierte ihn regelrecht, nahm ihm die Tasche ab und schob ihn in ihre Wohnung. Dicht hinter ihm gehend, sog sie tief seine Duftwolke ein. Dieses Herrenparfum mochte sie ganz besonders. So sehr, dass sie es selbst manchmal benutzte, weil es so frisch roch.

Er war immer noch verdutzt und sah sie groß an: »Oh, wusste gar nicht, dass dir meine letzten Streicheleinheiten soo gut gefallen haben.«

Mia grinste nur. Sie dachte an ihre Freizügigkeit, die sie bei ihrem letzten Treffen an den Tag gelegt hatte. Ja, daran mussten sich ihre Mitmenschen ab sofort gewöhnen. Sie lebte jetzt ihre neue Freiheit aus, auch die sexuelle, und wollte endlich alles genießen, mit allen Sinnen. Wann, wenn nicht mit neunundvierzig? Das hieß jetzt aber nicht, dass sie über den Streichler herfallen wollte, und doch, im gewissen Sinne schon. Sie hatte ein Attentat auf ihn vor.

»Du musst mir einen riesigen Gefallen tun.«

»Deswegen bin ich hier. Ich habe da etwas Tolles …«

»Nein, nicht so. Du musst dich bei *FunnyFifty* einschleusen, bei dieser Modeschmuckfirma. Du weißt schon. Ich hatte dir doch von meinem Bekannten erzählt und den tragischen Umständen.« Mia wartete sein Nicken ab, damit sie dazu nicht mehr viel erklären musste. Natürlich hatte sie ihm nicht alles gesagt, nichts von Leos gewaltsamem Tod, sondern dem tragischen Unfall eines Bekannten, der Firmenbesitzer war. Er sollte ja keine Angst haben und den Auftrag ablehnen, den sie für ihn hatte.

Erst jetzt nickte der Streichler als Antwort auf ihre Frage, ob er sich daran erinnern könne.

»Fein«, sagte Mia. »Jedenfalls suchen die dringend einen Mitarbeiter, einen männlichen Mitarbeiter.«

Der Streichler setzte sich. »Ja, aber ich kenne mich doch gar nicht mit diesem Modeschmuck-Gedöns aus. Was soll ich da machen?«

»Hm … sagen wir mal, Support. Telefonieren und so. Einfach mal deine Arbeitskraft anbieten und abwarten, was passiert. Ich brauche Informationen, wo sie den Schmuck aufbewahren, wie sie ihn vertreiben, wer die Kunden sind, und so weiter. Meinst du, du schaffst das?«

»Ich habe mal bei einer Hotline für eine Mobilfirma gearbeitet. Höflich telefonieren kann ich natürlich. Läuft ja immer gleich ab. Aber ich weiß nicht … sich einstellen lassen, um zu spionieren? Das kann ich nicht.«

»Du konntest auch nicht streicheln und jetzt genieße ich es sogar, wenn du mich verwöhnst – mit dem Streicheln, meine ich. Du kannst mehr, als du denkst. Ich würde es ja selbst machen, aber sie nehmen keine Frauen. Keine Sorge, es kann dir nichts passieren. Sie können dich nur feuern.« Mia lächelte ihn an, aber tief im Inneren war sie sich nicht so sicher.

Der Streichler sah sie skeptisch an.

»Wunderbar«, flötete Mia. »Lass es uns üben. Also, du bist jetzt bei der Firma *FunnyFifty* und ich rufe dich an: Rrring … rrring …«

Der Streichler lachte. »Ich komme mir vor wie fünf und im Kindergarten.«

Mia sah ihn ernst an: »Es ist sehr wichtig. Das ist kein Spiel. Du musst die Stelle bekommen. Also: Rrring … rrring …«

»Firma *FunnyFifty*. Modeschmuck für die fröhliche Frau ab fünfzig. Einen wunderschönen Guten Tag. Mein Name ist Olé Landhoff. Was kann ich für sie tun?«

»Haaa!«, rief Mia aus. Jetzt weiß ich auch endlich, wie du heißt.

»Dieser Platz ist vorübergehend nicht erreichbar. Please hold the line. Dieser Platz …«

»Heißt du wirklich Olé? Das gibt's doch gar nicht.«

»Doch, doch, ist ein Tippfehler der Standesbeamtin, die wohl eine Sehschwäche hatte, und meinem Vater war es in der Aufregung auch nicht aufgefallen. Dabei ist es dann auch geblieben. Wenn ich auch oft damit aufgezogen wurde, so war und ist mein Vorname zumindest einzigartig – wie ich.«

»Ich glaube, ich habe dir zu viel Selbstbewusstsein vermittelt«, sagte Mia. »Gut, mit deiner Höflichkeit wirst du es aber bis in die Firma schaffen und mit deinem gepflegten Äußeren erst recht.« Sie ging zum Schreibtisch und gab ihm den Ausdruck, auf dem alles stand, was er für die Bewerbung wissen sollte und was sie wissen wollte.

»Packen wir es an. Olé!«

*

Otto und Eddi betraten das Chinarestaurant. Otto ging voran und suchte einen Tisch für zwei Personen, von dem aus man sowohl den Restauranteingang als auch den Treppenabgang zu den Toiletten- und Privaträumen sehen konnte.

»Such dir was aus, du bist mein Gast«, sagte er zu Eddi,

»bis zehn Euro – inklusive Getränk. Ich habe heute meinen großzügigen Tag. Keinen Alkohol.«

Eddi nickte. So kannte er ihn.

»Hast du alles dabei, was ich haben wollte?«, fragte Otto.

»Klar.« Eddi klopfte auf seine Aldi-Tüte, die eckig ausgebeult war. »Warum wolltest du dich denn ausgerechnet hier mit mir treffen? Ich hätte doch auch zu dir kommen können.«

»Eben nicht. Ich muss was ausprobieren und das geht nur hier.«

»Aha.«

Die freundliche Bedienung kam an den Tisch und erkannte Otto Okrim sofort wieder. Ihre Augen füllten sich mit Tränen. Entweder saß ihr der Schock noch immer in den zierlichen Knochen oder aber sie befürchtete, als tatverdächtig mitgenommen zu werden. Zittrig stellte sie die zwei mitgebrachten Schnapsgläser mit dem sumpffarbenen Getränk vor die beiden Männer. Otto brachte es darauf, dass diese Farbe und der Geschmack sich bestens dafür eigneten, es mit Gift aufzubessern.

Sie bedankten sich artig für das Bonusgetränk.

Otto war etwas eingefallen. Er stand auf und ging zur Theke. Die Bedienung rief dem Kellner etwas in ihrer Landessprache zu und fuhr zusammen, als sie merkte, dass sie verfolgt worden war.

»Oh, Entschuldigung, ich wollte Sie nicht erschrecken, sondern eine Frage stellen: Wissen Sie, wem das Fahrrad da draußen gehört, an Ihrem Schaufenster?«

»Weiß nicht«, sagte sie, »steht hier, seit Mann tot gefunden.«

Der Kellner mischte sich ein. »Ich weiß. Mann hat abgestellt.«

Okrims Kriminalistennase juckte. Das waren so Dinge, die einem erst hinterher auffielen. Und das meinte er damit, wenn er sagte, dass man einen Tatort mindestens zweimal untersuchen sollte. »Wissen Sie, wie der Mann heißt?«

»Nein, nicht wissen. Nur, wie aussah.« Er beschrieb ihm Otto und hob die Hand bis zu seiner Schulter, als es um die Größe ging.

Zurück am Tisch sagte er zu Eddi: »Lass uns mal zu den Toiletten gehen, bevor das Essen kommt. Nimm die Wa... ähm ... Tüte mit, Eddi.«

Otto folgte Eddi wie sein Bodyguard und sah sich ständig um. In der Herrentoilette sagte Otto: »Du gehst links rein und schließt ab.« Er drückte Eddi durch die offenstehende Toilettentür, ehe der Fragen stellen konnte. Otto ging in die Kabine daneben, bückte sich und schob, soweit es ging, seine rechte Hand unter der Trennwand hindurch. Wild fuchtelnd befahl er: »Gib sie mir. Beeil dich. Noch sind wir die einzigen Gäste, aber das kann sich schnell ändern. Ich brauche keine Zuschauer dafür.«

»Was soll der Blödsinn?«, kam es zurück.

»Mach schon. Habe meine Gründe.«

Kurz darauf prüfte er den Inhalt des Kartons und strahlte. Eine Dienstmarke lag auch dabei, perfekt.

Otto hörte, wie Eddi spülte. Otto klopfte an seiner Tür.

»Aufmachen! Sofort!«, rief er.

Eddi öffnete brabbelnd die Tür, sah direkt in die Öffnung des Pistolenlaufs und riss die Augen auf. Nach dieser Schocksekunde griff er an, schlug Otto die Waffe aus der Hand und drehte ihm den Arm um, warf ihn zu Boden.

Otto wimmerte: »Aufhören, aufhören!« Er stand auf und richtete seine Klamotten, massierte die Schulter. »So könnte es gewesen sein, wenn man bedenkt, dass dieser Leo kein übereifriger und bekloppter Polizist war, so wie du.«

»Wenn jemand so aus nächster Nähe auf den Kopf schießt, hat die Reinemachfrau aber allerhand zu tun«, sagte Eddi.

»Ja, sicher, es ging mir nur um das Überraschungsmoment. Wenn jemand überrascht wird, dann reißt er automatisch die Augen auf ... Der Tote wurde hier vor den Waschbecken gefunden ... Aber, wer sagt denn, dass es auch hier passiert sein muss? Es kann ja auch aus einer größeren Entfernung geschehen sein und er hat sich bis hierhin geschleppt.« Otto ging nach draußen in den Flur. »Hm, ja, und hier ...« Er stellte sich hinter einen Mauervorsprung des langen Flurs.

»... hier könnte der Mörder ihm aufgelauert und seinen Namen gerufen haben, oder etwas, was ihn erschreckte.«

Otto besah sich die Wand: Schmauchspuren!

»Mit wem redest du – und vor allen Dingen: Worüber redest du?«

»Über meinen neuen Fall. Brutaler Mord. Vielleicht sogar Auftragsmord.«

»Dann gib mir mal schnell mein Geld, bevor es zu spät ist. Zweihundert.«

»Zweihundert? Hab ich nicht. Hast was gut bei mir«, sagte er und zückte seine Digitalkamera. Er fotografierte den verdutzten Eddi. Ein Bild für die Götter. Anschließend machte er von den Schmauchspuren und dem mutmaßlichen Tatort viele Aufnahmen, aus allen möglichen Perspektiven. Also, er war zufrieden mit sich. »Komm, Eddi, das Essen wartet auf uns.« Mit der Tüte schlenkernd, tief in Gedanken, ging er voran. Zwar musste er sich eingestehen, dass es noch Ungereimtheiten gab, aber vielleicht brachte ihn das Fahrrad des kleinen Mannes weiter, das er gleich in seinen Kombi lud.

*

Hugo beobachtete Addi, der stöhnend hin und her lief, dann plötzlich stehenblieb und fragte: »Was wollen Sie wirklich?«

»Alles, was meinem Bruder gehört hat«, sagte Hugo. Dass damit auch Dunja gemeint war, ging Addi nichts an.

Addis wütender Blick schüchterte Hugo nicht ein. Im Gegenteil, der provozierte ihn. Mit Riesenschritten ging er zum Aktenschrank, öffnete eine Tür nach der anderen und pfiff durch die Zähne: »Was haben wir denn hier Feines?« Er zog am Griff – verschlossen. Natürlich, das hatten Tresore so an sich. »Wie lautet die Kombination?«

»Keine Ahnung«, sagte Addi.

»Das soll ich Ihnen glauben? Sind Sie bisher Geschäftsführer gewesen oder Putzmann? Also, was ist? Her damit.«

Addi wühlte oberflächlich in den Unterlagen. »Finde ich im Moment nicht. Ich muss die Liste in der Aufregung verlegt haben. Schlage vor, wir fahren erst zum Außenlager und sehen uns den Lagerbestand an.«

Hugo blickte wieder auf den Tresor, diesmal wie ein Hund, der von seinem Knochen lassen soll, aber dann war er einverstanden. »Okay, das gute Stück läuft uns nicht davon ... Fahren wir.«

Sie fuhren mit Addis Jeep, in den Hugo mit seinen langen Beinen bequem eingestiegen war. Das Auto hatte genau die richtige Größe für ihn.

»Ist das ein Firmenwagen?«, fragte er Addi.

»Nein. Privat. Warum?«

»Weil es sonst meiner gewesen wäre. Ich möchte nachher alle Fahrzeugbriefe des Firmenfuhrparks sehen«, forderte Hugo und sah, dass Addi feine Schweißperlen auf der Stirn standen. Er gab Gas und stochte an der Metro in Uerdingen vorbei, ließ die EGK – die Müllverbrennung, mit ihren riesigen Faultürmen, die wie überdimensionale Eier aussahen –, rechts stehen und bretterte mit achtzig Kilometern in der Stunde am Elfrather See vorbei. Hugo hatte Mühe, die Schilder in dieser rasanten Geschwindigkeit zu lesen. Selbst in der Tempo-Dreißig-Zone auf dem Reitweg machte Addi keine Anstalten, langsamer zu fahren. Als sei der Teufel hinter ihm her. An der Tankstelle bog er links ab und fuhr die nächste wieder links. Sie kamen auf eine Landstraße, auf der nur vereinzelt Häuser standen. Hier durften sich Hase, Fuchs und Reh noch sicher fühlen, wenn nicht gerade ein wild gewordener Jeep vorbeibrauste. Sie hielten schließlich auf der Vennikelstraße vor den großen Lagerhallen an und stiegen aus.

»Früher standen hier die Karnevalswagen für den Krefelder Umzug unter«, sagte Addi.

»Interessiert mich nicht«, sagte Hugo.

Addi schloss das Tor auf, musste sich dabei mit voller Wucht gegen den Schiebegriff stemmen, damit es sich überhaupt bewegte. Hugo grinste nur, anstatt zu helfen. Dafür war er der Erste, der in die Halle schritt.

Addi machte Licht. Es wurde taghell. Hugo sah sich um.

»Aha«, sagte er.

»Tja«, meinte Addi.

Vier Schreibtische standen in der Mitte des Raumes. Auf jedem befand sich ein PC mit Monitor. Auf der Arbeitsplatte lagen Headsets. In der Wand vor Kopf sah er ein einziges winziges Fenster, mit einer ollen Pappe notdürftig abgedeckt, rundherum Regale mit einer Menge Bürokram, Drucker, Fotokopierer und Papier. Keine Ordner, dafür aber jede Menge Fotoalben, oder was das war, Sperrmüllzeugs. Aber nur drei bis vier Kartons, in denen Modeschmuck sein könnte. Hugo hob einige Deckel hoch. Billige Ketten und Armbänder blinkten ihm entgegen.

»Sieht aus wie echt, wenn man nicht weiß, wie echte Diamanten zu schimmern haben«, sagte Hugo und ließ sie wieder in den Karton fallen. »Für eine Modeschmuckfirma zu wenig Lagerbestand. Also, was ist das hier? Ein betrügerisches Callcenter?«

Addi nahm ein kurzes Telefonkabel aus dem Regal und löste den Anfang. Er setzte zu einer Erklärung an: »Wir kümmern uns hier über Skype und Messenger um die armen Frauen, die sonst niemanden mehr haben, und deren großes Herz und Liebe niemand mehr zu schätzen weiß. Unsere Männer sind große Klasse auf dem Gebiet. Sie verstehen die Alleinstehenden, lassen sie erzählen und gehen auf sie ein. Ja, sie lesen ihnen jeden Wunsch von den Augen ab, wenn es zu einem Treffen kommen sollte.«

»Verstehe … wenn man nicht zufällig wegen eines Unfalls im Krankenhaus liegt und verhindert ist … oder Geld braucht, weil man sein Kapital unglücklicherweise fest angelegt hat und im Moment nicht drankommt.«

Hugo ging zur Pinnwand, an der eine Art Einsatzplan hing. Ausländisch klingende Namen und stündlich differierende Uhrzeiten standen da, dahinter irgendwelche Webseiten mit Benutzernamen, die sehr seltsam, manchmal aber auch lustig klangen, wie zum Beispiel Moni Mondteddy.

Addi war immer noch mit dem Kabel beschäftigt. Es hielt ihn aber nicht davon ab, mehr zu verraten: »Genau. Natürlich zeigen unsere Rechner nur ID-Nummern, die man nicht zurückverfolgen kann. Die Internetspuren, die wir hinterlassen, führen von Pontius nach Pilatus und wieder zurück. Also kreuz und quer durch die Länder dieser Erde.«

»Und diese Männer schwatzen den Frauen auch Modeschmuck auf?«, fragte Hugo.

»Modeschmuck? Nein, nein. Ich gebe Ihnen einen guten Rat: Buddeln Sie nicht weiter im Dreck, sonst fallen Sie in Ihr eigenes Grab.« Addi wickelte sich ein Kabelende über den rechten Handrücken und das andere über die linke Hand. Er zog das Kabel stramm und kam auf ihn zu.

Hugo lachte, stellte sich breitbeinig hin und sah auf ihn herunter. »Und jetzt?«

*

Addi wusste, wann er besser nicht weitermachen sollte. Dabei hätte er Hugo auch zu Fall bringen können, oder ablenken – damit der sich nach etwas bückte, oder sich im Sitzen an ihn heran … Nein, er wollte sich nicht an Hugo die Finger schmutzig machen. Ihn nur eindringlich warnen. Das Leichtgewicht Wassyl Lomatschenko boxte ja auch nicht gegen Klitschko.

»Gut, ich weise Sie in alles ein«, sagte er zu Hugo, »erzähle Ihnen alles, aber ich an Ihrer Stelle würde es nicht wissen wollen. Wer zu viel weiß … kennen Sie vielleicht. Am besten, Sie rufen Dunja an und sagen ihr, dass Sie die Firma nicht übernehmen wollen. Lassen Sie sich einen glaubwürdigen Grund einfallen.«

»Huuu … huuu … wollen Sie mir Angst machen, oder drohen? Das können Sie nicht. Da müssen schon andere kommen. «

Addi grinste nur. Darauf konnte Hugo sich verlassen. Addi wusste auch schon, wer. Er verfolgte Hugos Blicke, die etwas im Raum zu suchen schienen, bis sie wieder abschätzig auf ihm ruhen blieben.

»Lassen Sie uns fahren«, sagte Hugo. »Hier gibt es nichts zu sehen. Kommen wir lieber auf den Safe zurück. Sie werden gleich mit nichts anderem beschäftigt sein, als den Zettel mit der Kombination zu suchen.«

Das kam Addi nur ansatzweise entgegen. Die Zahlen vom Tresor hätte er auch gerne. Zu dämlich, dass er sie darin liegen gelassen hatte. Er musste dringend an die wichtigen Unterlagen und Dokumente in den Ordnern kommen. Wenn dort auch mit Sicherheit kein Testament lag, so fand sich eventuell etwas, womit er Dunja in der Hand hatte oder was die Besitzverhältnisse neu sortierte. Nur wäre er dabei gerne alleine. Einmal mehr war er froh, Leos Geld vorher herausgenommen zu haben. Er hatte es längst an einem sicheren Platz versteckt, den würde Hugo garantiert nicht finden.

Wieder am Bürogebäude angekommen, staunten sie nicht schlecht. Ein Wagen fuhr vom Hof. Im Auto saß ein Mann, der sofort das Steuer herumriss und wieder zurückkam, dann stieg er aus. »Ah, da habe ich ja Glück gehabt. Ich möchte gerne den Geschäftsführer sprechen.«

»Das bin ich«, sagten Addi und Hugo gleichzeitig. »Kommen Sie doch rein«, sagte Addi und Hugo fragte: »Was kann ich für Sie tun?«

»Mein Name ist Olé Landhoff. Man sagte mir, dass sie eine Stelle frei haben.«

*

Mia hatte zwar den Kopf nicht dafür frei, aber das Treffen mit Biggi, Gitti und Maruan in der Weinhandlung war ihr sehr wichtig. Sie musste Gitti ins Gewissen reden und sich vor allen Dingen diesen Maruan mal näher anschauen.

Vorher hatte sie Norbert Pohl, den Besitzer von *Ausgesuchte Weine*, den sie seit Jahren kannte, telefonisch vorgewarnt und gefragt, ob er etwas über tunesische Weine wisse, oder ob er sie bestenfalls in seinem Sortiment habe. Eigentlich war die Frage überflüssig, denn als Diplom-Ingenieur des Weinbaus und ehemaliger Kellermeister in der Toskana kannte er sich selbstverständlich mit Rebsorten und Weinanbaugebieten aus. Die Besten der Besten importiere er direkt aus aller Herren Länder, meinte er, und unter seinen fünfhundert Sorten, mit denen er handelte, seien natürlich auch tunesische. Wobei … aber das wollte er ihr persönlich erklären.

Wunderbar.

Bevor es so weit war, fieberte sie zunächst dem Anruf des Streichlers entgegen. Hoffentlich bekam er die Stelle bei *FunnyFifty*. Wie sonst sollte sie an interne Informationen über Leos Firma kommen? Zum Beispiel auch, ob sie wirklich Modeschmuck vertrieben. Es konnte ja auch echter Schmuck sein, den sie nur als Modeschmuck deklarierten, um Steuern und Zoll zu sparen oder umgekehrt: Sie verkauften billigen Tand als echten Schmuck. Vielleicht spielte der Schmuck aber auch gar keine Rolle. Wie viele Mitarbeiter hatten sie überhaupt?

Sie wollte mit Olé über Handy in Kontakt bleiben, falls er es abends nicht mehr schaffte, zu ihr zu kommen.

In der Zwischenzeit versuchte sie noch einmal, Hugo von Stein über das Internet, im Chat, zu erreichen, aber es war zwecklos. Er war offline und hatte ihr auch keine private Nachricht geschickt. Mia schrieb ihm ihre Mailadresse, damit sie sich nicht immer im sozialen Netzwerk einloggen musste und seine Mail sofort in den Posteingang bekam. Wenn Dunja am Tag der Beerdigung die Wahrheit gesagt hatte, dann wohnte er in der Villa und sie war längst wieder in Italien.

Ihre ganze Hoffnung lag nun beim Streichler, bei Olé. An den Namen musste sie sich erst gewöhnen. Immer nur warten, warten … Das brachte Mia noch mal um den Verstand.

Um die Wartezeit sinnvoll zu nutzen, ging sie wieder einmal auf die *Traumpartner-Seite* und schaute nach, ob sie diesmal eine Antwort auf ihre Anfrage hatte, ob Leo bei den Frauen als Betrüger bekannt war. Tatsächlich. Endlich hatte sie eine Nachricht. Sie kam aber nicht von Eva Engel, mit der sie zu allererst geschrieben hatte, sondern von einer *Sahneklecks*.

Wie Mia am grünen Punkt neben ihrem Namen erkannte, war die Frau online. Wenn sie sich beeilte, konnte sie ihr im Chat weitere Fragen stellen. Sie las:

Hallo CaraMia,

es geht um deine Anfrage zu Leo von Stein. Eva Engel hat mir sein Foto geschickt. Ja, den Typen kenne ich. Aber nur vom Foto her. Bei mir hatte er sich aber nicht als Leo von Stein vorgestellt, sondern als Marc Millifan. Wir wollten uns ein paar ml treffen, aber immer wieder war angeblich etwas dazwischengekommen. Erst waren es geschäftliche Termine und zuletzt hatte man ihn bestohlen und er war ohne Geld. Das mit dem Diebstahl habe ich ihm geglaubt und ihm welches geschickt, weil ich auf seine charmante Art hereingefallen war. Er musste noch nicht einmal nach den 2000 Euro fragen. Ich dumme Kuh habe sie ihm regelrecht aufgeschwatzt. Seitdem habe ich eine Gruppe von Frauen zusammengetrommelt, die ebenfalls mit solchen Liebesbetrügern zu tun gehabt haben oder noch unter ihnen leiden. Denen machen wir jetzt die Hölle heiß. Die Öffentlichkeit soll davon erfahren. Presse, Rundfunk, Fernsehen. Jeder Artikel und jede Berichterstattung sind willkommen. Mittlerweile gibt es eine große Anzahl an Blogs und Websites, auf denen die Fotos, Betrügernamen, die Geschichten und Liebesbeteuerungen haarklein aufgeführt sind. Dort findest du auch komplette Chatverläufe abgedruckt. Die Unterhaltungen ähneln sich auffallend, immer dieselbe Masche. Je mehr Fotos und Pseudonyme wir von ihnen haben, umso leichter können wir sie enttarnen. Es wäre großartig, wenn du dich daran beteiligen könntest. Wir wollen möglichst viele Frauen davor warnen. Die Scammer sollen merken, dass sie mit ihrer Methode nicht weiterkommen. Sie sitzen überall, nicht nur in Deutschland. Sehr viele gibt es in der Türkei und in Afrika. Aber selbst die ausländische Polizei ist da machtlos oder hat kein Interesse daran, weil es zu viele sind, oder … wer weiß, wer oder was da noch hintersteckt …

Unser Fall ist aber noch nichts gegen den von Moni Mondteddy. Sie hatte da jemanden kennengelernt, der ... Es ist so tragisch. Davon erzähle ich dir am besten persönlich. Ich würde mich gerne mit dir treffen. Da ich dir vertraue und du eine Leidensgenossin bist, gebe ich dir meine Telefonnummer. Bitte behandle sie aber streng vertraulich. Sie lautet ...

Lieben Gruß

Sahneklecks alias Marie

Mia musste das erst einmal sacken lassen. Dieser Leo von Stein alias Marc Millifan, alias alias hätte sie beinahe in seine Fänge bekommen – und das ihr!

Jetzt wollte sie auch noch wissen, was es mit *Moni Mondteddy* auf sich hatte. Sie griff zum Hörer und wählte.

»Hallo?«

»Hallo. Sahneklecks? Oder soll ich Marie sagen? CaraMia hier, also Mia Magaloff.«

»Das ging aber schnell. Hallo, Mia, nenn mich wie du möchtest.«

»Danke für deine ausführliche Nachricht«, sagte Mia. »Das ist ungeheuerlich, was dieser Leo für einer war. Habe mich bisher immer gefragt, wieso sich die Frauen mit solchen Männern einlassen, und dabei bin ich selbst auf ihn hereingefallen, also fast ... «

»Hast du ihn persönlich kennengelernt?«, fragte Sahneklecks.

»Ja, wir hatten uns getroffen, und er wollte mich sogar in seiner Firma einstellen. Modeschmuckfirma.«

»Ja, ist klar. Bei dir war er Besitzer einer Modeschmuckfirma, bei *Prinzessin* gehörte ihm ein Möbelgeschäft, und bei *Ludwiga* führte er eine Imbisskette. Manchmal war er aber auch Rechtsanwalt, Arzt, Architekt, Konstrukteur usw. Er hatte viele Firmen und Berufe. Dabei haben wir Glück, dass er immer sein reales Foto geschickt hat. Er muss sich seiner Sache sicher gewesen sein, nicht angezeigt zu werden. Wahrscheinlich haben wir alle weit genug auseinander gewohnt. Dass das Internet uns wieder zusammenbringt, damit hat er wohl nicht gerechnet. Na ja, jetzt hat er seine Strafe bekommen.«

»Wieso?«, Mia stellte sich dumm.

»Weil er nicht mehr lebt. Er wurde letzte Woche beerdigt.«

»So? Woher weißt du das?«, fragte Mia.

»Von seinem Stellvertreter, der mir sagte, ich solle die Zollkosten für ein angebliches Päckchen übernehmen, das er mir aus dem Ausland hat kommen lassen. Also, ich bin nicht traurig, dass er tot ist. Es tut mir nur leid, dass ich das sagen muss. Mit den Betrügern habe ich kein Mitleid. Dafür ist zu viel mit Moni Mondteddy passiert.«

»Was ist mit Moni Mondteddy?«, fragte Mia.

Marie schniefte. »Moni hat sich einen Tablettencocktail gemixt und ihn auf ex getrunken. Auf dem Tisch lag ein Brief an mich, in dem der genaue Grund ihres Tuns stand und in dem sie sich dafür entschuldigte, sich keine Hilfe geholt zu haben.«

»Ach, du Schreck! Muss sie verzweifelt gewesen sein. Was war genau vorgefallen? Magst du es sagen?«

»Sicher. Ich bin dabei, es in die Welt hinauszuschreien, damit sich dieser Vorfall nicht woanders wiederholt. Nachdem Moni zwei Jahre lang um ihren viel zu früh verstorbenen Mann getrauert hatte, verliebte sie sich Knall auf Fall in diesen angeblichen Journalisten, den sie auf der *Traumpartner-Seite* kennengelernt hatte. Anfangs lief es sehr gut. Sie schwärmte von seiner romantischen Ader und Sensibilität. Er hatte Antennen dafür, wenn sie etwas bedrückte, und weinte sogar mit ihr, wenn sie traurig war.«

»Leo?«, rief Mia.

»Nein, der war es diesmal nicht. Ein anderer. Komme ich gleich zu. Ab diesem Zeitpunkt brauchte sie mich nicht mehr, brach den Kontakt zu mir ab. Angeblich, weil sie mehr Zeit für ihren neuen Freund haben wollte. Gesehen hatten sie sich noch nicht. Aber ein Treffen stand an, sobald er aus seinem

Urlaub zurückkam. Er war mit seinem sechsjährigen Sohn in die Türkei gereist … Moni liebte Kinder über alles und wäre auch bereit gewesen, sein Kind und ihn aufzunehmen und zu bemuttern. Ihr war das Glück, eigene Kinder bekommen zu können, leider verwehrt.«

Zwischendurch schniefte Marie immer wieder, raschelte mit dem Papiertaschentuch. Vermutlich weinte sie dabei, doch wenn sie sprach, hörte Mia die Wut und den Hass.

»An seinem letzten Urlaubstag, den Moni sehnsüchtig erwartet hatte, da am Tag darauf ihr Treffen sein sollte, rief er sie völlig aufgelöst an und teilte ihr mit, dass sein Sohn schwer verunglückt sei und notoperiert werden müsste. Aber das Geld dafür habe er nicht und könne es auch im Ausland nicht so schnell besorgen.«

»Neeein!«, rief Mia. »Das ist ja furchtbar!«

»Ja, das dachte Moni auch, und deshalb hatte sie ihm die Kosten für die Notoperation per Bargeldtransfer geschickt. Es waren fünftausend Euro. Ihr letztes Gespartes. Das Leben seines Kindes ging ihr vor.«

»Jaa, aber …«

»Sie hat das Geld überwiesen … Das stand auch im Brief an mich«, sagte Marie schluchzend. »Aber dann hat sie sich fürchterliche Vorwürfe gemacht und den Giftcocktail geschluckt.«

»Warum?« Mia war außer sich.

»Es dauerte keine zwei Tage, da rief der *Scammer* wieder an und sagte, sein Sohn habe es nicht überlebt, weil sie ihm das falsche Kennwort für die Barauszahlung genannt habe und er am Kassenschalter das Geld nicht bekam. Danach habe er versucht, sie zu erreichen, aber vergeblich. Deshalb sei sein Junge nicht operiert worden. Sie sei schuld, dass er gestorben ist und sollte sofort das Geld für die Überführung des Leichnams und die Beerdigung schicken, ansonsten würde er dafür sorgen, dass sie die Hölle durchwandere.«

»Was? Die *müssen* operieren. Ein Arzt ist dazu verpflichtet, Leben zu erhalten«, sagte Mia.

»Ja. Aber Moni musste sich gefühlsmäßig in einem absoluten Ausnahmezustand befunden haben. Sie hat ihm wohl geglaubt, sicher auch deshalb, weil er bestimmt für alles eine Erklärung hatte. Sie fühlte sich tatsächlich schuldig am Tod seines Jungen.«

»Ungeheuerlich!«

»Allerdings. Moni nahm bei einer Bank unkompliziert einen Barkredit von zwanzigtausend Euro auf. Diesmal sollte sie das Geld, in Fünfhundert-Euro-Scheinen, in ein Magazin einkleben, in einen DIN-A4-Umschlag stecken und an ein Postfach senden, von dem sie nur die Nummer und den Ort kannte. Angeblich wäre das der einfachere Weg für ihn, anstatt es bei einer Auszahlungsstelle abzuholen. So ein Blödsinn. Sie hat natürlich auch das geglaubt – weil sie emotional von ihrem Liebesbetrüger abhängig war, und das Schlimmste: Er sagte ihr immer wieder, dass sie für den Tod seines Kindes verantwortlich sei. Viele Einzahlungsbelege habe ich in ihrem Umschlag an mich gefunden. Der goldfarbene Bilderrahmen mit dem Foto ihres *Scammers* stand daneben. Ich habe auch *den* Typen ausfindig gemacht, und nun ist er der Nächste. Das bin ich Moni schuldig.«

Mia schwieg.

»Noch da?«, fragte Marie.

»Ja … bin ich. Weiß nicht, was ich dazu sagen soll.«

»Du musst nichts dazu sagen. Ich habe das Foto eingescannt und überall verbreitet. Ich kann dich nur vor diesem Mann warnen. Kennst du ihn womöglich auch? Hast du den PC noch an? Moment, ich schicke dir sein Foto.«

Es dauerte nicht lange, da erschien im Chatfield der Link zum Foto. Mia öffnete ihn und schrie auf. Das südländisch wirkende Gesicht und die schwarzen Locken kannte sie nur zu gut.

*

Hugo hörte Addis Ausführungen zu und schüttelte in Abständen den Kopf. Nein, damit war er absolut nicht einverstanden, was hier lief. Damit wollte er nichts zu tun haben. Das war Betrug. Das war kriminell, was er bisher mitbekommen hatte. In guten Zeiten ergaunerten die Männer Summen von bis zu fünfunddreißigtausend Euro – im Monat. Wovon die Mitarbeiter gerade mal zwei Prozent als Lohn bekamen. Was schon großzügig bemessen sei, hatte Addi gemeint, wenn man bedenke, dass einige von ihnen in ihrem Heimatland dafür ein ganzes Jahr lang arbeiten mussten. Wie viele von ihnen illegal eingereist waren, wollte er erst gar nicht wissen. Fast alle hatten Unterschlupf bei Verwandten oder Freunden gefunden. Momentan arbeiteten insgesamt nur vier Männer für *FunnyFifty*. Früher waren es fünf Personen gewesen, einer war über dunkle Kanäle und mit falschem Pass genauso schnell wieder verschwunden, wie er gekommen war.

Sie konnten keinen weiteren Mitwisser gebrauchen, deshalb hatte Hugo Olé sofort weggeschickt. Erst hinterher hatte er mit Addi darüber diskutiert.

»Den können wir nicht einstellen«, sagte er. »Er ist ein Deutscher. Der hätte niemals für uns gearbeitet, wenn wir ihm seinen Verdienst genannt hätten. Wenn doch, wäre es verdächtig gewesen, weil er vom Staat fürs Nichtstun mehr bekommt. Also kann er nur ein Schnüffler gewesen sein, der die Firma hochgehen lassen wollte.«

»Das hätte er schon längst machen können«, sagte Addi sichtlich beleidigt.

Hugo winkte ab: »Die beobachten erst wochenlang und schleusen sich ein, bevor sie den Zugriff machen dürfen. Sie müssen genügend Beweise sammeln. Das können wir nicht zulassen.«

Noch immer sprach Hugo in der Wir-Form, wenn es um die Firma ging, aber nur zum Schein. Er musste dem Treiben ein Ende bereiten, wusste im Moment aber nicht, wie.

Auf dem Hof tat sich wieder etwas. Ein Kombi fuhr vor. Ein älterer Mann mit markantem Gesicht stieg aus und holte etwas aus dem Kofferraum.

Addi ging zum Fenster und rief: »Das gibt's doch nicht.«

»Was?«, fragte Hugo.

»Das ist mein Fahrrad.«

Der Mann kam damit auf den Büro-Bungalow zu, öffnete umständlich die Tür, die sie vergessen hatten abzuschließen, und schob das Rad mit Latexhandschuhen durch den Raum, aber ohne Rücksicht auf die dreckigen Reifen. Er hinterließ eine schmale Spur auf dem dunkelblauen Teppichboden.

»Ah, da haben wir ja den Lockenkopf«, sagte er zu Addi. »Sind Sie Herr Fischer? Ist das Ihr Rad?«

Addi nickte zweimal.

»Hätte mich auch gewundert, wenn nicht. Fingerabdrücke lügen nicht.«

»Wer sind Sie, was wollen Sie, wie kommen Sie an mein Fahrrad?«

»Von erstens bis drittens oder von drittens bis erstens?«, fragte Otto.

»Bitte was?«

»Also von erstens bis drittens. Erstens: Kriminalpolizei. Zweitens: Ich komme in der … Angelegenheit Leonard von Stein. Sollen wir es unter vier Augen besprechen, oder darf der Herr … wie war noch gleich Ihr Name?«, wandte er sich an Hugo.

»Hugo von Stein.«

»Ah, das trifft sich gut. Sie sind der Bruder von Leonard von Stein, richtig? Würden Sie Meier heißen, wäre ich nicht so schnell darauf gekommen, aber so … Wo haben Sie gesteckt? Sie sollten sich mal beim Einwohnermeldeamt eintragen lassen. Ist Ihre Pflicht als Bürger. Niemand kannte ihre derzeitige Adresse. Ach so, sorry …« Otto Okrim zeigte sein Mäppchen mit der Farbkopie des Dienstausweises und schob dabei auffällig die dünne Outdoorjacke zur Seite. In einem holsterähnlichen, mit groben Stichen zusammengenähten Leinenbeutel erahnte Hugo eine Pistole, die nur ein wenig mit dem Griff herausschaute.

Er zupfte an seinem Kragen und wunderte sich, dass Addi nichts dagegen hatte, dass er bei der Befragung dabei sein durfte. Sicher brauchte der einen Schuldigen, auf den er alles schieben konnte. Nicht mit ihm. Die Zeiten waren vorbei!

Sie gingen alle drei ins Chefbüro. Addi setzte sich schnell auf den Bürostuhl, der noch auf Hugos Größe eingestellt war. Er schlug fast mit dem Kinn auf die Schreibtischplatte.

Ohne Aufforderung setzte sich Otto Okrim ihm gegenüber. Hugo blieb lieber stehen, bis er von Okrim inständig gebeten wurde, sich zu setzen.

»Also, ich ermittle im Fall Leo von Stein«, referierte Okrim im offiziellen Ton, »und bringe Ihnen Ihr Fahrrad zurück, Herr Fischer. Raten Sie mal, wo wir es gefunden haben?«

Addi räusperte sich und antwortete kleinlaut: »Vor dem Kino? Am Bahnhof? Im Straßengraben? Oder wo hat der Dieb es abgestellt?«

»Vor dem Chinarestaurant in Moers. Es wurde an dem Tag abgestellt, an dem Leo von Stein tot aufgefunden wurde. Haben Sie es dort hingestellt? Leugnen zwecklos. Es gibt Zeugen.«

»Das heißt gar nichts. Ich hatte das Rad gegen Leos Wagen getauscht«, sagte Addi. »Leo hatte mich auf meinem Handy angerufen und mich darum gebeten. Er hatte Alkohol getrunken und mochte das Auto nicht dort stehen lassen. Mit seiner weiblichen Begleitung wollte er sich ein Taxi bestellen.« Addi nahm eine Büroklammer aus der Box und bog sie so weit auseinander, bis nur noch ein gerader Draht mit scharfen Enden zu sehen war.

»Um wie viel Uhr hatte er Sie angerufen?«

»So gegen einundzwanzig Uhr.«

»Hm ... da lebte Herr von Stein ...«, er sah zu Hugo, »... Herr Leo von Stein also noch. Wann waren Sie vor Ort?«

»So gegen einundzwanzig Uhr dreißig.«

»Lebte er zu diesem Zeitpunkt auch noch? Wenn ja, in welcher Verfassung war er? Ich meine, wie wirkte er auf Sie?«

»Gar nicht. Ich bin nicht mehr ins Restaurant gegangen, weil er ja in Begleitung war, und da wollte ich nicht stören.«

Okrim hob den Zeigefinger: »Gelogen! Wie konnten Sie

denn mit dem Wagen fahren, wenn Sie keinen Autoschlüssel hatten?«

»Mit meinem Zweitschlüssel. Es ist ein Firmenwagen.« Er sah zu Hugo.

Okrim sprang auf und brummte leise: »Na ja, wäre auch zu einfach gewesen.« Jetzt zückte er seinen Notizblock: »Schreiben Sie mir doch mal den Straßennamen des Chinarestaurants auf.«

Addi zögerte, dann schrieb er.

Okrim nickte. »Noch mal Glück gehabt.« Er steckte den Block ein. Nun wandte er sich an Hugo: »Und Sie?«

»Was ich?«

»Wann haben Sie ihn zuletzt gesehen?« Er lief hin und her.

»1979.«

Der Kommissar bekam hektisch rote Flecken an Gesicht und Hals. »Herr von Stein! Dies ist eine ernste Angelegenheit. Es geht immerhin um einen Toten – um Ihren Bruder, falls Sie es noch nicht wissen, und da sollten Sie genügend Anstand besitzen und mich nicht verarschen, sondern meine Fragen wahrheitsgemäß beantworten.« Er fuchtelte mit den Armen, während er sprach. Es machte Rums. Seine Waffe lag auf dem Boden. Zu viele hektische Bewegungen, das Leinenholster war höchstwahrscheinlich zu flüchtig genäht.

Hugo stierte auf die mattschwarze Pistole. Er bückte sich danach. Okrim reagierte blitzschnell und trat kräftig mit dem Fuß dagegen. Nun sprang Addi auf. Er kroch unter den Schreibtisch. Mit der Waffe in der Hand kam er wieder hervor und zielte auf den Kommissar.

»Machen Sie sich nicht unglücklich!«, schrie Otto Okrim aus voller Brust und verlor schlagartig seine rötliche Gesichtsfarbe.

Krampfhaft hielt Addi die PPK mit beiden Händen fest und zitterte dabei.

»Lass den Quatsch!«, meinte Hugo, der es nicht einsah, solch einen Idioten weiterhin zu siezen.

Addi drehte sich, die Waffe im Anschlag, zu Hugo.

Hugo verzieh es Okrim, dass der nicht eingriff, denn Stuhl und Schreibtisch standen zwischen ihnen. Jede kleinste Bewegung hätte Addi womöglich bemerkt und sofort geschossen. Dafür schritt der Kommissar verbal ein: »Sie haben noch eine Chance, Addi Fischer. Gestehen Sie. Geben Sie endlich zu, dass Sie es waren. Sie haben Leo auf dem Gewissen. Sie wollten ihn loswerden, damit sie freie Bahn haben. Anscheinend können Sie mit Waffen umgehen. Waren Sie bei der Bundeswehr? Scharfschütze?«

Addi fuchtelte mit der Waffe herum.

Okrim schrie: »Polizei! Geben Sie die Waffe her!«

»Fresse!« Addi drehte sich abrupt zu ihm und drückte ab. Es machte nur klack, dennoch kippte Okrim auf der Stelle um.

Hugo warf sich auf den Schützen und riss ihm die Pistole aus der Hand. Danach machte er das, was Addi – wie er gerade erst bemerkte – versäumt hatte: Er zog den Schlitten der Pistole nach hinten und lud so die Patrone in den Lauf. Jetzt erst war sie bereit zum Abschuss.

»Ach so«, sagte Addi und streckte die Hand nach ihm aus.

Hugo schnaubte. »Du glaubst doch nicht im Ernst, dass ich sie dir zurückgebe, du Pfeife. Kümmere dich lieber um dein Opfer.«

Addi beugte sich über den Liegenden. Okrim atmete, wenn auch sehr flach.

Kein Wunder, dachte Hugo, wenn jemand vor einem steht und abdrückt, kann man leicht in Ohnmacht fallen, falls man nicht gerade erschossen wird. Laut rief er: »Mach doch was, bevor er uns vor Angst wegstirbt!«

Addi ohrfeigte Otto Okrim ein paarmal und sprach ihn an.

Hugo geriet in Panik. Er holte sein Handy hervor und wollte gerade den Notarzt rufen, da kam Okrim wieder zu sich und flüsterte: »Nein, keinen Arzt. Es geht schon wieder. – Was wird hier gespielt?«, fragte er heiser und sehr langsam.

Addi zuckte mit den Schultern.

»Ein Drama«, sagte Hugo. Nun hielt er die Waffe von oben

herab auf Addis Schädel. Den Rivalen auspusten, einfach auspusten ... ging es ihm dabei durch den Kopf.

Es dauerte keine zehn Sekunden, da ließ er die Pistole sinken und gab sie Okrim zurück – mit dem Griff zuerst.

Addi hustete sich die Lunge aus dem Hals. Er beugte sich nach vorne, stützte die Arme auf die Oberschenkel und sah auf den Boden.

Hugo verabschiedete sich mit den Worten: »Ich komme in zwei Stunden wieder, Addi. Bis dahin hast du die Papiere für den Firmenwagen und die Liste gefunden – du weißt schon.«

»Tja«, sagte Okrim, »ich will jetzt mal darüber hinwegsehen, was hier passiert ist. Im Grunde ist ja nichts passiert. Haben ja alle noch mal Glück gehabt ... haha ... Ja, also. Ich habe auch keine ... keine weiteren Fragen mehr«, stammelte er und drängte sich mit dem Fahrrad an Hugo vorbei nach draußen. Der sah nur noch, wie Okrim es in den Wagen hievte und davonbrauste. Die Reifen quietschten auf dem Asphalt und hinterließen schwarze Abriebspuren.

*

Mia war noch immer von Maries Ausführungen und vom Schicksal der Moni Mondteddy entsetzt. Geschockt hatte sie auch das Foto des Peinigers. Nun kannte sie schon zwei dieser *Romance Scammer.* Wer weiß, in welche Geschäfte und emotionale Katastrophen Leo sie geführt hätte, was noch alles passiert wäre. Ihr Leo, dem sie nach kurzer Zeit so sehr vertraut hatte! Sie, die immer allen Menschen helfen wollte und bereit war, ihnen in der Not auch ihr letztes Hemd zu geben! Mia war zutiefst verletzt. Immer mehr verräterischer Gips war von seiner Heldenstatue abgebröckelt. Was blieb, war ein Nichts, ein Niemand, ein mieser Lump. Aber auch nach seinem Tod war die Gefahr keinesfalls gebannt, solange der Mann, den sie auf dem Foto erkannt hatte, weitermachte. Er und seine Mitarbeiter mussten überführt werden.

Wenn sie es schaffte, diesen *Romance-Scammer*-Ring auszuheben, natürlich mit kriminalpolizeilicher Hilfe, dann hatten sie auch den Mörder von Leo gefunden. Apropos Kriminalpolizei: Okrim – Gern ... Wer war denn jetzt für den Fall zuständig? Mal tauchte Okrim auf und dann wieder Gern und niemand wusste, was der andere machte. Das sollte sich flott ändern. Sie musste ohnehin ihr Versprechen bei Gern einlösen und ihm vom Gespräch mit Dunja von Stein berichten. Das war die Gelegenheit, mehr zu erfahren. Seltsam, dass Mario Gern sich nicht schon längst von alleine gemeldet hatte. Normalerweise ließ er so schnell nicht locker. Das hatte sie mal am eigenen Leib zu spüren bekommen. Ach ja ... Nein, sie hatte erst einmal die Nase voll von den Männern. Männer: Der Streichler ... warum rief er nicht an? Himmel, auch bei ihren Gedanken wusste der eine Gedankengang nicht, was der andere machte. Das ewige Warten auf irgendwas war schuld daran.

Mia schüttete sich in der Küche einen Tee auf und ging damit wieder ins Wohnzimmer, setzte sich auf ihre Ledercouch und stierte wieder zum Funktelefon auf dem Vitrinentisch vor ihr.

Sie versuchte es mit Telepathie, dachte ganz fest daran, dass er *jetzt* anrufen würde, und erschrak fürchterlich, als es plötzlich klingelte. Ihr Herz schlug ein paar Takte schneller.

»Ich bin's«, kam es aus der Leitung.

Das war nicht der Streichler.

»Wer ist ich?«, fragte Mia.

»Kennst du meine Stimme nicht mehr?«

»Hm ... im Moment nicht. Sie klingt so fremd.« Wenn er gleich erzählte, dass er ihr Enkel sei und sie Geld für ihn abholen sollte, dann ... Wo war denn nur ihre Schiedsrichterpfeife ... Sie zog die Schublade auf ... Ah, hier ...

»Na, ich bin's: Mario. Hallo, Mia. Na so was. Ist doch noch gar nicht so lange her, dass wir uns auf der Beerdigung nahe gekommen sind, und schon hast du meine Stimme vergessen.«

»Gern! Sag das doch.«

»Habe ich. Du bist mir noch eine Antwort schuldig«, flüsterte er, wie ein Triebtäter. »Was hat Dunja gesagt?«

»Einiges.« Mia grinste. »Machen wir es so: Ich erzähle es

dir freiwillig, wenn du mir versprichst, auch meine Fragen zu beantworten, die ich zum Fall habe.«

»Mia, wie sie leibt und lebt. Schieß los.«

»Apropos: Wie lautet der Obduktionsbericht genau? Gibt es irgendwelche Besonderheiten?« Sie dachte an ihre Theorie mit dem Schuss ins Auge.

»Das wirst du von mir nicht erfahren. Nur so viel: Es ist tatsächlich ein Fall für die Staatsanwaltschaft.«

»Schlauberger, sonst würdest du dich ja nicht darum kümmern. ›Schau mir in die Augen, Kleines‹, nur mal so als Tipp«, sagte Mia.

»Das hat dir der Teufel erzählt«, antwortete Gern.

Zufrieden atmete Mia tief durch. Sie verstanden sich auch so, ohne viel erklären zu müssen. »Was mir aber noch ein Rätsel ist: Wieso ermittelst du nicht gemeinsam mit deinem Kollegen Okrim? Warum erscheint ihr immer getrennt und fragt fast dasselbe?«

»Du meinst Otto Okrim? Das ist mein Vorgänger. Der ist nicht mehr zuständig für den Fall. Er wurde pensioniert.«

Mia fiel kurz vom Glauben ab. »Waas? Seltsam.«

»Wieso?«

»Sage ich dir später. Hast du die mysteriöse Rennmaus auf dem Friedhof noch eingeholt? Oder war es ein Mann?«

»Nein. Ich sage es ungern: Ich bin abgehängt worden. Sie oder er hatte zu viel Vorsprung. Das reicht, Mia. Jetzt du: Was hat Dunja gesagt?«

»Sie hat gesagt, dass Leos Bruder Hugo die Firma übernehmen wird und auch die Villa bezieht. Addi bleibt der Firma anscheinend erhalten. Er muss Hugo ins laufende Geschäft einweihen.«

»Mit Geschäft meinst du die Modeschmuckfirma?«

»Ja, genau. *FunnyFifty*.«

»Du hast dir dort sicher schon Schmuck ausgesucht, oder?«

»Nein, wie kommst du darauf? Die haben erst einmal keinen Verkauf mehr, wollen alles umstrukturieren. Da solltet ihr auch mal nachhaken, euch die Bilanzen zeigen lassen.«

»Dafür brauchen wir einen Beschluss und einen konkreten Verdacht. Ginge eventuell mit einer Betriebsprüfung, aber die kommen kaum noch nach. Es gestaltet sich alles etwas schwierig.«

»Hm«, sagte Mia. »Ich habe da einen Verdacht. Es geht gar nicht um den Schmuck, sondern um *Romance Scamming.*«

»Romance was?«

»Scamming. Noch nicht gehört?«

»Nicht bewusst.«

»Um es mal platt zu sagen: Die Männer heucheln den Frauen ihre Liebe vor, machen sie von sich abhängig und lassen sich ihre Zuneigung bezahlen.«

»Das kenne ich unter einem anderen Namen«, sagte Gern.

»Das ist nicht witzig«, sagte Mia. »Wenn du wüsstest, was die Frauen mitmachen, wozu sie bereit sind … und wie viele *Scammer* es gibt …!«

»Heiratsschwindler hat es immer schon gegeben. Das ist Sache der Frauen, wenn die es mit sich machen lassen. Es geschieht ja auf freiwilliger Basis, oder?«

»Ja und nein, sie werden unter ungeheuren Druck gesetzt. Ich habe noch nicht genügend Beweise und Informationen gesammelt, aber wir arbeiten …«

»Mia … darf ich dich noch mal darauf aufmerksam machen, dass es in diesem Fall um einen äußerst brutalen Mord geht? Da können wir uns nicht mit so etwas aufhalten. So, wie es den Anschein hat, wurde ein Profi engagiert. Der Profi knallt für eine Summe X alles ab, was sich bewegt. Jeder Schuss ein Treffer. Dagegen ist Tontaubenschießen eine Lachnummer. Der ist skrupellos und kann jederzeit wieder in Aktion treten oder seinen Kollegen schicken, wenn er vom Auftraggeber bestellt wird.«

»Von wem bestellt wird?«

»Vom Auftraggeber.« Gern lachte laut, jetzt hatte er es bemerkt. »Du erwartest keinen Namen, oder?«

»Och, wenn du ihn weißt, warum nicht.«

»Ich habe da zwar eine Idee, aber es reicht nicht für einen

Anfangsverdacht im strafrechtlichen Sinne. Wir sind noch nicht so weit, dass wir ihn in U-Haft nehmen können – also mit *ihn* meine ich, den Täter, was eine Täterin nicht ausschließt. Es könnte auch eine Frau gewesen sein.«

»Du redest wie ein Politiker, sagst mit viel Worten wenig bis nichts und gibst schon gar nicht etwas preis. Schaumschläger!«

»Mag sein. Nur bekomme ich nicht deren Bezüge.« Er räusperte sich. »Wo hält sich Dunja von Stein im Moment auf? Wie lange bleibt sie in der Villa wohnen? Kannst du mich auf den neuesten Stand bringen?«

»Dunja ist wieder nach Italien geflogen. Das zu verhindern, wäre deine Aufgabe gewesen«, antwortete Mia.

»Da war nichts zu machen. Es gibt keinen zwingenden Grund, sie festzuhalten, was natürlich schade ist. Ich hätte noch ein paar Fragen an sie gehabt. Vielleicht später. Zu gerne würde ich einmal Mäuschen spielen, was sie am Gardasee so treibt. Ich werde das Gefühl nicht los, dass sie uns nur das Sexy-Dummchen vorspielt, sie aber in Wirklichkeit die Drahtzieherin der Firma ist. Kennt man ja von einigen Stars. Die spielen immer nur die naive Blonde, Brünette oder Rothaarige und leiten still und heimlich ein ganzes Imperium. Zu dumm, diese Dienstreise bekomme ich spesenmäßig nicht durchgedrückt. Ohne handfeste Beweise und die Genehmigung, den Haftbefehl vom Staatsanwalt, kann ich auch meine italienischen Kollegen nicht einschalten. Du hast nicht zufällig deinen Urlaub in der Gegend geplant …?«

»Hm … ja, sicher … ich meine, nein … aber ich kenne jemanden, der sich zurzeit dort aufhält: Lilo!«

»Kollegin Lilo Schütz? Perfekt!«, rief Gern. »Dann werde ich es gleich mal über den kleinen Dienstweg versuchen.«

»Halt, nein, lass mich es machen. Sie ist immerhin meine beste Freundin und sie hat Urlaub. Ich muss ihren Auftrag unauffällig verpacken. Wenn sie erfährt, dass es ein Kriminalfall ist, wird sie sich etwas einfallen lassen, es nicht tun zu müssen.«

Mia hörte, wie er zustimmend brummte und an seiner

Pfeife sog. Ihr Gehirn suggerierte ihr dazu den speziellen Duft von Vanilletabak. Hmmm … er hatte nichts an Reiz verloren …

*

So nah am Tod war Otto noch nie gewesen. Lange hatte er gebraucht, um sich von dem Schrecken zu erholen. Nicht auszudenken – dieser Addi hätte ein Massaker anrichten können, wenn er sich mit Waffen besser ausgekannt hätte. Einkassiert hätte Otto ihn, wenn er noch im Dienst gewesen wäre – sofort einkassiert.

Auch wenn Addi, aufgrund fehlender Waffenkenntnisse, nicht als Killer infrage kam, so war er zumindest in der Lage gewesen, den Auftrag zum Mord zu erteilen.

Otto mixte sich einen Drink – mit viel Obstsaft und Früchtestückchen. Alles alkoholfrei, versteht sich, denn vielleicht musste er gleich noch mal mit dem Auto los. Er setzte sich an seinen Schreibtisch. Anstatt weiter an die Beinahe-Katastrophe zu denken, überlegte er, wie weit Gern wohl mit seiner Ermittlung war. Dass der emsig daran arbeitete, stand außer Zweifel. Eine Kopie des Obduktionsberichtes musste immer an den Staatsanwalt gehen, wenn es sich um einen nicht natürlichen Tod handelte, spätestens dann nahm der Kontakt zum zuständigen Beamten auf, falls dieser sich nicht zuerst meldete.

Otto konnte einiges, aber er hatte es unter diesen Umständen nicht verhindern können, dass *Toiletten-Leo* zu einem offiziellen Fall geworden war. Aus diesem Grunde wurde es immer schwieriger für ihn, seinem Nachfolger Gern bei den Befragungen nicht über den Weg zu laufen. Keinesfalls durfte er wegen Amtsmissbrauch, unerlaubtem Waffenbesitz, Urkundenfälschung und so weiter, seine Pension riskieren. Wovon sollte er sonst leben? Er wollte nicht zu den armen alten Achtzigjährigen gehören, die sich als Vertreter, Kellner oder Gärtner ihren Lebensunterhalt verdienen mussten, oder sich zu den Ämtern und der Tafel schleppten, um ein wenig Moos und was zu essen zu bekommen.

Ob er die Flucht nach vorne wagen sollte und Gern einfach mal anrief? Lieber nicht. Otto wusste nicht, wie loyal Gern gegenüber seinem Vorgesetzten war, dem er wegen seiner schnellen Versetzung einiges zu verdanken hatte.

Nein, er gab nicht auf und ließ es darauf ankommen, solange, bis ihm die Hände gebunden waren. Hoffentlich nicht im wahrsten Sinne des Wortes.

Auch Hugo musste er sich vorknöpfen und ihn endlich mal alleine sprechen, um alles aus ihm herauszukitzeln, zum Beispiel, wie die Beziehung zu seinem Bruder Leo war. Otto wäre dafür durchaus bereit, von seinem eigenen Bruder zu erzählen, mit dem er es auch nicht immer leicht hatte.

Außer Acht lassen durfte er Hugo von Stein nicht, wenn er von einer Beziehungstat ausging. Dazu zählten auch in Auftrag gegebene Morde. Sich auf das nähere Umfeld zu konzentrieren, war absolut sinnvoll. Zum Beispiel musste er auch Dunja von Stein nach ihrer Beziehung zu Hugo fragen und wie sie zu Addi Fischer stand. Beim letzten Mal, als er versucht hatte, etwas aus ihr herauszubekommen, war sie fast an ihren Tränen erstickt, und am darauffolgenden Tag war bereits die Beerdigung gewesen. Dort hatte er sich nicht sehen lassen wollen, weil er damit rechnen musste, einen seiner Kollegen zu treffen.

Was das Erbe von Leo anging, so war es in diesem Fall glasklar. Laut Amtsgericht war Dunja von Stein Alleinerbin. Soweit es ihm bekannt war, gab es kein Testament. Also, man hatte jedenfalls keines gefunden, oder hinterlegt. Er mochte nicht wissen, wie viele tausende Testamente im Sperrmüll, im Kamin, auf dem Speicher oder im Reißwolf landeten.

Bliebe noch die Möglichkeit, dass die rechtmäßige Erbin, also Dunja, es aus Raffgier nicht hatte abwarten können, dass ihr reicher Göttergatte starb, und die Angelegenheit ein wenig beschleunigen wollte. Aber war sie so skrupellos und hatte seinen Tod bestellt? Ihr fehlte es an nichts, wenn man ihr deutsches Konto und die Festgelder betrachtete. Sie war stets im Plus und das, obwohl die täglichen Abbuchungen fast mehrere hundert Euro betrugen. In regelmäßigen Abständen ging sie außerdem mit der Kreditkarte ihres Mannes shoppen, wenn sie mal wieder in Deutschland war.

Die Angaben hatte er leicht herausbekommen, denn es war nicht so, wie es in Krimis immer dargestellt wurde. Er hatte niemanden bestechen und auch nicht mit dem Filialleiter Golf spielen oder der Mitarbeiterin die Informationen im Bett entlocken müssen, um an die Daten heranzukommen. Bei Straftatenermittlungen gab es in Deutschland kein Bankgeheimnis. So einfach war das – und doch nicht. Er musste nur den richterlichen Beschluss vorzeigen. Aufgrund seiner vielen Dienstjahre und seines Bekanntheitsgrades durfte er den aber ausnahmsweise einmal nachreichen. Ein schlechtes Gewissen hatte Otto dabei nicht gehabt. Da hatte es schon früher mit dem Filialleiter ein Hand-in-Hand-Abkommen gegeben.

Zu dumm, dass diese Dunja sich wieder am Gardasee auf ihrer Yacht aufhielt. Auf eigene Kosten mal eben dorthin zu fahren, war ihm zu teuer. Sie einfach anzurufen, war ihm zu wenig. Er musste seinen Pappenheimern in die Augen schauen, wenn er mit ihnen sprach, ihre Mimik und Körpersprache beobachten. Er wollte ja nicht angeben, aber aufgrund seiner Erfahrungen wusste er genau, wann er belogen wurde. Die Gesprächspartner sahen dann meistens nach oben, oder auf den Tisch, auf den Boden, aber einem niemals direkt in die Augen und wenn doch, dann erkannte er ihr Lügen trotzdem. Dieser Blick war so verräterisch, weil das Gesicht und die Ohren rot wurden oder sie hektische Flecken bekamen. Das war nicht nur bei ihm so.

*

Mia kam geduscht und erfrischt aus dem Bad. Sie hatte ein rotes Sauna-Frotteehandtuch um ihren Rubenskörper geschlungen und die Haare hochgesteckt. Jeden Moment erwartete sie den Streichler. Er hatte sich telefonisch angekündigt. Heute wollte sie – natürlich nach den Informationen seines Undercover-Einsatzes – eine Ganzkörpermassage von ihm. Sozusagen die private Prüfung für Fortgeschrittene.

Als sie ihm die Tür öffnete, sah Mia, dass Olé selbst eine Massage bitter nötig hatte, so mitgenommen wie er wirkte.

»Und? Was hast du herausbekommen? Nenn mir Namen, erzähle alles, auch wenn es dir unbedeutend vorkommt«, überfiel sie ihn, während er in Rekordzeit die Liege aufbaute und sie sich darauf legte.

Olé schob sich Mias Frotteetuch so zurecht, wie er es brauchte. Dabei war immer nur die Stelle frei, die er bearbeiten wollte. Dafür war Mia ihm dankbar, und nur so war es professionell.

»Massage oder Streicheln?«, fragte er.

»Massage. Hart«, antwortete Mia und löcherte ihn: »Also, erzähl schon. Hast du den Job?«

»Um es kurz zu machen: Ich bin nicht genommen worden. Der Kleinere, der Fischer hieß, hätte mich angestellt, aber der erheblich Größere, der sich mir mit Hugo von Stein vorgestellt hatte, wollte es nicht. Er muss wohl der neue Geschäftsführer sein. Er sprach davon, dass sie nur ausländische Mitarbeiter einstellen, weil die Firma international sei. Kann man nichts machen. Sorry, hätte dir gerne geholfen.«

Er knetete darauf los. Mia schrie auf.

»Doch streicheln?«

»Nein, weitermachen.«

»Wenn du mich fragst«, sagte der Masseur, »die beiden Typen sind sich spinnefeind. Wenn der eine Hü sagt, meint der andere Hott.«

»... und jetzt bitte ausführlicher. Hast du trotzdem etwas herausbekommen können?«

»Ja und nein. Modeschmuck habe ich da nicht gesehen, nur zwei Metallschreibtische und einen protzigen Cheftisch mit blankpolierter Holzplatte. Das Büro sah so aus, als würde nie jemand darin arbeiten, als stünden die Möbel einfach nur so da. Die Papierkörbe waren leer. Hatte was Konspiratives, wenn du weißt, was ich meine.«

Mia nickte. »Das bestätigt, dass sie mit allem anderen als mit Schmuck handeln und ihre krummen Geschäfte vermutlich nur am Telefon tätigen, weil sie keine Spuren hinterlassen wollen.«

»Ja, das passt auch zu dem, was ich noch herausbekommen habe. Also, ich kam zu früh an und habe mich erst einmal auf die Lauer gelegt und beobachtet, was sich im Gebäude alles so tut, wer da ein und aus geht. Es dauerte tatsächlich nicht lange, da kamen die beiden heraus und fuhren mit dem Jeep davon. Ich dachte schon, das war's dann mit meinem Vorstellungsgespräch. Die haben mich schlichtweg vergessen. Bin ihnen erst einmal gefolgt, wollte wissen, warum sie es so eilig haben. Wären sie auf die Autobahn gefahren, hätte ich die Aktion abgebrochen, aber sie fuhren etwa zehn Minuten quer über die Dörfer und hielten vor einer einsam gelegenen Halle. Glücklicherweise befanden sich in der Nähe Parkplätze. Ich schnappte mir meine Nordic-Walking-Stöcke, die immer im Auto liegen, und war damit perfekt getarnt. Wie du sicherlich weißt, ist es in dieser Gegend nichts Ungewöhnliches, so zu laufen. Am Ruderregatta-See machen viele Sport.«

Mia hatte solche Stöcke noch nicht spazieren geführt. »Weiter.«

»Ich schlich mich an die Halle heran und sah durch einen Spalt zwischen Pappe und Fensterrahmen ein perfekt eingerichtetes Callcenter. Der Größere, also Hugo, stand irgendwann mal am Regal und hob ein, zwei Ketten oder Armbänder aus einem Karton. Danach musste ich flüchten. Der Kleinere kam direkt auf das Fenster zu. Das war knapp, sag ich dir.« Olé atmete schwer.

»Junge, Junge«, sagte Mia und drehte den Kopf zu ihm.

»Ja, aber das Beste kommt noch. Als die beiden aus der Halle herauskamen, hörte ich – in meinem Versteck hinter dem *Dixi-Klo*, das dort wohl für die Mitarbeiter steht – wie einer sagte: ›Lassen Sie uns wieder zum Büro fahren. Es gibt dort viel zu tun.‹ Ich wollte hinterher, und wie ich so zu meinem Wagen walken will, kommt mir ein Braungebrannter entgegen. So ein Hüne …« Olé reckte beide Arme in die Luft. »Ein Inder, oder Perser oder Marokkaner, was weiß ich.«

»Ein Bodyguard?«

»Nein, der Teamleiter, wie ich hinterher erfuhr. Da ich in meiner Freizeit Theater spiele …«

»Ach!« Sie stützte den Kopf wieder auf ihre Arme.

»… habe ich so getan, als wäre ich der neue Mitarbeiter und dass ich hierher geschickt worden sei. Manchmal muss man im Leben eben dreist sein, umso glaubwürdiger wirkt man. Ich gebe zu, es war riskant, aber so war er freundlich und offen und hat sich mir mit Jonathan vorgestellt – ich könne aber auch Jo sagen – und gemeint, dass ich Glück hätte, er sei nur zufällig hierhin gekommen, weil er etwas vergessen habe. Er nahm mich anstandslos mit in die Halle und hat sich die Zeit genommen, mir alles zu erklären.«

Mia sprang auf und bedeckte sich schnell mit dem Handtuch.

»Was? Du hast dich als neuer Mitarbeiter ausgegeben? Das hätte *ich* mich ja noch nicht einmal getraut.«

Er strahlte. »Also, was willst du wissen? Ich weiß genau, wie es dort abläuft.«

»Alles! Alles will ich wissen.«

Olé warf sich in die Brust: »Also, er sucht die Frauen in sozialen Netzwerken oder bei Partnerschaftsbörsen. Er schleimt sich bei ihnen ein, heuchelt Mitgefühl und Interesse vor. Lässt die Frauen von ihren Hobbys und Vorlieben erzählen, die natürlich mit seinen identisch sind. Hat die Frau als Haustier eine Katze, liebt er Katzen über alles. Hat sie einen Hund, kann er sich kein besseres und treueres Haustier vorstellen. Der geschilderte Alltag läuft bei ihm ähnlich ab. Schnell stellt er eine Seelenverwandtschaft fest, weil er die gleichen Träume und Sehnsüchte wie sie hat, und beteuert, wie schön es sei, jemanden gefunden zu haben, der ihn versteht und dass sie die erste Frau in seinem Leben sei, zu der er sich hingezogen fühlt und von der er weiß, dass er mit ihr das restliche Leben verbringen will. Ich habe gesehen, wie er bei einer die Augen verdrehte und sich bei ihren erwiderten Liebesbekundungen den Finger in den Hals steckte, so als wolle er kotzen.«

Mia war traurig. Sie musste sich auf die Liege setzen. »Wie furchtbar. Und diese sich nach wahrer und treuer Liebe verzehrenden Frauen wollen mit aller Macht das glauben, was sie hören, weil es das ist, was sie brauchen, was sie in ihrer Einsamkeit aufrecht hält.«

»Was ich daran nicht verstehe«, antwortete Olé, »warum erzählen sie es niemandem, vertrauen sich ihren Freundinnen nicht an? Wieso schweigen die betrogenen Frauen?«

Mia wusste, warum. »Es ist ihnen peinlich, darauf hereingefallen zu sein. Sie schämen sich dafür und brauchen niemanden, der ihnen hinterher sagt, dass es ihnen hätte auffallen müssen. Falls sie mit dem Betrüger noch zusammen sind, möchten sie ihn auch nicht verlieren, denn er ist immer für sie da. Er ruft sie am Tag mindestens viermal an und heuchelt Interesse vor. Im Gegensatz zu den Freundinnen der Frau – falls sie überhaupt welche hat –, die viel zu sehr mit sich selbst beschäftigt sind oder dieses Schwärmen vom Traumpartner nicht mehr aushalten. Deshalb würde es die betrogenen Frauen zutiefst schmerzen, wieder allein sein zu müssen. All die Schwüre, Komplimente und Heiratsversprechen nicht mehr hören zu können, niemanden mehr zu haben, der an sie denkt, der sie anbetet. Sie verschließen die Augen vor der Wahrheit – der traurigen Wahrheit. Das nutzt der Liebesbetrüger aus und meldet sich nicht mehr so oft, oder droht, sie zu verlassen, wenn sie kein Geld mehr schickt.«

Olé nickte. »Aber es sind auch Frauen darunter, die fest an das Gute im Menschen glauben und die helfen wollen, besonders, wenn sie so dramatische Geschichten aufgetischt bekommen, wie Frau gestorben, Kind operiert, ausgeraubt …«

»Ja, das ist das Niederträchtigste, was ich gehört habe. Hast du von diesem Jo etwas über Leo erfahren können?«, fragte Mia fast ängstlich.

Er zuckte mit den Schultern. »So weit sind wir dann doch nicht gekommen. Es war einfach zu viel. Die Zeit lief mir davon. Aber es geht ja noch weiter ... Darf ich mir ein Glas Wasser aus der Küche holen? In meiner Kehle staubt es gerade.«

»Oh, Entschuldigung. Klar, bedien dich.«

Olé trank in hektischen Zügen an seinem Glas und fuhr fort: »Ich durfte mir dann die abgegriffenen Karteikarten ansehen, die fein säuberlich in Fotoalben steckten. Ich sollte raten, was die Frauen beruflich machten. Er prahlte damit, nicht nur einfache und fleißig arbeitende Frauen in seinem Album zu haben, sondern auch Akademikerinnen, die nicht wussten, wohin mit ihrem Geld. Die sich aber niemand in der Öffentlichkeit anzusprechen traute. Er hatte selbst darin investiert, denn die findet man nur auf Liebesvermittler-Plattformen, für die man hohe monatliche Beiträge bezahlen muss. Umso leichter hatte er es aber mit diesen Frauen gehabt, weil sie glaubten, hier vor Betrügern sicher zu sein.«

»Also, das hätte ich jetzt auch nicht gedacht. Die Betreiber brüsten sich doch damit, dass sie gut kontrollieren.«

»Ja, schon, aber die *Scammer* finden immer neue Wege. Sie schrecken auch nicht vor Personalausweisfälschungen zurück und geben sich eine völlig neue Identität. Als Jo die Schublade öffnete, habe ich ausländische Pässe gesehen. Die lässt man doch nicht einfach so in der Schublade liegen. Jedenfalls laden die einfach Fotos von unbescholtenen seriös wirkenden Männern aus dem Internet herunter und erstellen damit ein Internetprofil. Jo hat mir seine Profile gezeigt und gesagt, dass ich mindestens fünf verschiedene haben muss, weil ich damit sehr viele und unterschiedliche Frauen ansprechen kann.«

»Lass mich raten: Der Kontakt findet über anonyme Mailadressen und Server statt.« Mia zupfte ihr Handtuch zurecht.

»Ja, so ist es. Leider hatte ich keine Gelegenheit und Zeit mehr, mir alles aufzuschreiben. Es wären auch viel zu viele Namen gewesen. Jo hatte es plötzlich eilig. Er musste seinen

Flieger für einen Kurzurlaub bekommen. Da er die Order hat, immer als Letzter die Halle zu verlassen, wenn kein Chef anwesend ist, durfte ich nicht alleine zurückbleiben.«

»Mist. Hätte mich auch sehr gewundert, wenn doch. Oder wenn du womöglich einen Schlüssel bekommen hättest.«

»Tja, wäre zu schön gewesen. Es gibt nur zwei Leute, die einen Schlüssel haben: Der Geschäftsführer Addi Fischer und er, der Teamleiter. Ich habe mich jedenfalls artig bedankt und ihm mitgeteilt, dass ich noch mal zum Chef muss. Das konnte ich jetzt machen, es stellte kein Risiko dar. Bin dann auch dorthin gefahren und habe mich offiziell um eine Mitarbeiterstelle beworben. Hatte mir gute Chancen ausgerechnet, denn ich wusste ja bereits einiges, worauf es ankam. Leider brauchten sie mich nicht. Ich sagte ja, sie wollten nur einen ausländischen Mitarbeiter einstellen. Ich ärgere mich nur im Nachhinein, dass ich meinen richtigen Namen preisgegeben habe.«

»Den haben die wieder schnell vergessen, bei den vielen Namen, mit denen die jonglieren. Schade, dass du nicht mehr erfahren konntest. Sicher, es ist viel zu gefährlich für dich, sich heute oder morgen noch einmal dort sehen zu lassen.«

»Hätte ich auch nicht gemacht, bei aller Liebe ...« Der Streichler wurde verlegen und sprach schnell weiter: «Einen kleinen Trost habe ich noch für dich, Mia. Habe ich vorhin vergessen zu erwähnen. Während Jo telefonierte und auch mal vor die Tür ging, weil es wohl zu intim wurde, habe ich auf die Schnelle im vollen Papierkorb gewühlt und dies gefunden.« Olé ging zu seinem Koffer und kam mit einer zerrissenen Farbkopie zurück, die er ihr stolz und feierlich überreichte.

Mia sah ihn an und Olé nickte. »Setz es zusammen. Ich habe es schon gemacht, es nur noch nicht zusammengeklebt.« Ihr versetzte es einen Stich, die Person so groß vor sich zu sehen. Quer über den Brustbereich stand groß und breit mit schwarzem Filzstift der Name. Sie wusste aber auch so, um wen es sich da handelte. Es war Leo.

»Darf ich das behalten?«, fragte Mia. Sie drehte es auf

die weiße Rückseite. »Seltsam. Was soll das sein? Ein Autogramm? Autogrammkarten sind normalerweise viel kleiner und praktischer.«

»Keine Ahnung, was die Kopie bedeuten soll«, antwortete er. »Klar darfst du sie behalten. Ist doch für dich.«

Mia brauchte dringend Entspannung. Sie legte sich hin.

Der Streichler nahm wieder die Massage auf und arbeitete sich langsam hoch. Sie jammerte. An den Schultern schmerzte es besonders. Alles war hart und verspannt.

Mia versuchte nachzudenken. Die tausend Gedanken verschwammen zu einer Wolke des Genießens.

Pause. Schweigen.

Olé hielt inne. »Auch von vorne?«, fragte er zögernd.

Sie drehte den Kopf zu ihm: »Was zahlst du?«

Er wurde rot.

Sie erlöste ihn: »Ach, lass mal, beim nächsten Termin – vielleicht. Wenn dir das mit dem Massieren mal zu anstrengend sein sollte, würde ich an deiner Stelle ein Praktikum bei einem Detektiv machen. Du scheinst ein Naturtalent zu sein.«

Olé nickte. »Ja, das habe ich mir auch schon gedacht. Übrigens werde ich eine ganze Weile nicht zu dir kommen können. Ich tauche erst einmal unter. Fliege morgen nach Sizilien und mache Unterwassersport. Im Mittelmeer soll es viel zu sehen geben.«

Mia war erstaunt und traurig über seinen Spontanurlaub. Sie stand langsam auf und raffte das Handtuch vor ihrer Brust zusammen. Olé baute die Liege ab, dabei fiel ihm das Kopfkissen herunter. Mia schnappte danach und vergaß, dass sie ja eigentlich beide Hände für das Handtuch benötigte. Sie stand splitterfasernackt vor ihm und nahm die Farbe des Frotteetuches an. Er pfiff anerkennend durch die Zähne und verschwand auf die Gästetoilette.

Mia verhüllte sich schnell, lief Richtung Schlafzimmer. In dem Moment warnte das Nebelhorn, wieder, wieder und wieder. Sie machte auf halbem Wege kehrt und öffnete lieber schnell die Tür.

Gern stand davor, mit seinem großen Talent, ungünstige Momente zu erwischen.

»Woher wusstest du, dass ich komme?«, scherzte er und wirkte angenehm überrascht, betrachtete sie von oben bis unten.

»Ich habe es mir denken können«, log Mia.

Hinter ihrem Rücken öffnete sich die Tür der Gästetoilette. Beide Männer sahen sich erschrocken an.

Sie klärte auf: »Es ist nicht so, wie du denkst.« Nie mehr würde sie sich über diesen Satz lustig machen, wenn sie ihn in einem Film hörte. Er hatte durchaus seine Berechtigung.

Gern lachte: »Ach so ... ja, dann. Hautkommissar Gern, mein Name. Wie heißen Sie?« Er streckte die Hand nach ihm aus.

»Landhoff – Olé.«

»Er ist nur der Streichler«, sagte sie schnell. » Also, ich meine, er ... und ich ... Das lässt sich auf die Schnelle nicht erklären.«

»Keine Sorge«, meinte Gern. »Ich bin mehr oder weniger privat hier.« Er beobachtete Olé schräg von der Seite, während er seine Frage stellte: »Willst du mich heiraten, Mia?«

Sie schnappte nach Luft.

Gern amüsierte sich königlich. »Ich wollte nur mal testen, wie ernst eure Beziehung wirklich ist. Entschuldige bitte. Ich ziehe mein Angebot selbstverständlich zurück. Stattdessen wollte ich dich fragen, ob du morgen Abend Lust hast, mit mir chinesisch essen zu gehen. Es soll da in Moers ein nettes Restaurant geben. Wir sollten uns dort mal ausgiebig unterhalten.«

Mia kam zeitgleich mit Biggi auf dem Parkplatz von *Ausgesuchte Weine* in Krefeld-Fischeln an. Sie stiegen aus, fielen sich kurz in die Arme und hielten Ausschau, ob Gitti schon da war. War sie. Den feuerroten Cuore erkannten sie sofort. Auf der Fondablage hockte ein großes Plüschkamel. An der Scheibe befand sich der Aufkleber *I love Tunesien* – wobei das *love* durch ein rotes Herz ersetzt war. Mit Filzstift hatte sie *Maruan* daruntergeschrieben. Muss Liebe schön sein, dachte Mia und fragte sich, ob es wirklich Liebe oder Liebesbetrug war.

»Hör zu, Biggi«, sagte sie, »kein Wort über diese *Romance Scammer* und keine Vorwürfe, Andeutungen, oder Warnungen, was ihren Lover betrifft. Wir schauen uns das tunesische Raubtier erst einmal an und besprechen dann untereinander, welchen Eindruck wir haben und wie wir weiter vorgehen werden, okay?«

Biggi nickte aufgeregt. Sie hatte sich bei jedem Wort einen Schritt weiter zur Tür vorgearbeitet, konnte es kaum erwarten, *ihn* zu sehen. »Weißt du«, sagte sie, »bis vor kurzem haben wir gedacht, Majoran wäre nur ihrem Wunschdenken entsprungen, weil wir ihn in Tunesien nie zu Gesicht bekommen haben. Aber so, wie es aussieht ...« Sie reckte den Hals.

Jetzt hatte Gitti sie gesehen und kam auf sie zugeflogen. Sie rannte fast gegen die sich nicht schnell genug öffnende automatische Glastür und zog beide in den Verkaufsraum.

»Darf ich euch vorstellen?«, rief sie im Hineingehen, und brüstete sich so stolz wie eine junge Mutter, die ihr Neugeborenes präsentierte – was vom Altersunterschied ungefähr hinkam. »Hier ist er: Ma-ru-an!« Gitti hakte sich bei ihm unter und himmelte ihn an.

Der junge und äußerst attraktive Mann mit der sonnengebräunten Haut, der in einem edlen hellen Leinenanzug steckte, hatte sich gerade im Austausch mit Norbert Pohl befunden, bis er durch die Großankündigung gestört worden war.

Maruan entschuldigte sich bei ihm. »Bitte erlauben Sie mir, unser Gespräch gleich fortzusetzen, nachdem ich die drei Damen begrüßt habe. Danach möchte ich Ihnen unbedingt von meinem Heimatland und unserem erstklassigen Wein erzählen, der vielleicht auch für Sie ein Geheimtipp ist.«

Der Weinhändler strahlte und nickte zugleich, zog sich diskret zurück.

»Einen wunderschönen guten Abend, Madame Mia«, sagte das tunesische Wunderkind und streckte seine feingliedrige Hand mit den perfekt manikürten Fingernägeln nach ihr aus, dann gab er Biggi die Hand mit einer kurzen Verbeugung des Kopfes. Sein Haar war dicht gewellt und pechschwarz. Er betrachtete sie beide höflich dezent. »Gitti hat mir sehr viel von ihnen erzählt. Gute und vor allen Dingen wahre Freunde sind ein Geschenk des Himmels. Es freut mich, dass ich Sie endlich einmal kennenlernen darf.«

Mia stotterte: »Ich mich auch, ich meine ... ähm ... wir uns auch ... Wir freuen uns auch, bestimmt.«

Genau im richtigen Moment kam Norbert Pohl mit einem Tablett auf die kleine Gruppe zu. »Darf ich Ihnen einen Château de Mornag anbieten?«, fragte er leise und unaufdringlich, wie es seine Art war. »Ein Mornag ist wohl der bekannteste tunesische Wein ...«

»Da haben Sie vollkommen recht«, fiel Maruan ihm galant ins Wort. »Mornag ist Tunesiens ältestes Anbaugebiet und eine seiner bedeutendsten Weinregionen. Durch die Nähe zum Meer ist die Luftfeuchtigkeit höher als normal und die Temperaturschwankungen sind nicht zu extrem. Der Einsatz von qualitativ hochwertigen Rebsorten erzielt die besten Resultate. Zudem ist es ein preisgekrönter Wein, der als fruchtig milder Rotwein der Zunge schmeichelt.«

Norbert Pohl nickte anerkennend und freute sich über den ausländischen Fachmann an seiner Seite. Es interessiere ihn sehr, welche Weinhistorie und -traditionen andere Länder besaßen, sagte er. Sie tauschten ihre Visitenkarten aus. Zufrieden nahm er Maruans Bestellung entgegen, ihm doch bitte einen Karton Château de Mornag und einen Karton mit einem deutschen Qualitätswein mitzugeben. Er sollte ähnlich gut sein, zumindest aber einen vollen Körper mit leichter Süße besitzen, eine unsagbare Farbe und einen unbeschreiblichen Abgang haben. Dabei hatte er seine Gitti mit schokoladensüßen Augen angesehen.

Die Zeit verging rasend schnell, weil sie so vergnüglich

war. Dementsprechend fröhlich war auch die Verabschiedung vom Weinhändler.

Mia und Biggi stand der Mund offen, als sie sahen, wie harmonisch das Verhältnis zwischen Gitti und Maruan war. Die beiden gaben ein schönes Paar ab. Auch wenn Gitti viel älter war als er, so hatte sie sich gesichtsmäßig und figurtechnisch gut gehalten, und Maruan besaß diese unglaubliche Ausstrahlung und Reife. Er sah nicht nur gut aus, hatte Stil und sprach ein perfektes Deutsch, nein, er zückte nun auch noch seine Brieftasche, zog einen der vielen Hunderter hervor und bezahlte die bereitgestellten Kartons, in denen die Flaschen mit den außergewöhnlich guten Tropfen steckten. Er klemmte sie sich links und rechts unter den Arm. Stark war er auch noch.

Gitti stolzierte wie eine Henne hinter ihrem Hahn her und ließ ihn keine Sekunde aus den Augen, doch dann stoppte sie, nahm ihre beiden Freundinnen zur Seite und sagte: »Ist er nicht wunderbar? Er ist so sinnlich, wenn ihr wisst, was ich meine. Für ihn bin ich seine Königin, und er ist mein Wüstenprinz!«

Mia und Gitti nickten stumm. Mia überlegte, wo der große Haken war. Also nicht der, sondern der andere. Woher hatte er das viele Geld? Von fremden Frauen erpresst? Blutgeld von seinen Auftragsmorden? Nein, er konnte nichts mit Leo zu tun haben, solche Zufälle gab es nun wirklich nicht. Außerdem stellte sich ihr die Frage, wieso er so viel Wein gekauft hatte. Wollte er Gitti damit gefügig machen, damit sie die Videoaufnahmen zuließ, die er anschließend ins Netz stellte, oder brauchte er ihn als Unterlage für sein Schlangengift? War er womöglich Alkoholiker und soff sich damit die Leber groß? Wurde er nach einer Flasche Wein aggressiv und schlug Gitti? Der Haken, es musste einen Haken geben!

»Nur schade, dass ich keine Urlaubsverlängerung bekommen habe«, meinte Gitti. »Nun muss Maruan sich bis mittags alleine beschäftigen und in Krefeld umsehen. Hast du nicht Lust, dich ein wenig um ihn zu kümmern und die Stadtführerin zu spielen, Mia? Zeig ihm doch mal deine Sehenswürdigkeiten – damit meine ich nur den Segelflugplatz und den Elfrather See, und was es sonst noch so in deiner Gegend gibt. Geh mit ihm gutbürgerlich essen, ja? … und denke immer daran, er gehört mir.«

Mias Augen leuchteten. Sie bewunderte, wie viel Vertrauen Gitti ihr entgegenbrachte. Ihr wäre es nie in den Sinn gekommen. Nicht bei Bodo. Sollte es tatsächlich noch treue Männer geben? Kaum zu glauben. Mia wusste auch schon, wie sie ihn zwei, drei Tage beschäftigen konnte – wenn ihre Überzeugungskraft und sein Wille zu helfen groß genug waren.

*

»Hallo, Dunja. Addi hier. Wie geht es dir? Habt ihr schönes Wetter?«

Sie hustete erst einmal, bevor sie sprach: »Mir geht es blendend. Es ist herrlich heiß. Moment, ich gehe kurz unter Deck, sonst schmilzt der Hörer.«

Addi wurde direkt: »Sag mal, Dunja, hast du bei der Durchsicht von Leos Sachen zufällig einen Schlüssel gefunden?«

»Viele Schlüssel. Welchen meinst du?«

»Es muss ein großer Schlüssel mit einem Doppelbart sein.«

»Einem Doppelbart? Bart?«

»So nennt man das Teil, in dem die Einkerbungen am Ende des Schlüssels sind.«

»Warum?«

»Warum weiß ich auch nicht.«

»Nein, warum du diesen Schlüssel suchst. Wofür ist er?«

»Für … na, ja … für den Tresor.«

»Tresor? Leo hatte einen Tresor? Warum sagst du mir das jetzt erst?«

»Weil es nicht so wichtig war. Es ist ein Geschäftstresor, in dem sich nur Dokumente, Listen und andere Unterlagen befinden. Ich habe aus Versehen die Zahlenkombination darin eingeschlossen. Man kann den Safe auch mit einem Schlüssel öffnen. Aber den habe ich nicht.«

»Nur Dokumente und Unterlagen? Addi, halte mich nicht für blöd. Für Papiere braucht man keinen Tresor. Was ist mit Münzen, Gold, echtem Schmuck, Bares, anderen Werten?«, ergänzte Dunja, und er wusste genau, wie sie jetzt guckte.

Addi wippte mit seinem Bürostuhl hin und her. »Nein, nein … gibt es nicht. Hätte ich dir sonst gesagt, ehrlich. Also, was ist, hast du den Schlüssel irgendwo gefunden?«

»Herrgott, nein. Fasse nichts an. Ich buche einen Flug und komme nach Deutschland. Das will ich genau wissen, was es mit diesem Tresor auf sich hat.«

Addi ärgerte sich über sich selbst. Er bekniete sie: »Nein, brauchst du nicht. Vertraust du mir nicht mehr? Am besten wird es sein, ich lasse jemanden kommen, der ihn aufschweißt. Der Safe entspricht sowieso nicht mehr den neuesten Sicherheitsbestimmungen. Ich rufe dich sofort an, wenn er offen ist, und teile dir mit, was sich darin befindet. Dann regel ich es so. Kein Problem. Zu blöd. Darauf hätte ich auch gleich kommen können.«

»Untersteh dich! Ich will dabei sein«, kreischte Dunja. »Der Tresor und alles was darin ist, gehört mir.« Raschelnde Geräusche im Hintergrund.

»Halt! Warte, Dunja! Kennst du zufällig das Passwort von Leos Laptop? Ich muss dringend an einige Kundendaten kommen. Hatte er es irgendwann erwähnt, oder in deinem Beisein eingetippt?« Es war einen Versuch wert, vielleicht war dort die Kombination des Safes gespeichert … Obwohl er nicht wirklich daran glaubte. Aber sonst musste er einen Hacker beauftragen, damit er an die Dateien kam. Das konnte dauern, die waren über Monate ausgebucht. »Nein. Auch darüber haben wir nie gesprochen. Nur immer über das verdammte Geld …«

»… das du von ihm haben wolltest«, fügte Addi hinzu.

Dunja schluchzte: »Ich buche jetzt den Flug.«

Addi hörte sie schon »Ist das alles?« sagen, wenn sie vor dem offenen Tresor stand. Die Dokumente und Ordner würde sie nicht beachten. Es gab kaum etwas, was sie mehr hasste als Papierkram, wie sie es nannte. Obwohl auch ihm, nach Öffnung des Tresors, zunächst das Geld ins Auge gestochen war und er die Unterlagen anfangs für unwichtig gehalten hatte, interessierte es ihn nun brennend, warum sie so gut weggeschlossen waren. Jemand versuchte die Eingangstür zu öffnen. Addi hatte sie wohlweislich verschlossen. Noch einmal sollte es ihm nicht passieren, dass unerwartet wildfremde Leute im Büro standen. Er sah aus dem Fenster des Nebenraumes, von wo aus er den Parkplatz und die Tür im Blick hatte. Jemand mit einer großen verspiegelten Sonnenbrille und tief ins Gesicht gezogener Baseballkappe stand davor. Kapuzen-Shirt, Jeans und Sneakers, ganz in Schwarz gehalten, schienen aus dem Ein-Euro-Laden zu sein. Die Gestalt kam ihm bekannt vor. Die hatte er auf dem Friedhof gesehen, wie sie einen Umschlag auf Leos Grab geworfen hatte.

Addi schloss auf und öffnete die Tür nur einen Spalt breit. Er polterte drauf los: »Was wollen Sie denn hier?«

Sie nahm die Brille und Mütze ab. Schüttelte ihr langes brünettes Haar locker, das bis auf die Schultern fiel.

»Du?«, rief er aus.

Sie nutzte den Moment der Überraschung und stemmte sich gegen die Tür. Addi flog an die Wand. Nun zückte sie den Elektroschocker, den er bestens kannte. Wieder einmal musste er davor zurückweichen, wie damals auf dem Parkplatz. Sein Körper zitterte ungewollt, so als habe sie ihn bereits damit berührt.

Sahneklecks, die in Wirklichkeit Marie hieß, sah ihm giftig in die Augen. »Du hier – und nicht im Krankenhaus?«, fragte sie zurück.

»Im Krankenhaus? Wieso? Was willst du von mir? Was soll der Quatsch? Ich rufe die Polizei … Ich … Das ist Hausfriedensbruch.« Aber er traute sich nicht, sich auch nur einen Millimeter von der Stelle zu bewegen.

»Ja, ruf sie an, ich habe ihr viel zu erzählen. Zum Beispiel, welche Geschäfte du hier betreibst, und wie du die Frauen reihenweise abzockst. Das ist Betrug. Das ist kriminell.«

»Kennen wir uns etwa auch von der Partnerseite?«

»Ja.«

»Wie heißt du dort?«

»Das geht dich nichts an.«

»Wie auch immer«, brummte Addi, »du kannst mir nichts nachweisen.«

»Oh, doch. Sagt dir der Name *Moni Mondteddy* etwas? Nein, du musst nicht so entsetzt gucken, ich bin es nicht.«

Addi räusperte sich nervös. »Was ist mit ihr?« Er sah an der Frau vorbei, als erwartete er, dass sie gleich um die Ecke kommt.

»Du brauchst nicht nach ihr Ausschau zu halten. Sie lebt nicht mehr. Sie hat sich umgebracht – deinetwegen. Du hast sie in den Tod getrieben. Du ... du ...«

»Lass uns nicht an der Tür darüber reden.« Schritt für Schritt schlich er zu seinem Schreibtisch, immer darauf achtend, ob sie es billigte. Erschöpft ließ er sich auf dem Bürostuhl fallen und wippte hin und her. Marie stellte sich breitbeinig vor ihn, den Elektroschocker im Anschlag.

Stotternd fragte Addi: »Moni? Aber wie ... woher ...?«

»Ich stand in Kontakt mit ihr, auf der Traumpartnerseite«, antwortete Marie. »Wir hatten uns angefreundet und tauschten uns über die Männer aus. Uns beiden war aufgefallen, dass es äußerst schwierig war, einen Gescheiten zu finden. Bis sie mir eines Tages schrieb, sie müsse nicht länger suchen. Ihr neuer Partner sei ehrlich, charmant, könne zuhören und sei ideal für sie. Anders als alle anderen. Sie sei so glücklich wie noch nie. Bis ... ja bis sie dahinterkam. Sie hat mir einen Abschiedsbrief hinterlassen. Ich weiß alles, kenne auch deinen Namen von der Traumpartnerseite: *Adam Großherz*. Der Name kam mir bekannt vor. Du wolltest anfangs auch bei mir landen. Aber da hatte ich schon Leo an der Angel, besser gesagt, er mich. Dass ihr unter einer Decke steckt, hätte ich nie gedacht. Ich weiß sogar, wie viel Geld dir Moni wann gegeben hat, habe Quittungen des Bargeldtransfers, die Passwörter der Seiten und Überweisungen, Ausdrucke eurer Chats, deine sonstigen Forderungen und Drohungen. Weiß auch, dass du angeblich den Kontakt abbrechen wolltest, wenn sie nicht darauf eingeht, und so weiter und so weiter. Der beste Beweis von allen ist aber dein Foto. Warum hast du ein reales geschickt?«

»Wir haben uns über Videochat unterhalten. Es hätte keinen Sinn gemacht, ein falsches Foto ins Profil zu setzen. Außerdem wollte ich mich mit ihr treffen. Tja, Moni … sie war etwas ganz Besonderes. Sie kam am schnellsten zu Geld. Schade, dass sie tot ist«, sagte Addi und grinste unverschämt.

»Ich könnte kotzen!«, sagte Marie. Ihre Hand zuckte. Sie hob den Elektroschocker, ließ ihn wieder sinken.

Addi atmete tief ein.

Marie ließ ihm keine Zeit zum Durchatmen. »Pech für dich, dass die Quittungen mit deinem Namen und das Foto wohl ausreichen werden, um dich anzuzeigen.«

Er lachte teuflisch. »Das kannst du gerne versuchen, es wird dir aber nichts nützen. Sie war in mich verliebt und hat mir das Geld freiwillig gegeben. Ist das eine Straftat? Wohl kaum.«

»Ach ja? Auch wenn man gleichzeitig mehrere Frauen um ihr Geld betrügt? Sie alle haben mir bestätigt, dass du sie emotional unter Druck gesetzt und dich unverzichtbar gemacht hast. Eine hat dich im Sozialen Netzwerk wiedererkannt – unter deinem richtigen Namen. Soziales Netzwerk – da gehörst du gar nicht hin. Sie werden alle gegen dich aussagen. Dann wollen wir mal sehen, wie freiwillig die Überweisungen wirklich waren.« Sie kam näher.

Addi zuckte zusammen. Was sollte er machen? Er hatte keine Chance gegen sie und den Schocker. Da war er ihr körperlich und waffentechnisch haushoch unterlegen. Also musste er sie hinhalten und sich alles anhören, nur vorsichtig mit seinen Kommentaren sein. Oder auch nicht, denn es befanden sich ja keine Zeugen im Raum. Hoffentlich kam Hugo jeden Moment zur Tür herein und schaltete schnell, merkte, was hier los war. Nur mit ihm gemeinsam bekäme er sie überwältigt.

Er verschränkte die Arme und fragte: »Kaffee?«

*

Mia setzte ihr Headset auf und klickte auf Lilos Namen im Programm. Das typische Wählen erklang, so als hüpfe ein virtueller Tennisball wirr durch die Gegend. Sie schickte Stoßgebete zum Himmel, Lilo möge erreichbar sein. Kurz bevor sie aufgeben wollte, sah sie ihre Freundin im Videochat mit Bluetooth-Headset im Ohr.

»Du siehst ja toll aus!«, rief Mia spontan und ehrlich aus. »Italien tut dir gut, was?«

»Mia! Schön, dich wiederzusehen. Mensch, habe ich dich vermisst!« Lilo hielt ihre Hand an den Bildschirm. Mia tat es ihr gleich und hatte so das Gefühl, sie zu berühren. »Bald bin ich zurück«, sagte Lilo, »dann müssen wir uns unbedingt treffen, bevor der Alltagstrott wieder beginnt.«

»Machen wir.« Mia suchte auf Hochtouren nach einem gescheiten Anfang für ihre Bitte. »Ist zufällig der Gardasee in deiner Nähe?«

»Ja, sicher. Da bin ich gerade. Ich komme hier nicht weg, so schön ist es. Morgen will ich mit dem Schnellboot den See rauf und runter düsen. Das Wetter ist auch perfekt und erst das Essen …! Rate mal, was es gestern gab.« Lilo lachte auf. »Du glaubst es nicht.«

»Mozzarella mit Tomate? Pollo con Ingwer? Tintenfischringe? Frittierte Hähnchenstücke? Ähm …« Mia wusste nicht weiter, ihr Gehirn war gerade auf etwas anderes programmiert. Sie schrieb schnell die wichtigsten Stichwörter auf ihren Block. Lilo sollte es nicht schaffen, sie aus dem Konzept zu bringen.

»Frittiert ist heiß. Ganz heiß. Aber was ich gegessen habe, gibt es normalerweise nicht in Italien. Okay, du kommst sowieso nicht drauf. Es war Currywurst mit Pommes. Jetzt rate mal, bei wem? Das ist die Sensation!«

Lilos gute Urlaubslaune ging Mia auf den letzten Nerv, den sie noch hatte. Dadurch wurde ihr schmerzlich bewusst, wie fertig sie war. Es gelang ihr nicht, sich gegenüber Lilo zu verstellen. »Currywurst? Toll! Nun sag schon, bei wem hast du sie gegessen?«

Lilo blieb das Lachen im Halse stecken. Sie sah auf dem Bildschirm, wie ihre Freundin sich etwas aus dem Auge wischte. »Was ist passiert? Ist jemand gestorben? Mia, was hast du?«

»Du zuerst. Nun sag es endlich. Bei wem?«

Lilo erschrak über den Ton. »Bei Didi und Hasi, das sind die beiden Auswanderer von VOX-*Goodbye Deutschland*. Die tragen immer nur rote Klamotten und stehen in ihrem roten Imbisswagen, der gelbe Punkte hat.« Sie machte eine Pause. Mia zeigte keine Regung. Sie sah auf ihre Stichpunkte und fügte einen hinzu. Lilo rückte näher an die Webcam und fuhr in einem bedächtigeren Ton fort. »Den Wagen erkennt man sofort. Die beiden auch. Er ist ein ruhiger Großer und sie eine temperamentvolle Kleine. Sie heißt Hasi und er heißt …«

»Didi!«, sagte Mia schnell.

»Genau. Kennst du sie?«

Jetzt musste Mia doch grinsen, aber auch, weil ihr etwas eingefallen war. »Sag mal: Wie oft stehen die auf dem Markt? Wo ist der genau?«

»Mehrmals in der Woche, in verschiedenen Städten. Ich habe einen Flyer mitgenommen. Da steht alles drauf. Moment, hab ihn hier liegen … Genau, heute stehen sie auch wieder hier in Garda, ist nicht weit vom Yachthafen entfernt. Warum fragst du? Soll ich dir eine Currywurst schicken?«

Mias Laune besserte sich schlagartig. »Das trifft sich gut. Lilo, kannst du bitte zum Yachthafen fahren, dort jemandem schöne Grüße von mir ausrichten?« Mia hakte einen Punkt auf ihrer Liste ab.

»Ja klar, gerne. Wo finde ich diesen Jemand? Auf einem Schiff?«

»Genau, auf der Yacht. *Goldrausch* heißt sie und die Eignerin ist Dunja von Stein. Ich hatte ganz früher einmal mit ihrem Mann zu tun – beruflich. Hier eine kurze Personenbeschreibung: Sie ist zirka einsachtzig groß, neununddreißig Jahre, dunkle lange Haare, grüne Augen, noch botoxfreie Lippen, Körbchengröße Doppel-D. Also mehr der Modeltyp. Cartier am Arm und Prada an den Füßen. Bestelle bitte ganz liebe Grüße von mir. Wenn es geht, mache ein paar Fotos vom Schiff und der Umgebung. Ein Gruppenfoto wäre auch schön, wenn sie Besuch hat. Vielleicht kenne ich die ja auch.« Mia hakte die restlichen Punkte ab. Lilo vor Ort, das war die Gelegenheit, schnell an Informationen zu kommen. Diese Chance musste sie vollends ausschöpfen.

»Mache ich. Kannst dich drauf verlassen. Soll ich Didi und Hasi auch etwas ausrichten?«

»Oh ja, dass ich dieses Jahr leider nicht kommen kann, aber vielleicht im nächsten und falls sie sich nicht mehr an mich erinnern können, sage ihnen, ich bin die große mollige Dunkelhaarige, die immer eine doppelte Pommes ohne Salz gegessen hat.« Es war eine Notlüge. Mia war sich aber sicher, damit nicht aufzufallen.

»Ah, ja, und du meinst daran können die sich erinnern? Bei den vielen Kunden?«

»Du kannst es ja mal versuchen. Ach, und zeige ihnen doch gleich die Fotos, die du auf der Yacht gemacht hast, und frage mal, ob sie Dunja kennen und mit wem sie in letzter Zei ...«

»Mia! Mit welchem Fall bist du denn jetzt schon wieder beschäftigt? Beinahe wäre ich darauf reingefallen. Es ist nicht zu fassen!«

»Ja, also ... Lilo, du musst mir helfen. Bitte, es ist ganz wichtig. Ich dachte, ich hätte meinen Traummann gefunden und hatte eine Verabredung mit ihm in einem Restaurant. Unser Glück hat aber nicht lange gehalten. Er war ein Betrüger und Stunden später fand man ihn tot in der ... Halt, du hast doch deinen Tablet-PC dabei.« Mia rutschte auf dem Stuhl hin und her. Am liebsten wäre sie zu Lilo durch den Bildschirm gekrochen und hätte sie in den Arm genommen.

»Kannst du mich nicht live über Skype mitnehmen und so tun, als seiest du eine Touristin und würdest deiner besten Freundin, also mir, mit der Webcam die Gegend zeigen? Wofür gibt es denn die wunderbare Technik?«

»Erst erzählst du mir die ganze Geschichte im Schnelldurchlauf und dann schaue ich mal, wie und ob ich dir helfen kann.«

»Ja also, das kam so …«

Eine halbe Stunde später: »Hilfst du uns, Lilo?«

»Ja, ja, ist schon gut«, sagte die Kommissarin auf Urlaub. »Okay, ein paar Fotos und eine kurze Befragung. Das mit dem iPad muss ich mir noch überlegen. Danach halte ich mich raus und wehe du sagst … – Allerdings, wenn ich es recht überlege: Gern ermittelt, hast du gesagt? Das wäre eher ein Grund, es nicht zu tun. Der kann doch alles und macht alles. Soll er machen.«

»Du tust es für mich und die betrogenen Frauen und die, die noch betrogen werden sollen, Lilo. Wenn ich weiß, wer Leos Tod auf dem Gewissen hat, weiß ich auch, wer noch verantwortlich gemacht werden könnte. Die machen mit Sicherheit weiter und das müssen wir stoppen. Außerdem übertreibst du maßlos, was Mario angeht. Der ist vollkommen in Ordnung. Er wirkt manchmal nur überheblich und arrogant. Ich weiß, du kennst ihn so, aber er hat sich seit damals gebessert. Wirklich.«

»Hört, hört, ein Plädoyer der Verteidigerin. Ich werde einen Befangenheitsantrag stellen. Bist du etwa mit ihm zusammen? In ihn verliebt?«

»Neeein, wie kommst du darauf?« Dass sie sich nachher mit ihm treffen würde, verschwieg sie jetzt lieber. »Lass uns zum Wesentlichen kommen, Lilo. Bitte! Die Zeit rennt uns davon.«

Mia hing mit der Nase am Bildschirm, um nur ja alle Einzelheiten mitzubekommen. Den Lautsprecher des Headsets hatte sie auf Schwerhörigkeitsstufe gestellt. Endlich bewegte sich Lilo. Obwohl es durch ihre schnellen Schritte stark ruckelte, erkannte Mia die mit Palmen bepflanzte Promenade. Vorbei ging es an der gut besuchten Liegewiese am Ufer. Planschende Kinder, relaxte Eltern, Verliebte auf Tretbooten. Mia seufzte laut.

»Was ist passiert?«, fragte Lilo.

»Leider nichts. Es hätte so schön sein können, mit Leo.«

Lilo schwenkte zum Trost auf das traumhafte Panorama des Gardasees, der das Dunkelblau des Sommerhimmels widerspiegelte. Im Hintergrund sah Mia die Berge und hörte Wellenrauschen, Vogelgeschreie und Kinderrufe.

»Such den Yachthafen«, sagte sie leise, als habe sie es mit einem Spürhund zu tun. »Such nach *Goldrausch*. Schleich dich erst einmal an und filme alles Drumherum.«

Lilo grunzte nur. Jetzt sah Mia die Yacht. Es handelte sich um ein Upper-Class Modell. Schneeweiß, mit je einem großzügigen Sonnendeck an Bug und Heck. Der goldene Namensschriftzug blinkte in der Sonne.

»Näher!«, sagte Mia. »Versuch mal zu filmen, wer sich an Bord befindet. Lass dir eine Ausrede einfallen, falls du erwischt wirst.«

»Meinst du, ich weiß nicht, wie man das macht?«, zischte Lilo leise und sagte dann laut: »Schau mal, Tante Viola, ist das nicht eine herrliche Yacht? Siehst du sie? Wenn ich mal viel Geld habe oder im Lotto gewinne, kaufe ich mir auch so eine und dann machen wir einen ausgiebigen Urlaub darauf. Ich seh mal nach, ob die Besitzer da sind und ob die mir vielleicht mehr darüber sagen können. Zum Beispiel, welchen Führerschein ich dafür haben müsste.«

»Vor allen Dingen müssten Sie lange dafür sparen, wenn Sie nicht im Lotto gewinnen«, sagte die langbeinige Frau, die auf Highheels auf sie zugestöckelt kam und sie von oben bis unten musterte. In ihrer schwarzen Hochfrisur steckte die Sonnenbrille, über den weißen Hotpants trug sie eine transparente orangefarbene Organzabluse, die nur wegen der Brusttaschen nicht alles zeigte. Die Frau sah gesund gebräunt und gut erholt aus. Sie lachte mit perfekt weißen Zähnen. Es war Dunja.

Lilo stellte sich als Touristin vor, die ihrer Tante nur mal eben die traumhaft schöne Yacht zeigen wollte. Anscheinend hatte Dunja Mitleid mit ihr, oder aber sie wollte gnadenlos angeben, jedenfalls lud sie Lilo zu sich ein und fragte, ob sie lieber einen Champagner oder einen Cocktail haben möchte. Sie wollte angeben.

Die gute Lilo ließ die Kamera die ganze Zeit mitlaufen. Hielt das iPad wohl einfach im Arm, wie eine Akte, mit dem Objektiv auf das Innere der Yacht gerichtet, zum Steuer und der Kajüte – Lilo war halt ein Profi. Doch auf dem Schiff war nichts los, bis Dunja rief: »Darling, kommst du mal bitte, wir haben Besuch. Machst du unserem Gast bitte eine Bloody Mary?«

Mia hörte Lilo wie ein Kätzchen schnurren, als der fast nackte, braungebrannte Adonis aus der Kajüte kam. Er schien direkt dem Lifestyle- und Sportmagazin *Men'sHealth* entsprungen, und er war jung, verdammt jung und das ohne OP, soweit Mia es erkennen konnte.

Sie war Lilo dankbar, dass die nun keinen Kameraschwenk machte, sondern auf ihn draufhielt. Vermutlich war es auch die Blickrichtung der beiden Frauen. Im Hintergrund plapperte Dunja wie ein Wasserfall, zählte auf, was ihr alles gehörte, ihr mal gehört hatte und demnächst gehören würde. Von Lilo kam nichts. Die männliche Erscheinung musste ihr die Sprache verschlagen haben. Dank seiner wusste Mia nun, wie viele Muskeln für das Cocktailmixen nötig waren und wo sie überall saßen – obwohl oder gerade weil er eine enge Badehose trug.

»Ohhh«, rief Lilo verzückt. Der Götterbote kam auf sie zu und stellte das imposante Cocktailglas mit dem wodkatomatigen Inhalt und dem Stück Staudensellerie als Deko auf den Tisch. Zu gern hätte Mia daran genippt – am Cocktail. »Sieht das schön aus!«, rief Lilo. »Darf ich vorher ein Foto davon machen?«

Er strahlte und verschwand kurz aus dem Visier. Lilo reagierte prompt, hielt bildtechnisch fest, wie er sich zu Dunja begab und Sitz machte. Zärtlich streichelte er über ihren nackten Oberschenkel. Mia überkam eine kurzfristige Eifersucht, bis sie sich auf ihre Mission besann. Lilo schwenkte wieder zum Cocktailglas und drückte auf den Auslöser.

»Danke. Vielleicht auch ein Bild von Ihnen beiden?«, hörte Mia sie nun sagen. »Ich schicke Ihnen die Fotodatei zu, wenn sie möchten und mir ihre Mailadresse geben.« Schwenk zu den beiden.

Während Dunja abwinkte, rückte der Gesundheitsprotz sofort zu seiner Geliebten auf, legte den Arm um sie und gab ihr einen fotogenen Kuss auf die Wange. Lilo hielt dabei die Kamera erstaunlich ruhig.

»Nein, das möchte ich nicht«, wehrte sich Dunja energischer, doch es war längst aufgenommen.

Jetzt wurde sie zickig: »Gut, wenn Sie alles gesehen haben, würde ich mich gerne zurückziehen. Wir sind heute Abend zu einem Empfang eingeladen. Begleitest du bitte die Dame vom Schiff, Darling? Ihnen noch einen schönen Urlaub. Auf Wiedersehen.« Dunja huschte am Bildschirm vorbei. Sie ging anscheinend unter Deck. Das Bild ruckelte. Der Tablet-PC befand sich wohl wieder auf Lilos Arm. Nun streckte der Schönling seine feingliedrige Hand nach Lilo aus.

Mia ließ sich seufzend nach hinten in den Sessel fallen.

Mia machte sich ernsthaft Sorgen um Lilo. Sie hätte sich längst wieder melden müssen. Der Weg von der Yacht über den Steg an Land war nun wirklich keine Weltreise. Wo steckte sie denn nur? Die Leitung stand jedenfalls, nur der Bildschirm war schwarz geworden. Im Hintergrund hörte sie irgendwelche Stimmen. Sie ergaben keinen Sinn. Ob er sie als Kommissarin enttarnt hatte? Wohl kaum, es sei denn, sie trug ihre Kriminaldienstmarke als Halskette.

Endlich erschien Lilos erhitztes Gesicht auf dem Bildschirm.

»Boah, was war das denn für einer? Der ist ja mal eine Sünde wert.«

Mia wunderte sich. Solche Äußerungen kannte sie nicht von ihr, aber sie musste ihr ausnahmsweise einmal recht geben.

»Was habt ihr gemacht, ich meine, wo warst du?«

»Ich habe ihn noch ein wenig ausgequetscht. Sie sind heute Abend nicht auf einem Empfang, sondern in einer Stunde auf dem Flughafen und fliegen nach Deutschland. Diese – wie heißt die nochmal?«

»Dunja.«

»Diese Dunja hat Geschäftliches zu regeln, wobei er ihr helfen soll. Kann mir auch schon denken, wie.«

»Als Bodyguard?«

»Auch.« Lilo grinste so breit, dass ihr Mund fast an den linken und rechten Rand des Monitors reichte. »Okay, weiter geht's«, sagte sie, »ab zu Didi und Hasi. Endlich ist mal wieder Action. Ich glaube, ich liebe meinen Beruf.«

Los ging die Ruckelreise.

»Da sind sie!«, rief Mia durch das Mikrofon ihres Headsets. Sie kam sich noch immer wie eine Außerirdische vor, die unsichtbar überall mit hingeschleppt wurde.

»Oh, die Akku-Anzeige geht rapide nach unten«, warnte Lilo durch die Freisprechanlage. »Wir müssen uns beeilen. Es kann sein, dass es bei dir gleich Nacht wird, wenn ich ihnen die Fotos vom Schiff zeige. Bleib einfach in der Leitung. Ich melde mich auf alle Fälle.« Sie ruckelten zum roten Imbisswagen mit den gelben Punkten, auf dem auch sein Name stand: *Pünktchen*.

»Hallo, Didi und Hasi. Schön, euch wiederzusehen«, posaunte Lilo. »Ich habe euch eine gute Freundin von mir mitgebracht. Leider könnt ihr sie nur über Skype sehen.« Sie nahm ihr Headset ab, stellte den Lautsprecher an und hielt ihnen das Tablet hin.

Mia sah die beiden winken. »Hallo«, sagte sie. »Ich bin

ein großer Fan von euch. Habe alle eure Auswanderersendungen verfolgt. Sechs Jahre seid ihr schon hier. Wahnsinn. Könntet ihr meiner Freundin Lilo bitte ein Autogramm von euch mitgeben?«

»Hi«, sagte Hasi. Sie strich die rote Schürze glatt. »Klar, machen wir gerne.« Mia fand, dass sie mit der etwas anderen Kurzhaarfrisur noch flotter aussah.

Didi drehte sich von seiner Fritteuse weg. »Hallo, Mia. Dann komm doch mal zu uns an den Gardasee.«

Hasi hatte bereits den Kuli und die Karte gezückt und unterschrieben. »Auch *Currywurst und Dolce Vita* dabei?«, fragte sie.

Mia lachte in sich hinein. Sie hatte vom Buch über die Auswanderung schon viel gehört und würde es natürlich gerne lesen wollen.

»Lilo, streckst du vor?«

»Sehr gerne«, sagte sie, »dann habe ich eine neue Urlaubslektüre.«

»Du könntest dir ja auch eins kaufen«, sagte Hasi. »dann hast du ein eigenes Buch.« Sie grinste.

Mia ahnte jetzt, warum die beiden so viel Erfolg hatten. Sie waren sehr geschäftstüchtig und ließen keine Marketingstrategie aus.

»Sagt mal«, fragte Lilo die beiden Deutsch-Italiener, »kennt ihr diese Personen?«

Der Bildschirm wurde dunkel, wie sie es vorhergesagt hatte. Es hing wohl eher mit dem anderen Programm zusammen als mit der zu schwachen Batterie. Immer wenn es spannend wurde, verschwand sie. Mia saß auf heißen Kohlen. Auch weil die Zeit weit vorangeschritten war und Dunja und dieser Supermann wohl jetzt schon auf dem Weg zum Flughafen waren. Mia nutzte die Gelegenheit und sah schnell nach, wo der nächstgelegene *aeroporto* war und wie lange sie wohl bis dahin brauchen würden.

Ah, hier: Sie mussten nach Verona fahren. Laut Routenplaner war Verona dreiundvierzig Minuten von Garda entfernt, wenn man rasant fuhr und deswegen nicht von der *polizia* angehalten wurde. Der Flug dauerte gut anderthalb Stunden bis nach Düsseldorf. Von da aus noch mal eine halbe Stunde bis Krefeld, wenn man gut durchkam.

Mia sah auf die Uhr und tippte im Handy die Kurzwahl ein. Dabei ließ sie den Bildschirm des Laptops nicht aus den Augen. Gern kam erst gar nicht zu Wort, als er das Gespräch entgegennahm. Mia informierte ihn eilig darüber, dass sie etwas später zu ihrer Verabredung käme, er aber auf alle Fälle warten sollte, weil sie brandaktuelle Neuigkeiten für ihn habe. »Wir müssen schnell handeln«, rief sie ihm als Letztes zu, bevor sie auf den Ausknopf drückte.

Lilo musste ihr erst einmal sagen, wie der Schönling auf dem Schiff hieß. Sie hatte da so eine Vermutung.

Während sie auf ihre Freundin wartete, besah sie sich noch einmal die Farbkopie mit Leos Portrait, das ihr der Streichler mitgebracht hatte. Strahlend und siegesgewiss lächelte Leo sie darauf an. Sie hätte heulen können. Mia hatte das gleiche Foto als Mailanhang geschickt bekommen. Für wen war wohl dieser Ausdruck gedacht gewesen? Für eine andere Frau, die er auch treffen wollte? Hatte er deshalb quer über das Foto seinen Namen geschrieben? Den schrieb man doch auf die Rückseite, wenn überhaupt. War es überhaupt seine Schrift? Ach, sie wusste immer noch zu wenig über ihn.

Lilo erschien nach unendlich vielen Minuten wieder auf dem Bildschirm. Laut Hintergrund war sie nun in ihrer Pension angekommen. »Hallo, meine Süße.« Sie hielt das angeschlossene Ladekabel in die Höhe. »So, alles im Kasten und der braucht jetzt mehr Energie.«

»Wer braucht das nicht?«, sagte Mia.

Lilo lachte. »Also, zurück zu unserem ... also, deinem Fall: Didi kennt den braungebrannten Jüngling. Er kauft regelmäßig ein Hot-Dog mit Sauerkraut, Zwiebeln, Ketchup und Mayo – ohne Fritten.«

Mia schluckte. »Wunderbar. Und wie heißt er, also nicht der Hot-Dog, sondern *er*?«

»Das wusste Didi nicht.«

»Mist. Ach, Mann. So nah dran ...«

»Aber Hasi wusste es.«

»Mensch, Lilo!«

»Er macht ihr laufend Komplimente. Beim letzten Mal, als Didi nicht da war, sagte er so etwas wie: ›Meine Sonne, ohne dich ist mein Leben nichts. Ich bin verrückt nach dir. Du bist genau das, was ich suche. Dein Lachen, dein Temperament ...! Ich möchte dich verwöhnen. Du arbeitest so viel und bist so erfolgreich. Aber was willst du mit dem vielen Geld? Du musst auch mal entspannen – ich helfe dir dabei. Rufst du mich an?‹« Lilo machte eine dramaturgische Pause. »Er hat ihr sogar seine Handynummer aufs Einpackpapier geschrieben. Aber Hasi hat sich natürlich nicht bei ihm gemeldet, sondern die nächste Currywurst damit eingewickelt. Sie hat ja ihren Didi. Der reicht ihr, hat sie gesagt, den möchte sie nicht verlieren.«

»Sie hat die Handynummer des Prinzen – weggegeben?«, kreischte Mia, »Ja aber, wie heißt denn jetzt der Träumer?«

»Jo – einfach Jo. Viel zu kurz für so viel Mann.«

*

Otto Okrim saß am heimischen Schreibtisch und übertrug die handschriftlichen Notizen in den PC, die er vorhin bei Hugo von Stein in der Moerser Villa gemacht hatte. Zunächst hatte es nicht den Anschein, als würde er überhaupt etwas aus ihm herausbekommen.

»Fragen Sie Ihren Kollegen Gern. Dem habe ich alles gesagt, was es zu sagen gibt. Lassen Sie mich endlich in Ruhe. Ich bin nur hierhergekommen, meinem Bruder die letzte Ehre zu erweisen und nicht, um ihn umzubringen. Auch wenn Leo zu Lebzeiten den Kontakt mit mir mied, heißt das noch lange nicht, dass ich ihn beseitigen wollte. Außerdem befand ich mich an Leos Todestag am Bodensee. Das habe ich Ihnen doch bewiesen. Alibi nennt man so etwas – und einen Auftragsmörder kenne ich nicht. Was denken Sie von mir? Falls

Sie immer noch glauben, ich hätte etwas mit seinem Tod zu tun, überzeugt Sie vielleicht das: Ich erbe keinen Cent und werde die Firma nicht übernehmen. In ein paar Tagen fahre ich wieder nach Hause. Also bitte, wo ist da mein Motiv?«

Otto hatte Hugos Rage ausgenutzt und ihn provoziert: »Oh, das ist bedauerlich. Das wäre das Ende der *Funny-Fifty*. Oder meinen Sie, Frau von Stein ist in der Lage, die Modeschmuckfirma alleine weiterzuführen? Vom modischen Verständnis her traue ich es ihr durchaus zu, aber was das Betriebswirtschaftliche angeht, ist es sicher kein Geheimnis, dass sie dafür Hilfe benötigen würde. Vielleicht wird aber auch dieser Addi Fischer der neue Chef. Ist er nicht sogar der neue Lebensgefährte?«

Hugo hatte ihn groß angesehen. »Das ist mir egal, wer mit wem. Was die *FunnyFifty* angeht, so rechne ich fest mit einer Auflösung. Aber wie gesagt, ich halte mich komplett raus, will nichts damit zu tun haben. Weder Herrn Fischer noch Dunja will ich jemals in meinem Leben wiedersehen. Das hat rein private Gründe.«

»Über die Sie nicht sprechen wollen?«, hatte Otto hinzugefügt.

»Richtig. Entschuldigen Sie mich, ich muss jetzt dringend etwas erledigen.« Hugo war aufgestanden. »Ich begleite Sie zur Tür, damit Sie sich nicht verlaufen.

Otto klickte auf ›Drucken‹ und heftete seine Aktennotiz ab. In seinen Ermittlungen war er an einem Punkt angekommen, den er gefürchtet hatte. Sein Nachfolger Gern war ihm immer einen Schritt voraus. Otto musste das Fahrrad schleunigst wieder vor das Chinarestaurant stellen. Falls durch Gerns Befragung des Restaurantpersonals herauskäme, dass am Tattag dort eines gestanden hat, es aber von einem Kommissar mitgenommen wurde, wäre das Unterschlagung von Beweismaterial. Okrim machte sich auf den Weg, der kein weiter war.

Sein Tun ging im Gewusel der ankommenden und abfahrenden Restaurantbesucher unter. Niemanden schien es zu wundern, dass er mit einem Kombi vorfuhr und mit Latexhandschuhen ein Fahrrad auslud und vor das Schaufenster stellte. Geschafft. Otto saß schon im Wagen, da verspürte er einen Drang, der sich nicht mehr aufhalten ließ. Er betrat das Lokal und steuerte direkt auf die Herrentoilette zu. Kurz sah er sich auf dem Weg dorthin noch einmal den Wandvorsprung mit den Schmauchspuren an und nickte zufrieden. Ja, so war es. Eindeutig.

Er öffnete seine Hose und stellte sich vor das Urinal. Wann hatte ein echter Kerl heutzutage noch die Gelegenheit, im Stehen zu pinkeln? Das schien sich auch der Mann zu fragen, der nun den Raum betrat. Er gesellte sich zu ihm ans Pinkelbecken und schaute ihm direkt … ins Gesicht. Zuerst zögerte er, doch dann: »Ach, das ist ja interessant. Kennen wir uns nicht?«

»Nicht, dass ich wüsste.« Otto stand da nicht so drauf.

»Waren Sie mal Beamter? Kriminalbeamter?«, ließ der andere nicht locker.

Otto Okrim sah erstaunt an sich hinunter. »Woran erkennt man das denn?«

»Im Büro der Kollegen hängt ein Porträtfoto von dir an der Wand. Zur Erinnerung und Abschreckung, meinten sie. Was das genau bedeutet, weiß ich nicht. Ach so, es bleibt doch beim Du, oder? Schade, dass keine persönliche Amtsübergabe stattgefunden hat, weil es so schnell gehen musste.« Er grinste.

Otto nickte. Na, das war ja ein Ding. Da lernte er seinen Nachfolger Mario Gern erst auf der Herrentoilette kennen. Fast mehr verwunderte es ihn aber, dass die Kollegen sein Bild zur Erinnerung aufgehängt hatten. Er wäre gerührt, wenn das »zur Abschreckung« nicht gesagt worden wäre. Das bedurfte der genauen Klärung.

Am Handwaschbecken entschuldigte sich Gern. »Wollte dich nicht damit überfallen. Kennst du eigentlich meinen Namen? Mario Gern, ehemals KK11 aus Mönchengladbach. Das haben sie dir doch gesagt, oder?«

Otto brummte. Na klar, wusste er das. Er schlug mit der Faust auf den Händetrockner, der aufheulte.

»Zurzeit arbeite ich an einem Fall, der dir sicher bekannt sein dürfte und zu dem ich einige Fragen an dich habe. Kommst du mit mir nach oben an meinen Tisch? Wir haben einiges zu besprechen. Du weißt schon, warum. Ansonsten muss ich dich offiziell ins Präsidium einladen, was meine nächste Amtshandlung gewesen wäre. Aber so können wir uns das ersparen.«

Otto ahnte Übles.

Gern führte ihn an einen Tisch direkt neben dem Aquarium. Selbst die Fische kamen neugierig angeschwommen und rissen ihre Mäuler auf.

»Also, was soll das?«, fragte Gern. »Du ermittelst in einem Mordfall, obwohl du längst ... na, sagen wir mal ... pensioniert worden bist.«

Otto griff zum eingedeckten Messer und zeichnete damit Muster auf die Stoffserviette. Er vermied den Blickkontakt.

Gern setzte seine Standpauke fort: »Du hast dir die Informationen erschlichen, indem du einen gestohlenen Dienstausweis vorgezeigt hast. Ich möchte jetzt nicht wissen, was du noch alles hast mitgehen lassen ...«

»Nicht geklaut. Das ist eine Fotokopie«, winkte Otto ab.

»Du weißt aber, was du da machst? Was es bedeuten kann?«, ließ Gern nicht locker. »Außerdem habe ich vorhin durch Zufall gesehen, als ich zur Toilette gehen wollte, dass du ein Fahrrad abgestellt hast, aber mit einem Wagen gekommen bist. Kannst du dir vorstellen, dass da gleich mehrere Fragen bei mir auftauchen?«

Otto nickte. Er warf das Messer auf die rosafarbene Tischdecke.

»Bevor du sie mir beantworten wirst, möchte ich dich eins wissen lassen«, sagte Gern. »Ich habe nichts gegen dich, habe nur etwas dagegen, wenn du mir in den Kram pfuschst und ich bei meiner Ermittlungsarbeit blöd dastehe, weil ich nicht mehr an die Personen herankomme, oder die Spuren beseitigt wurden, oder weil der oder die Täter gewarnt wurden. Was bezweckst du mit deiner Aktion? Willst du nicht aufgeben, bis du den Täter gefunden hast? Ist es eine persönliche Abrechnung?«

Okrim blieb stumm.

»Ich schlage dir einen Deal vor«, sagte Gern. »Du übergibst mir alles, was du aus dem Präsidium hast mitgehen lassen, inklusive deiner Akte, die es sicherlich gibt. Sag mir, was du bisher herausgefunden hast, und ich gleiche es mit meinen Ermittlungen ab und werde den Mörder finden. Dem Vorgesetzten gegenüber bewahre ich Stillschweigen. Kannst dich drauf verlassen. Ich habe schon mal mit ihm zusammengearbeitet und weiß mit ihm umzugehen. Meine Devise: nur nicht dran rütteln. Also, was ist? Gehst du darauf ein, oder sollen wir das Kriegsbeil ausgraben? Ach nein, bei dir muss es ja ›die Waffe ausgraben‹ heißen.«

Otto Okrim sah ihn erschrocken an. Woher wusste der … Ihm stellten sich die Nackenhaare hoch. Selten hatte er sich so unwohl gefühlt. Nein, er wollte den Fall nicht loslassen, er konnte nicht. Noch nicht. Er durfte nur nicht weiter auffallen. »Okay, dann muss ich dir wohl für deinen fairen Deal danken.« Er griff in seine Jeanstasche und reichte ihm die Kriminaldienstmarke und den farbkopierten Dienstausweis über den Tisch. »Die kannst du vernichten, die haben nur einen ideellen Wert. Schätze mal, die Originale sind längst im Register ausgetragen, auch die anderen Gegenstände für den Einsatz.«

»Okay, kommen wir nun zum Fall.« Gern kramte seine Pfeife heraus und legte den Tabak daneben.

»Hier ist rauchen verboten«, sagte Otto.

»Verboten ist so vieles. Außerdem, wer sagt denn, dass ich rauchen will? Gucken ist erlaubt. Lenk nicht ab.«

»Gut, gehen wir zu meinem Wagen. Da habe ich die Akte liegen.« Otto sprang auf und wäre am liebsten davongerannt.

*

Hugo rechnete nicht mehr damit, dass Addi im Büro saß und auf ihn wartete. Schon gar nicht vor dem geöffneten Tresor. Das war auch nicht mehr nötig.

Hauptsächlich ging es ihm um die Unterlagen, die er leichtsinnigerweise in der Firma hatte liegen lassen. Das waren Fotokopien der von Addi unterschriebenen Warenannahmen, Lieferaufträge und Kaufabschlüsse von Modeschmuck in großen Partien, die aber alle nur auf dem Papier existierten. Von der einst von ihm begehrten Firma *FunnyFifty* waren nur eine Geldwaschanlage und ein Callcenter übriggeblieben. Einsame graue Mäuse bis zur schrillen Ich-möchte-endlich-wieder-leben-Witwe fielen auf die Liebesbetrüger herein, die sie am Telefon oder Chat vergötterten und ihnen den Himmel auf Erden versprachen. So lange, bis sie sich sicher sein konnten, dass die Frauen ihr Bestes hergaben – ihr Geld. Und das alles nur aus Liebe.

Auch Hugo war der Liebe erlegen, zumindest für kurze Zeit und rein körperlich. In dieser Hinsicht hatte Dunja eine Menge zu bieten gehabt. Charakterlich und vom Intellekt her war sie ein Desaster. Anfangs hatte er noch all das besitzen wollen, was sein Bruder Leo besessen hatte, als Wiedergutmachung und um so seine Nachfolge anzutreten. Inzwischen hatte er nun schmerzlich erkennen müssen, wo er hier hineingeraten war: In ein Nest von Lügnern und Betrügern, in dem sogar ein Mörder vermutlich darauf lauerte, ein zweites Mal abzudrücken, falls sich ihm jemand in den Weg stellte oder ihn überführen sollte.

Nein, er musste schleunigst das Weite zu suchen, bevor die Lage eskalierte. Angeblich lagen Anzeigen von Frauen vor, die endlich auspacken wollten, von wem und wie sie betrogen wurden. Ihm war klar, welche Namen da gefallen waren.

Richtig erschrocken war er aber, als Kommissar Gern, unangekündigt wie ein Wirbelsturm, in die Villa gefegt kam und ihn ausgiebig nach dem Verhältnis zu seinem Bruder befragt hatte.

»Herr von Stein, Sie hatten in den siebziger Jahren einen

schweren Verkehrsunfall mit Todesfolge?«, hatte er gefragt und ergänzt: »Sie und ihr Bruder haben überlebt, nur seine Freundin verstarb am Unfallort.«

»Ja.«

»Sie hatten hochprozentigen Alkohol getrunken. Der Bluttest ergab ...«

»Nein, ich musste ihn trinken ...«, hatte Hugo herausgeschrien. Es war zwecklos gewesen, zu leugnen. Dafür gab es Polizeiarchive und Datenbanken. Hugo hatte ihm alles von der unglaublichen Ungerechtigkeit erzählt, die ihm widerfahren war. Wie link sich Leo verhalten hatte, wie abscheulich es von ihm gewesen war, ihm den Tod seiner Freundin in die Schuhe zu schieben. Es hatte Aussage gegen Aussage gestanden. Aber die Indizien sprachen für sich. Indizien, die Leo geschaffen hatte. Er erzählte, dass er jahrelang versucht habe, seinem Bruder ins Gewissen zu reden, damit dieser ihn rehabilitierte oder sich zumindest bei ihm entschuldigte, damit sie wieder den Kontakt pflegen und langsam wieder Vertrauen aufbauen konnten. Schließlich waren sie Blutsbrüder. Aber dafür hätte Leo sich schuldig bekennen müssen, und das konnte und wollte er aus vielerlei Gründen nicht tun.

Nachdem Hugos Rage sich gelegt hatte und er alles losgeworden war, war ihm bewusst geworden, dass er sich mit dieser Aussage selbst ans Messer und Kommissar Gern das Motiv für den Mord an Leo frei Haus geliefert hatte. Kommissar Okrim hatte er all das nicht gesagt. Zu dem Zeitpunkt hatte er ja noch gedacht, er könne hier sein Glück finden, mit der Firma, der Villa und mit Dunja.

Hugo wäre wesentlich gelassener mit den Fragen von Kommissar Gern umgegangen, hätte er nicht vorher diesen Umschlag gefunden. Der hatte mit grauem Gewebeband unter Leos riesiger Schreibtischplatte geklebt. Beim Durchwühlen der Schublade war ihm etwas unter den Tisch gefallen. Als er damit wieder hochkommen wollte, war er mit dem Kopf gegen etwas Weiches gestoßen. Das Versteck sollte man sich merken, wenn man etwas einigermaßen sicher verbergen wollte. Im wattierten Umschlag hatten sich die Tresorkombination nebst Schlüssel, eine Auflistung des Tresorinhalts und ein Zettel mit Geheimnummern und Passwörtern befunden. Wo der Safe stand, wusste Hugo. Nur war er dann gestört worden und hatte nicht mehr die Gelegenheit gehabt, reinzuschauen. Das wollte er jetzt nachholen, als letzten Akt, bevor er wieder nach Hause fuhr.

Hugo öffnete die Tür der Firma und ging strammen Schrittes durch den Flur. Er stoppte. Das wollte er jetzt nicht sehen, dennoch konnte er den Blick nicht davon wenden. Addi saß an seinem Schreibtisch, aber nicht wie üblich. Hinter ihm stand eine attraktive Frau, die mit ihrem Körper von hinten gegen die Bürostuhllehne drückte und ihn so zwischen Arbeitsplatte und Stuhl eingequetscht hatte. Noch nicht einmal die Hände konnte er nach oben nehmen. Den linken Arm hatte sie um seine Kehle gelegt, in der rechten Hand hielt sie einen Elektroschocker. Also keine so erotische Szene, wie Hugo anfangs geglaubt hatte, und schon wurde er von der Schönen angeschrien: »Keine Bewegung!« Sie stieß die rechte Hand tiefer, direkt in Addis Halsschlagader. Wenn sie noch lange wartete, platzte Addis roter Kopf, bevor sie abgedrückt hatte.

Hugo vermutete mal, dass der Befehl auch ihm galt. Er rührte sich nicht, stattdessen arbeitete sein Gehirn alle Eventualitäten und Möglichkeiten der Deeskalation durch.

»Halt sie mir vom Hals«, rief Addi panisch, der sich noch nie so treffgenau ausgedrückt hatte. »Mach sie fertig. Stürz dich auf sie. Die ist übergeschnappt. Die meint, die Rächerin aller Frauen zu sein. Hat mich schon einmal mit dem Ding überfallen. Die hat auch den Umschlag auf Leos Grab geworfen. Pack sie dir!«

»Ach ja?«, sagte Hugo nur und genoss es jetzt sogar, Addi in dieser misslichen Lage zu sehen. »Was war eigentlich in dem Umschlag?«

»Leos Liebesbeweise«, antwortete die Frau. »Armbänder,

Ketten, Ringe, eine Rolex. Alles Modeschmuck. Hätte ich ja draufkommen können, dass es kein echter Schmuck ist, aber ich war so geblendet von dem Blender. Für den Modeschmuckmüll hat er alles von mir bekommen, einfach alles!«

Addi zappelte, bekam aber keinen Millimeter Bewegungsfreiheit geschenkt. Auch der Versuch, der Frau mit dem Bürostuhl über die Füße zu fahren, scheiterte.

»Gib's auf«, sagte sie und verlagerte ihr Gewicht weiter nach vorne. »Hast du deinen Opfern etwa auch Schmuck geschenkt?

Er japste: »Nein, wozu? Brauchte ich nicht. Die haben auch so alles getan.«

»Ja, weil du ihnen ein schlechtes Gewissen einredest, wenn sie nicht spuren, Geschichten erfindest, die nicht stimmen; Du ihnen sagst, sei seien schuld am Tod eines anderen, bis sie selbst sterben wollen, so wie meine Freundin Moni …«

»Halt! Nicht abdrücken«, rief Hugo schnell dazwischen, weil er an ihrem Gesicht gesehen hatte, welche Strafe auf Addis Taten stand. »Warten Sie. Ich habe eine bessere Idee.«

*

Mia kam außer Puste an den Restauranttisch gelaufen und stockte kurz. Neben Gern saß Kommissar Okrim, dem sie lieber nicht begegnet wäre. Was sollte das jetzt? Der war doch pensioniert, das hatte ihr Mario zumindest mal gesagt. Was hatte er hier zu suchen? Sie begrüßte die beiden Männer kurz und plumpste auf den Stuhl. »Bitte ein Wasser«, rief sie der herannahenden Kellnerin zu, damit die schnell wieder zurück zur Theke ging.

»Mia, das ist Otto Okrim. Er ist mein Vorgänger, der in Pension gegangen ist. Er hat mir einige wichtige Hinweise …«

»Wir kennen uns«, unterbrach Otto ihn. »Ich weiß nicht, ob es richtig ist, wenn sie dabei ist, Mario. Immerhin ist sie die Letzte, die Leo von Stein lebend gesehen hat.«

»Denken Sie etwa immer noch, ich hätte etwas damit zu tun?«, fragte Mia.

Er hob beide Hände, als bedrohe man ihn mit der Waffe.

Gern ging dazwischen. »Dafür lege ich mich ins Feuer, dass sie unschuldig ist … – Also: es nicht war«, fügte er schnell hinzu.

Mia wurde es zu bunt. Sie hatte außerdem keine Lust, den Einen zu duzen und den anderen zu siezen. So, wie es aussah, stellten sie drei ab sofort ein Team dar. »Ich weiß ja nicht, was ihr ausgeheckt habt, aber wir sollten keine Zeit verlieren. Man hat mir ein Foto zugespielt, das im Lager der Firma gefunden wurde.« Mia holte das zusammengeklebte DIN-A4-Blatt aus der Umhängetasche und strich es glatt.

»Mia!« Gern empörte sich künstlich, dann sah er darauf: »Das ist doch Leo von Stein.«

»Genau.« Mia grinste. »Das Besondere daran, ist, dass sein Name quer über das Hemd geschrieben wurde. Ich kann mich täuschen, aber vielleicht sollte das Foto jemandem dienen, der Leo nicht kannte, der ihn aber kennenlernen sollte. Wir müssen nur herausbekommen, wer das geschrieben hat, und dann sind wir einen Schritt weiter. Dieser markante Schriftzug muss doch zu identifizieren sein, wenn wir eine Vergleichsprobe haben. Leos Handschrift ist es jedenfalls nicht. Die kenne ich.« Mia kam Leos glühender Liebesbrief in den Sinn, den sie schon längst verbrannt hatte.

Gern nickte. »Interessant.«

Okrim schien nicht bei der Sache. Er verdrehte die Augen und stierte gegen die Decke.

»Was aber weitaus wichtiger ist«, sagte Mia, »ich weiß von Lilo, dass die lustige Witwe Dunja von Stein sich schnell mit einem Adonis getröstet hat. Ausgerechnet der ist einer der *Scammer*: Er heißt Jonathan, also Jo. Das traute Pärchen ist jetzt auf dem Weg nach Deutschland. Ich habe eine Videoaufnahme, auf der …«

»Mia!«, rief Gern. »Wie hast du das denn …«

»Lilo war so lieb. Weißt du doch, dass ich sie fragen wollte«, rechtfertigte sie sich.

Otto grinste.

»Also«, fuhr Mia fort, denn sie hatte es furchtbar eilig und hätte am liebsten überhaupt nichts erklärt, »sollte sich dieser Hugo von Stein Hoffnungen auf Dunja machen und ihnen über den Weg laufen ...«

»Macht er nicht«, sagte Gern. »Er bereitet sich auf seine Heimfahrt vor und hat keinerlei Interesse an Dunja, oder irgendwelche Ambitionen, die Firma zu übernehmen. Das hörte sich bei ihm zwar so an, als wenn es mal anders gewesen sei, aber er scheint seine Meinung geändert zu haben.«

Mia gab nicht auf. »Was ist mit Addi Fischers Motiv und seinen Hoffnungen? Immerhin kümmerte er sich um die angebliche Firma. Genau genommen war er derjenige, der das Geld hereinbrachte, und er hatte ein Verhältnis mit Dunja, wenn ich es richtig mitbekommen habe.« Sie räusperte sich. »Also, warum sollte er seinen Rivalen Leo nicht beseitigen lassen? Zu dumm, dass er mit Jo einen neuen potenten, ähm potentiellen Gegner und Geschäftsführer bekommen hat und nun selbst im Wege steht.«

»Gut, eins nach dem anderen.« Gern verfolgte Okrims Blick an die Decke, schüttelte den Kopf und sah wieder zu Mia. »Wir lassen uns Schriftproben von allen Verdächtigen ...«

»Ja, sicher!«, rief Otto, in den plötzlich wieder Leben gekommen war. Er holte seinen Block aus der Jacke und blätterte wild darin herum. Mia und Gern sahen ihn entgeistert an.

»Hier, die Schrift.« Er hämmerte mit dem Zeigefinger darauf. »Die Schrift von Addi Fischer. Er sollte mir den Straßennamen vom Chinarestaurant aufschreiben, als Test, ob er ihn wirklich weiß und dort war.«

Gern wunderte sich schon nicht mehr über Ottos Methoden. Er zog den Block zu sich heran und verglich die Schriftzüge. »Tja, manchmal will man Dinge nur glauben, die man sieht. Ich kann da jetzt keine unbedingte Ähnlichkeit feststellen.« Er drehte und wendete das Foto.

Mia nahm beides an sich. »Doch, doch, einwandfrei, ja, das ist seine Schrift, das stimmt überein. Hier, die Bögen vom n ... Aber warum nur hat Addi Leos Namen darauf geschrieben?«

»Wir lassen erst einmal eine Befunderhebung machen«, bestimmte Gern. »Die sollen die Schriftmerkmale und grafischen Grunddimensionen vergleichen. Mit allem, was dazugehört: Strichbeschaffenheit, Druckgebung, Bewegungsfluss, vertikale und horizontale Ausdehnung ...«

Mia monierte: »Bis dahin ist er wie Geheimtinte verschwunden. Mario ... bitte, wir müssen zu *FunnyFifty* fahren und uns diesen Addi schnappen, bevor Dunja und Jo dort aufkreuzen oder Hugo es sich anders überlegt.«

Otto Okrim nickte. »Ich bin dabei – auch ohne Waffe.«

Alle drei sprangen auf.

»Los geht's«, sagte Mia.

»Halt! Halt!« Gern hob den Zeigefinger. »Das könnte euch so passen. Ich schau ihn mir alleine an und hole mir lieber offizielle Unterstützung.«

Mia gab ihm das Foto, Otto den Notizblock.

»Otto, gib mir deine Handynummer, Mias habe ich. Ich melde mich ... und ... Mia, du passt auf Otto auf. Otto, du passt auf Mia auf. Macht bloß keine Dummheiten.«

Sie setzten sich wieder und schauten Gern hinterher, bis nichts mehr von ihm zu sehen war. Verschwörerisch steckten sie ihre Köpfe zusammen und sprachen den Fall durch.

Mia erzählte ihm, was sie mit Sahneklecks erlebt hatte und dass diese Frau nicht zu unterschätzen sei in ihrer Wut.

»Ich denke, es wird beim verbalen Austeilen bleiben«, sagte Otto. »Sie wird sich nicht für andere ins Unglück stürzen oder womöglich eine Straftat begehen. Sorgen mache ich mir wegen Dunja und Jo. Wobei ich nicht glaube, dass sie sofort in die Firma fahren werden. So, wie ich die Schönheit kennengelernt habe, muss sie sich erst einmal frisch machen, die komplette Garderobe wechseln, die Haare stylen und neu schminken. Ihren Lover wird sie auch nicht alleine losschicken, weil sie ihm grundsätzlich misstraut, sonst säße er längst an Addis Stelle. Alles eine Frage der Logik. Ich vermute auch, dass Dunja *FunnyFifty* in naher Zukunft dicht machen lassen wird, um sich hauptberuflich zu vergnügen.«

Mia überlegte. Gegen so viel Erfahrung und Lebensweisheit kam sie kaum an. Aber er machte einen Denkfehler: »Hm ... glaube ich nicht, dass sie die Firma schließt. Dunja braucht Geld, viel Geld. Ich habe mal gehört, sobald eine Firma aufgelöst wird oder der Inhaber wechselt, rücken die Behörden mit einer Steuer- und Betriebsprüfung an, und glaube mir, die finden immer etwas. Nein, sie muss sich selbst erst einmal klar darüber werden, wie sie weitermachen will, um den Luxus beibehalten zu können – und sobald einer von den Leuten, die mit drin hängen, nicht mitzieht oder den anderen erpressen oder verpfeifen will, gibt es Mord und Totschlag.«

*

Addi musste hilflos zusehen, wie Hugo seelenruhig mit dem Schlüssel aus seiner Jacke den Tresor öffnete und darin herumwühlte. Die Ordner und Dokumentenmappen interessierten Hugo erst einmal nicht. Er wusste, dass sich im Safe etwas viel Wertvolleres befand. Die Frau hielt Addi immer noch mit dem Schocker in Schach, gut so. Sie schien zu wissen, dass von Hugo keine Gefahr ausging.

Hugo fand nicht das, was er suchte, von dem er aber dank Leos Auflistung wusste, dass es da sein musste. »Wo ist das Geld?«, fragte er in den Raum und riss das Kabel des Telefons aus der Wand, das ihm mit seinem plötzlichen und langanhaltenden Gedudel auf die Nerven ging.

»Welches Geld? Habe kein Geld«, kam es zurück.

»Addi! Wenn noch so ein verlogener Satz über deine Lippen kommt, stopfe ich dir das Maul – für immer. Also, wo ist es?«

»In meiner Aktentasche. Die ist bei mir zu ...«

Hugo schlich gebückt auf ihn zu. »Wooo?«, schrie er ihn an.

»In meinem Schreibtisch, rechte Seite, letzte Schublade, hinter dem Ordner unter den Mappen in einem Karton im Umschlag«, stieß Addi hervor.

Hugo zog den Karton hervor und öffnete den Umschlag mit den Geldscheinen. Vor Addis Nase zählte er die vielen kleinen und großen Scheine, die nicht fortlaufend nummeriert waren, aber sicherlich aus keinem Bankraub stammten, sondern von einem Raubzug der Liebe. Wie viele gebrochene Herzen hatten Addi, Leo und seine *Scammer* auf dem Gewissen? So viel Leid hatten diese hirn- und herzlosen Männer über die Frauen gebracht, indem sie ihnen die große Liebe suggerierten. Und was er vorhin von der Frau mit dem Elektroschocker gehört hatte – dass sich jemand wegen Addi getötet hatte –, das trieb ihm den Gallensaft hoch. Sie stand immer noch hinter Addi, und war bereit, sich zu ruinieren, um ihre Freundin zu rächen, die auf diesen Menschenverächter hereingefallen war.

Hugo hörte auf zu zählen. Seine Gedanken hatten ihn durcheinandergebracht. Laut Liste mussten es aber sechstausend Euro sein. Er stopfte das Geld zurück in den übergroßen Umschlag und reichte ihn der Frau.

»Hier, nehmen Sie und gehen Sie – schnell. Keine Angst, es geschieht Ihnen nichts. Ich kümmere mich um ihn. Er wird seine Strafe bekommen.«

Irritiert nahm Marie mit der linken Hand den Umschlag entgegen. Dicke Tränen rannen über ihr Gesicht. Es war keine Freude, sondern die unendliche Trauer, die wieder hochkam, weil sie wusste, wem das Geld einst gehört hatte. Sie übergab Hugo den Elektroschocker, so vorsichtig, als könne er sonst explodieren. Sofort nahm Hugo damit ihren Platz ein. Doch ewig wollte er so nicht stehenbleiben. Es musste etwas anderes geschehen.

Zustimmend nickte er noch einmal in ihre Richtung, weil sie im Flur stehengeblieben war und sich nach ihnen umgeschaut hatte, dann verschwand sie lautlos. Er hörte noch nicht einmal die Tür zuschlagen.

Addi gingen die Nerven durch, als er zu Hugo aufschaute. Zuerst flehte er ihn an, gehen zu dürfen, dann winselte er, wurde in der nächsten Sekunde aggressiv. Er schlug wild um sich – traf ins Leere. Hugo war ausgewichen. Doch dann ließ er ihn einfach aufstehen. Addi hatte keine Chance, zu entkommen oder ihm in irgendeiner Weise gefährlich zu werden. Wenn Hugo wollte, konnte er Addi am ausgestreckten Arm verhungern lassen, und mit seinen langen Beinen war er sowieso schneller. »Wir müssen reden«, sagte Hugo.

Addi dachte nicht daran. Stattdessen lief er in Richtung Flur, sah sich um wie eine flüchtende Ratte, die das rettende Loch suchte. Hugo hinterher. Ihm war eingefallen, dass die Haustür nur angelehnt sein könnte, weil er sie vorhin nicht zuschlagen gehört hatte.

Jetzt hatte auch Addi es bemerkt, er lachte laut auf und lief zur Tür hinaus.

Hugo stimmte mit ein, aber aus einem anderen Grund: Er hatte im Augenwinkel durch das Fenster gesehen, wie sich etwas auf dem Parkplatz tat. Auf der Fahrerseite stieg dieser Jo aus dem Leihwagen und Dunja folgte von der Beifahrerseite. An den beiden würde Addi mit Sicherheit nicht so einfach vorbeikommen.

Hugo stellte sich in sicherer Entfernung ans Fenster und bekam gedämpft ein »Schnapp ihn dir, Jo!« von Dunja mit, die erschreckend schnell die Situation erfasst hatte.

Addi rannte zum Jeep. Kurz darauf rumste es gewaltig. Er war mit dem Oberkörper gegen den Wagen geflogen, Hände nach oben. Mit gezielten Bewegungen durchsuchte Jo ihn nach Waffen, so wie er es selbst vermutlich schon einige Male erlebt hatte. Hugo beobachtete, wie Jo Addi abführte, den rechten Arm auf den Rücken gedreht. Gemeinsam mit Dunja strebten alle drei wieder auf das Büro zu.

Hugo ging zurück und setzte sich wie der Pate in Positur.

»Du?« Dunja war erschrocken. Vor lauter Eifer hatte sie wohl seinen Wagen nicht gesehen. »Was ist hier los?«, fragte sie, frisch gestylt und wie immer aus dem Ei gepellt. »Wolltest du nicht abreisen?« Ihr Blick ging durch den Raum und blieb am offenen Tresor haften. »Ach, da schau an. Wo ist mein Geld? Wo ist das Geld, das Gold?«

»Addi hat es«, nuschelte Hugo.
»Jo! Kümmere dich darum«, sagte Dunja.

*

Mia und Otto waren sich einig. Sie mussten eingreifen – sofort. Sie waren darauf gekommen, wer Leos Ermordung in Auftrag gegeben hatte und wer der Todesschütze sein könnte. Ob Gern es auch wusste? Er brauchte dringend ihre Information, sonst liefen beide Täter nach wie vor frei herum, und das war gefährlich – sehr gefährlich.

In Ottos Kombi brausten sie zur *FunnyFifty* und parkten in der Parallelstraße, um nicht sofort aufzufallen. Auf dem Weg dorthin hatten sie es bereits gesehen: Der Parkplatz war bis auf Hugos und Addis Wagen leer. Sie schlichen sich von hinten an das Gebäude heran.

»Wieso ist Gern nicht hier?«, flüsterte Mia. »Das war doch das Erste, was er machen wollte, hierhin fahren.«

Okrim zuckte mit den Schultern. Er sah seitlich durch das Fenster und stöhnte auf: »Das ist ja eine herrliche Sauerei!« Er nahm sein Handy hervor und wollte Gern anrufen, damit dieser das ganze Aufgebot für den Toten bestellte. Da sah er, dass er eine SMS von Mario bekommen hatte. Er hätte den Klingelton nicht abstellen sollen, der Vibrationsalarm musste wohl in den vielen anderen Vibrationen und Aufregungen untergegangen sein. Er las Gerns Kurztext: *Bleibt, wo ihr seid. Täter gefasst. Addi hat …* Er musste wohl beim Schreiben unterbrochen worden sein oder hatte sich selbst unterbrochen, um die Verfolgung aufzunehmen.

Das *Bleibt, wo ihr seid* kam ihnen sehr gelegen. Okrim an seiner Stelle hätte zwar *Fasst nichts an*, oder *Verändert nichts* geschrieben, aber Mario ging vermutlich davon aus, dass sie noch im Chinarestaurant saßen und sich den Bauch vollstopften.

Sie setzten sich abseits des Gebäudes, halb unter Bäumen versteckt, auf ein Mäuerchen und sinnierten über den Fall.

»Seltsam, dass es da so still ist«, sagte Okrim. »Da drinnen liegt ein toter Mann und niemand kümmert sich um ihn. Wieso hat Gern nicht die KTU alarmiert? Wo sind die Schutzpolizisten, der Staatsanwalt – na gut, der kommt ja nicht immer –, der Bestatter … Noch nicht einmal die Presse ist hier.«

»Hm … « Mia stand auf und ging die paar Meter bis zur Tür. Sie nahm ein Taschentuch hervor und drehte den Knauf. Die Tür war offen. »Komm, Otto«, rief sie ihm zu. »Das schauen wir uns mal aus der Nähe an.«

Ottos Gesicht glühte vor Aufregung. »Wie früher«, murmelte er und folgte Mia durch die Tür. »Nichts anfassen«, flüsterte er, als könne sonst der Tote geweckt werden.

Mia steckte schnell die Hände in die Taschen ihres Sommerblazers, damit sie nicht in Versuchung geriet. Sie ging auf Zehenspitzen in Richtung Schreibtisch und blieb wie versteinert stehen.

Otto hatte es zur schwarzen Ledercouch gezogen. »Wo … wo … kommt das … das … ganze Blut her?«, stammelte er. »Schau mal … Einwegspritzen, blutige Mullbinden, Verpackungsmaterial … Sieht aus, als sei der Notarzt hier gewesen.«

Mia reagierte nicht.

Er ging rüber zu ihr und stand vor dem Toten. »Der blutet ja gar nicht«, rief er aus.

»Bluten Tote?«, fragte sie und wollte aus faser- und DNA-technischen Gründen lieber nicht näher herantreten. Sie setzte sich die Brille auf und betrachtete den leblosen Hugo genauer. Die Arme hingen links und rechts schlaff herunter. Er wirkte wie auf Normalmaß zusammengeschrumpft. Der Kopf war nach vorne links gekippt. An der Halsschlagader hatte er so etwas wie eine Brandwunde, Brandmale. Die morbide Blässe stand ihm ganz und gar nicht. Unter seiner rechten herunterhängenden Hand lag ein Elektroschocker.

Mia bückte sich.

»Nichts anfassen!!!«, schrie Otto.

Ihr blieb kurz das Herz stehen. »Himmel, hast du mich

erschreckt.« Sie hielt sich an Okrims Oberarm fest und schnaufte nach Luft, sonst wäre sie umgekippt.

Otto wurde nervös. »Komm raus. Wir sollten uns hier nicht aufhalten.«

Mia ignorierte es. Manchmal hörte sie schlecht, besonders in solchen Situationen, wenn ihr Blut kochte und das Gehirn ratterte. Sie zeigte auf den Schocker.

»Da stimmt was nicht«, hielt Okrim sich dran. »An ihm und um ihn ist kein einziger Tropfen Blut, aber auf und vor der Couch befindet sich eine ganze Menge davon. Wer wurde hier massakriert?«

Mia sog die Luft ein.

Otto kratzte sich am Kopf. »Starb da noch einer? Gern?«

»Gern?«, kreischte Mia.

Okrim zuckte mit den Schultern. »Warum haben sie die eine Leiche mitgenommen und die andere nicht? Wieso war die Tür nicht versiegelt?«

»Weil der von der Couch schwer verletzt war und sie nochmal wiederkommen wollten«, schlug Mia vor.

»Raus hier.« Otto packte ihren Arm und zog sie nach draußen.

Auf dem Parkplatz hörten sie die Polizeisirene immer näher kommen, da bog das Zivilfahrzeug auch schon mit hundert Sachen um die Ecke und schnitt ihnen den Weg ab.

Das Beifahrerfenster fuhr genauso rasant, aber nach unten. »Ich fasse es nicht! Was macht ihr denn hier?«, fragte Gern außer Atem. »Habe ich euch nicht geschrieben, ihr sollt bleiben, wo … «

Mia fasste sich noch immer an die Brust und spürte ihr Herz schneller pochen.

»Haben wir doch gemacht«, sagte Otto.

Gern brummte. »Hab keine Zeit für Diskussionen. Wart ihr drinnen? Hat Hugo es euch schon erzählt?«

»Ja und nein«, sagte Mia wahrheitsgemäß, die sich ein wenig erholt hatte.

Gern runzelte die Stirn.

Mia lenkte ab: »Wo hast du gesteckt? Was ist passiert?«

»Nur kurz, und im Schnelldurchlauf.« Er holte dabei das mobile Blaulicht vom Dach, zog den Stecker und wickelte die Schnur auf. »Das habt ihr aber nicht von mir und nur, weil ihr mir geholfen habt: Ich habe auf der Autobahn nach Krefeld im Stau gesteckt. Da half auch die Sirene nicht, weil irgendwelche Idioten auf der Standspur ... Egal. Diesen Addi wollte ich mir erst einmal alleine vorknöpfen. Als ich ankam, war alles gelaufen. Addi lag tot und blutüberströmt auf der Couch. In Hugos Armen lag Dunja, sie hatte einen Heulkrampf und schluchzte, Jo sei verschwunden.«

Gern öffnete plötzlich die Wagentür und stieß sie dabei gegen Ottos Bein. Er entschuldigte sich kurz.

Otto rieb sich das Knie und winkte nur ab. »Weiter!«

»Nachdem ich meine Kollegen verständigt und Dunja von Stein sich etwas beruhigt hatte, hörte ich von ihr, was sie mit Jo hier her getrieben hatte. Sie wollte das Geld und die Wertsachen aus dem Tresor holen, die ihr zustehen. Aber der Safe war leer, bis auf ein paar Ordner. Hugo sagte, Addi habe das Geld. Der bestritt es. Dunja war außer sich, sie soll ihn gewarnt haben, dass Jo Leos Waffe habe, er solle endlich das Geld rausrücken. Addi sagte Jo, er solle verschwinden, sonst packe er aus.«

»Das war aber leichtsinnig«, sagte Mia. »Er hatte ihn doch selbst beauftragt. Als Beweis haben wir doch das Foto.«

»Richtig, Jo hat es aber abgestritten, er habe Leo nicht getötet. Doch Addi blieb dabei. Daraufhin hat Jo die Waffe gezückt und ihm ins Bein geschossen. Er wollte ihn zum Schweigen bringen.«

»Das erklärt auch das viele Blut«, sagte Mia. »Von da an war Ruhe?«

»Irrtum.« Gern schloss die Autotür ab. »Dunja erzählte unter Schock, wie Addi aus Leibeskräften und voller Panik geschrien hat, dass Leo Dunja umbringen lassen wollte. Er sollte jemanden beauftragen, der es macht. Das habe er nicht zulassen können, aber er sei kein Mörder. Jo sei schuld an

Leos Tod ... Er wollte weitersprechen, doch da verschoss Jo das restliche Magazin auf Addi und floh mit Dunjas Wagen.«

Mia verzog das Gesicht. Otto wurde nervös. Gern war es schon längst. »Ich muss jetzt zu Hugo ...«, sagte er.

»Bitte, schnell noch«, bettelte Mia. »Was passierte danach? Es ist sehr wichtig!«

Gern schien es sich auch von der Seele reden zu müssen: »KTU, Schutzpolizisten und Co waren bei einem anderen Fall, Mord an einem Juwelier mit Großbrand und Verletzten. Sie baten mich, hier schon mal alles selbst abzusperren – ausnahmsweise. Ich sollte es nicht an die große Glocke hängen. So trieb ich meinen Hausarzt auf, der den Totenschein ausstellte und sich um Dunja kümmerte, die ins Krankenhaus gefahren wurde. Der Bestatter nahm leise fluchend den toten Addi mit. Was sollte ich machen? Nun war nur noch Hugo bei mir. Er hatte eine Beruhigungsspritze oder ein Bluthochdruckmittel vom Notarzt abgelehnt. Meinte, er brauche nur ein wenig Ruhe zum Nachdenken, und er würde hier so lange Wache halten, damit niemand Unbefugtes hereinkommt und Spuren verwischt. Das konnte ich riskieren, denn er machte einen glaubwürdigen Eindruck und Dunja hatte ja bestätigt, dass Jo geschossen hatte. Außerdem war Hugo sowieso zu nichts anderem fähig, als auf dem Stuhl sitzen zu bleiben. Ich also wieder zurück zum Präsidium, Flatterband und Siegel geholt. Lag natürlich nicht im Auto. Zwischendurch habe ich eine Fahndung nach Jo durchgegeben, zunächst nur national.« Gern wischte sich Schweißperlen von der Stirn.

»Wir können ...«, begann Mia.

»Ihr habt nichts gesehen und nichts gehört. Haltet euch da raus. Fahrt nach Hause. Wir haben es hier mit einem skrupellosen Auftragsmörder zu tun. Solange wir nicht wissen, wo er steckt, ist es lebensgefährlich.«

»Ja, aber, was ist mit Hugo?«, fragte Okrim.

»Das bekomme ich jetzt heraus. Die offenstehenden Fragen muss er mir beantworten.«

»Viel Glück«, sagte Mia und schämte sich dafür.

Gern verschwand im Bürogebäude.

Otto zog sie am Arm. »Komm, wir müssen jetzt bei ihm sein.«

»Scheiße!«, rief Gern laut aus und ging in die Hocke.

Mia schockte der Anblick nicht mehr so sehr. Sie blendete den toten Hugo einfach aus und konzentrierte sich auf andere Dinge. Sie sah zum Wandschrank, in dem sich der offen stehende Tresor befand. Herausgerissene Ordner lagen verstreut auf dem Boden. Sie winkte Otto heran, zeigte aus gebührender Entfernung auf ein Stammbuch. Das Blatt mit den Geburtsurkunden war aufgeschlagen. Mit Brille war es gut zu lesen. Eingetragen waren zwei Kinder: Leo von Stein, Hugo von Stein. Mutter: Eleonore von Stein, Vater Wilhelm von Stein.

»Einwandfrei Brüder«, sagte Mia.

Otto bückte sich. Er hob ein Blatt Papier mit Stempel und Unterschrift auf, das die Größe des Stammbuchs hatte und zeigte es Mia.

Sie las: »Geburtsurkunde Adolf Fischer, Mutter: Edeltraud Fischer, Vater: Wilhelm von Stein.«

»Das muss Hugo gelesen haben, nachdem er bei dem ganzen Chaos alleine zurückgeblieben war«, sagte Otto. »Hat wohl nichts davon gewusst. Er sprach jedenfalls immer nur von *einem* Bruder. Vermutlich hat er das nicht verkraftet, indirekt schuld am Tod seines Bruders Addi zu sein.«

»Mario? Kommst du mal?«, rief Mia. Er hatte wohl erneut versucht, die KTU und alle anderen hierher zu bekommen. Mario Gern steckte sein Handy in die Tasche.

»Hier haben wir die Erklärung für Hugos Tod«, sagte sie. »Jetzt musst du nur noch herausbekommen, wo das Geld steckt.«

»Ist ja nicht gesagt, dass Addi es wirklich herausgenommen hat«, meinte Otto.

»Warum sollte Hugo gelogen haben?«, fragte Gern.

»Ja, warum?«, sagte Mia.

*

Wenn Mia an die Aufregungen der letzten Tage und Stunden dachte, wusste sie jetzt die Ruhe sehr zu schätzen.

Nach Hugos Tod war es noch einmal turbulent zugegangen. Die Fahndung war erfolgreich gewesen. Jo saß nun in Untersuchungshaft und würde ganz sicher seinen Prozess bekommen. Die Firma und das Lager wurden versiegelt und während Mario sich für den Abschlussbericht des Falles zurückgezogen hatte, hatte Mia Otto auf einen Kaffee zu sich nach Hause eingeladen. Er war ihr im Laufe der Ermittlungen immer sympathischer geworden. Das beruhte wohl auf Gegenseitigkeit, denn schon bald erzählte er ihr von seiner Arbeit als Kriminalkommissar und der vorzeitigen Pension. »Es war ein Wettlauf mit der Zeit«, sagte Otto. »Ich musste diesen meinen letzten Fall unbedingt selbst klären. Als krönenden Abschluss sozusagen. Ich weiß nicht, ob du das verstehen kannst, Mia.« Er sah zu ihr hinüber. Seine Blicke hatten etwas Flehendes. Vielleicht täuschte sie sich aber auch.

Mia nickte heftig. »Oh ja, das kenne ich nur zu gut.« Sie schüttete sich Milch in den Kaffee. Jeder Fall sollte für sie der letzte sein, nie wieder wollte sie sich danach in etwas einmischen. Doch sobald sie sich auf die Straße oder sonst wohin begab, passierte es wieder, musste sie sich kümmern.

»Dann ist ja jetzt dein Wunsch in Erfüllung gegangen«, sagte sie und trank einen Schluck. »Eine harte Nuss, die wir ... du zu knacken hattest.«

Wäre Otto ein Hund gewesen, dann hätte er jetzt die Ohren hängen lassen. »Ach, so richtig geklärt habe ich den Fall ja nicht. Die haben sich ja gegenseitig ans Messer geliefert.« Er zupfte den tadellos sitzenden Kragen zurecht.

Mia wollte ihm das Gegenteil beweisen. Sie gingen noch einmal alle relevanten Punkte des Falls durch.

Dabei fiel es Otto zuerst auf: »Moment! Wir wissen nur, dass der Auftragsmörder ein Foto von Leo von Stein mit dessen Namen bekommen hat. Den Namen hatte Addi darauf geschrieben. Er war der Auftraggeber. Zwar sollte es Dunja treffen, aber da hatte er sich kurzfristig umentschieden, weil er sie liebte, oder noch brauchte.«

»... oder beides«, warf Mia ein.

»Kann sein«, sagte Otto. »Jedenfalls hatte Addi kurz vor seinem Tod behauptet, nicht der Mörder gewesen zu sein. Indirekt war er es aber, weil er den Mord in Auftrag gegeben hatte. Aber wer sagt denn, dass Jo wirklich der Auftragsmörder ist?« Otto bekam einen visionären Blick.

Mia überlegte laut: »Weil Jo Addis engster Mitarbeiter war und Jo eine Waffe hatte. Also konnte er es nur gewesen sein. Wie auch immer. Das wird sich noch herausstellen, ob die Projektile übereinstimmen.«

»Sie werden nicht übereinstimmen.« Otto sprang auf: »Dass ich da nicht eher draufgekommen bin! Klar doch!«

»Bitte was?«

Otto nickte stolz. »Wozu hätte Jo denn ein Foto mit Leos Namen gebraucht? Er kannte ihn bestens und hat jahrelang für ihn gearbeitet, erst privat, auch auf dem Schiff und dann für die Firma, wo er sogar als Teamleiter einige Mitarbeiter unter sich hatte.«

Mia schlug sich vor die Stirn. »Sicher, die Mitarbeiter. Auch Jo wollte sich die Hände nicht schmutzig machen. Dafür hatte er seine Leute und die Pässe in der Schublade.«

»Welche Schublade? Welche Pässe?«

»In dem Schreibtisch, der im Lager der *FunnyFifty* stand, lagen ausländische Pässe. Im Papierkorb darunter hatte sich das zerrissene Foto von Leo befunden.«

Otto runzelte die Stirn. »Woher weißt du das denn?«

»Na, ja ... ich ... also ... habe ich gehört. Von Gern, glaube ich, oder so. Jedenfalls war es ein leichtes für den wirklichen Auftragsmörder, eine neue Identität zu bekommen. Ticket dazu und Abflug.«

Otto kratzte sich ganz in Gedanken mit dem Kaffeelöffel in den Haaren. »Aber warum lag das Foto im Papierkorb? Müsste das nicht der Auftragsmörder haben?«

Mia schüttelte den Kopf: »Nicht, wenn er noch den Pass und

das Ticket ausgehändigt bekommen sollte. Foto und Erfolgsmeldung gegen Pass und Ticket. Als Anreiz hat er vielleicht das Geld schon vorher bekommen oder zuerst den Pass und das Ticket und das Geld später. Sonst hätte er ja mit dem Geld einfach abhauen können, ohne seinen Auftrag zu erledigen. Aber selbst wenn Jo den Namen des Auftragsmörders nennen würde, dürfte es schwierig sein, ihn zu schnappen.«

Otto sprang auf und verabschiedete sich. »Ich muss noch was erledigen.«

Mia sah ihm verwundert nach. Sicher würde er gleich wiederkommen, dachte sie, doch da hörte sie die Haustür zufallen.

Auch sie sollte etwas erledigen und Marie Bescheid geben, dass der Mann, der Moni Mondteddy auf dem Gewissen hat, nun selbst nicht mehr unter den Lebenden weilte. Es würde ihre Freundin zwar nicht mehr lebendig machen, aber Marie könnte dann möglicherweise zur Ruhe kommen.

Die Handynummer hatte Mia gespeichert. Nach dem zweiten Freizeichen stand die Verbindung.

»Hallo, Marie, Mia hier. Weißt du noch, wer ich bin?«

Marie schien es die Sprache verschlagen zu haben. Sie krächzte nur ein »Ja.«

Mia erzählte ohne Punkt und Komma, was aus dem *Romance Scammer* Addi geworden war ... und vergaß dabei, dass sie vertrauliche Informationen weitergab, als sie die Auffindesituation an dem Tag in der Firma schilderte und etwas vom Elektroschocker erzählte, der neben einer anderen Leiche – sie hatte bewusst keinen Namen gesagt – gelegen habe. Zwischendurch fragte Mia, ob Marie noch am Hörer sei, weil es am anderen Ende verdächtig still war. »Ja, bleibt nur noch die Frage zu klären, wo das viele Geld aus den Betrügereien geblieben ist. Es hätte im Tresor sein müssen ... Bist du noch da? Hallo? Hallo!« Die Leitung war tot. Tot wie Addi, Hugo und Leo zugleich.

Gegen Abend hatte Mia immer noch nichts von Otto gehört, bis Mario zu später Stunde freudestrahlend vor ihrer Tür stand – mit einer Flasche Rotwein.

»Wir haben etwas zu feiern, Mia. Der Fall ist gelöst.«

Mia fiel ihm spontan um den Hals.

»Hey, hey nicht so stürmisch. Willst du nicht erst wissen wie?«

»Ich dachte bisher, ich wüsste es bereits«, sagte Mia.

»Moment«, sagte Mario, »bevor ich es vergesse: schöne Grüße von Otto. Er lädt dich für morgen sechzehn Uhr zum Kaffee ein. So, also ... Weißt du auch, wer Leos Mörder ist?«

Mia schüttelte den Kopf. »Nicht ganz. Komm erst mal rein. Das ist kein Gespräch für die Haustür.« Sie ging vor und holte zwei Gläser und einen Korkenzieher aus der Küche. Auch wenn die Sonne noch nicht untergegangen war. Heute musste mal eine Ausnahme gemacht werden. Mia ließ die Jalousie des Wohnzimmerfensters herunter und setzte sich mit Mario auf die Couch.

Obwohl Mario ein Mann war, konnte er beides: Die Flasche öffnen und erzählen. »Der Mörder heißt ... ach, es ist sowieso ein falscher Name und den richtigen hat er noch nicht preisgegeben. Also von vorne: Otto war mittags bei mir und sagte mir das mit dem Foto, Pass und Ticket. Wir haben Jo daraufhin in die Mangel genommen und er hat uns den Namen verraten, auf den der falsche Pass ausgestellt war und wann und mit welcher Airline die Reise nach Madrid gehen sollte. Das stand alles in seinem Notizbuch, das er bei sich hatte.« Es machte plopp und er goss Mia und sich die Gläser voll, während er weiter ausführte: »Der eigentliche Auftragsmörder stand tatsächlich auf der Bordliste. Wäre er nicht bereits am Flughafen unangenehm aufgefallen – in seinem Gepäck waren eine Menge Drogen versteckt, die er vermutlich von seinem kriminellen Verdienst gekauft hatte – er wäre uns vielleicht entwischt.« Er gab Mia ihr Glas und hob seines zum Anstoßen. »So war er bereits in sicherer Verwahrung und kann zur Rechenschaft gezogen werden.« Mario holte tief Luft. »Zum Wohl!«

Mia sah ihm tief in die Augen und sagte: »Und das alles nur, weil Otto den entscheidenden Hinweis gegeben hat. Somit ist sein allerletzter Fall gelöst! Zum Wohl! Auf Otto!«

»Auf uns alle!«, verbesserte Mario.

Sie tranken genüsslich. Mia verschluckte sich. Ihr war etwas eingefallen. »Die *Romance Scammer* von *FunnyFifty* werden sicher auch bald geschnappt.«

Er klopfte ihr zärtlich auf den Rücken. »Was die *Scammer* angeht, so sind wir machtlos. Die Frauen, die die Betrüger angezeigt hatten, haben plötzlich einen Rückzieher gemacht, weil sie sich schämten und weil ihnen gesagt wurde, dass die Chance eher gering sei, die *Scammer* zu schnappen, wenn der Versuch überhaupt gestartet werden würde. Rechtlich gesehen haben die Frauen auf freiwilliger Basis gehandelt.«

Mia beschloss, den Frauen anders zu helfen. Vorbeugung war besser als heilen. Sie wollte diese Sorte Männer bekannt machen und würde sich etwas dazu einfallen lassen.

Marios Handy tanzte den Bossanova. Mia schielte zu ihm hinüber, versuchte einen Blick zu erhaschen. Er wich aus.

»Es ist eine Frau«, flüsterte er.

Mia spürte, wie ihr warm wurde.

»Ja, hallo«, säuselte Gern. »Ah … ach, ja … genau … prima, dass es nun wieder besser geht. Sicher, im Süden ist es wärmer und das Abschalten wird sicher gut tun. Wir bleiben auf alle Fälle in Kontakt, wenn was ist. Ist ja keine Entfernung, anderthalb Stunden. Ja, okay. Bis dann, Frau von Stein.«

Mia lächelte ihn an.

Nachdem sie ein schnelles Abendessen für Mario und sich gezaubert hatte, waren sie nur noch einmal kurz gestört worden, von der verliebten Gitti, die fragte, ob alles in Ordnung sei. Biggi, Maruan und Gitti würden sich Sorgen um Mia machen. Falls sie in Schwierigkeiten stecke, seien sie jederzeit bereit zu helfen. Sie solle es nur sagen. Mia beruhigte sie, bedankte sich fürs Kümmern mit einer zeitnahen Einladung und widmete sich wieder ihrem Besuch, von dem sie nicht wusste, wie lange er bleiben würde.

Gegen Mitternacht hatte Mia sich aus dem Schlafzimmer geschlichen. Nur mit einem Badetuch bekleidet saß sie auf dem Terrassenstuhl und sah seufzend in den sternenklaren Himmel der lauen Nacht. Durch die flackernde Kerze vor ihr auf dem Tisch leuchtete das Glas mit dem süffigen Pouderoux dunkelrot bis purpurn. Schlückchen für Schlückchen genoss sie den sündhaft teuren Rotwein und ihr Leben.

Noch einmal flackerte die Stumpenkerze kurz auf, bevor sie völlig erlosch. Es war kühl geworden. Sie stand auf und fuhr die Markise ein, schloss die Terrassentür hinter sich. Auf dem Weg ins Schlafzimmer kam sie an der Kommode vorbei, wo das Bild ihrer Mutter stand. Zärtlich strich sie darüber. »Gute Nacht, Mama.«

Mia knipste die Stehlampe in der Essecke aus.

»Tüdelüdülü! Tüdelüdülü!«

»Ja, hallo?«, krächzte Mia in den Festnetzhörer.

»Bodo hier. Hallo, Mia.«

Sie musste sich setzen.

»Noch da?«, säuselte er. »Ich bin ein paar Tage in Deutschland und bin so einsam. Kann ich kommen?«

»Bei wem?«

»Lustig wie immer, was?«

»Warum sollte ich mich ändern«, sagte Mia, »wenn andere es auch nicht für nötig halten.«

»Lass es mich versuchen, mein Engel. Hast du Zeit? Wir könnten es uns kuschelig machen und danach darüber reden.«

»Haben deine Häschen heute frei?«, fragte Mia. Er verdarb ihr soeben den wunderschönen Abend.

»Ich habe keine mehr. Und du?«

»Noch nie gehabt. Ich bevorzuge Männer.«

»Hm ... mich«, brummte er.

»Du bist verblasst.«

»Kannst mich auffrischen«, schlug er vor.
»Und wenn ich es nicht möchte?«
»... verpasst du die Nacht deines Lebens.«
»Gäbe es auch einen wirklich wichtigen Grund?«
»Hm ...«
»Siehst du«, sagte Mia. »Das ist es, warum ich es nicht mehr möchte. Es ist aus, Bodo. Ich will nicht mehr.«
»Du hast einen anderen?«
»Wie kommst du darauf?«
»Sonst gäbe es kein Motiv, sich von mir zu trennen, und noch nicht einmal das wäre eines.« Bodos Ton wurde härter. »Ich würde es mir an deiner Stelle also gründlich überlegen. Beiße nicht in die Hand, die dich füttert.«
»Ich besorge mir mein Futter demnächst selbst.«
»Haa! Womit denn? Mit deinen hässlichen Skulpturen oder dem Trödelkram? Schaffst du doch nicht. Ist nicht realistisch. Aber rechnen und mit Geld umgehen konntest du ja noch nie. Also, was ist jetzt? Willst du dich wirklich ins Unglück stürzen oder womöglich diskutieren?«
»Jetzt nicht, Bodo. Lass uns alles besprechen, nachdem du den Brief von meinem Anwalt bekommen hast.«
»Aber wieso? Warum ...? Mia!!! Ich habe es nicht so gemeint.«
»Doch, das hast du. Das ist ja das Traurige.« Mia legte auf.
Sie ging ins Schlafzimmer und setzte sich auf die Bettkante. Er war aufgewacht. »Telefon? Um diese Zeit? Gab es Ärger?«, fragte er und beugte sich zu Mia. Er streichelte über ihre nackten Schultern, begann sie zärtlich zu massieren.
Mia öffnete den Knoten ihres Handtuchs und ließ es aufs Bett gleiten. Sie warf den Kopf in den Nacken und seufzte. »Nein, den Ärger wird es noch geben.« Langsam gab sie seinen warmen, weichen Händen nach, sank nach hinten auf seinen Bauch, der sich warm und weich wie ein Kissen anfühlte. Er streichelte ihre Brüste. Sie seufzte tief.
»Ja, so ist es gut, entspanne dich. Denke lieber an etwas Schönes.«

Sie schnurrte, legte sich in seinen Arm und wartete auf den Moment, in dem er zu der Region kam, deren Streicheln und Massieren sie alles vergessen ließ.

Sie musste nicht lange warten.

»Bist du verliebt?«, fragte Mario Gern eine Glückseligkeit später.

»Vielleicht«, antwortete Mia.

Epilog

Leider gibt es diese *Romance Scammer* aus aller Welt wirklich. Sie suchen auf Online-Plattformen oder sozialen Netzwerken nach ihren Opfern. Meist sind es alleinstehende, einsame Frauen, die sich mit Komplimenten und Romantik verführen lassen. Man muss nicht besonders naiv sein, sondern nur verliebt.

Ein *Romance Scammer* (Liebesbetrüger) macht stets einen seriösen und attraktiven Eindruck. (Meist mit kopierten Fotos unbescholtener Bürger aus dem Internet.) Er legt sich ein außergewöhnliches Profil zu, gibt sich als gutsituierter Akademiker aus und erfindet eine ergreifende Biographie.

Nach dem Erstkontakt gibt der *Romance Scammer* sofort seine Mailadresse über einen Messenger bekannt, damit gefahrlos gechattet werden kann. Sehr schnell erhalten die *Scammer* die Telefonnummer oder Mailadresse ihres Opfers. Mehrmals am Tag melden sich die angeblich Verliebten und überschütten ihre ›Traumfrau‹ mit Liebesschwüren.

Das kann über Wochen und Monate gehen. Haben sie ihr Opfer so erst einmal emotional abhängig gemacht – ohne ein einziges Treffen – ist es für sie oft leicht, Geld zu bekommen, damit sie sich aus einer erfundenen Notlage befreien können. Manchmal verlangen sie aber auch Wertsachen oder Luxusgegenstände.

Gibt das Opfer nicht nach, wird es unter Druck gesetzt. Der *Romance Scammer* droht, sich nicht mehr zu melden, oder sogar, im Extremfall, sich das Leben zu nehmen.-

Wie können Sie sich schützen?

Bleiben Sie so lange anonym, bis ein wirkliches Vertrauensverhältnis aufgebaut wurde. (Leider schaffen die Liebesbetrüger das auch).

Sobald Sie aufgefordert werden, Geld zu überweisen oder Sachwerte zu schicken, brechen Sie den Kontakt ab.

Achten Sie darauf, was und wie viel Sie von sich preisgeben.

Hinterfragen Sie alles kritisch.

Geben Sie in den Suchmaschinen seinen Namen und *Romance Scammer* ein. Hier listen bereits betrogene Frauen die Pseudonyme auf oder erzählen ihre persönliche Geschichte dazu.

Unter *Romance Scammer* finden Sie viele weiterführende Links, die hier nicht alle wiedergegeben werden können.

Danksagung

Zunächst einmal möchte ich meiner langjährigen Freundin Ina Coelen dafür danken, dass sie immer an Mia geglaubt hat und ihr ein neues Verlags-Zuhause geben wollte. Leider überschlugen sich die Ereignisse. Deshalb danke ich auch Heike Gerdes und Maeve Carels vom Leda-Verlag für ihr Vertrauen und unermüdlichen Einsatz.

Bei meinem Mann und meiner Tochter bedanke ich mich für die Akzeptanz meiner Fehlzeit im Familienkreis. Zukünftig werde ich mir die Sonntage freihalten – ich versuche es zumindest.

Meinen Facebook-Freunden ist ein Dank für die schnelle Hilfe sicher. Wann immer mir eine allgemeine Recherche-Frage einfiel, bekam ich umgehend die Antwort. Auch meinen »Fachleuten« gilt mein ewiger Dank für ihre Geduld.

Zudem möchte ich unbedingt meinem kleinsten Fanclub

der Welt und der ersten Stunde danken: Uta und Enrico. Hättet ihr nicht andauernd nachgefragt, wann der nächste Mia-Roman erscheint, hätte ich womöglich etwas anderes geschrieben.

Mein größter Dank wird an alle Redakteure der Medien gehen, wenn sie über Romance Scammer und dieses Buch berichten und wir so gemeinsam viele Frauen und Männer vor den Liebesbetrügern warnen können. Anfragen bitte per Mail an mich direkt: schmitz@women-at-work.org (Scammer werden mit dieser Adresse kein Glück haben).

In Erinnerung

… an Werner Coelen, der gemeinsam mit Ina Coelen den Leporello Verlag gründete und noch wenige Wochen vor seinem Tod das Cover gestaltete.

… an meine geliebte Mutter, die ebenfalls im August 2013 verstarb. Ich vermisse dich so sehr!

Ingrid Schmitz schreibt seit 2000 hauptberuflich Kriminalgeschichten. Begonnen hat sie mit Krimikurzgeschichten, danach folgten Herausgaben (kulinarischer) Kriminalanthologien, aber auch eine Biographie über die beiden VOX-*Goodbye-Deutschland*-Auswanderer Didi und Hasi.
2006 erschien ihr erster Kriminalroman (*Sündenfälle*) mit der Serienfigur Mia Magaloff. Im Mai 2014 wird mit *Liebeskiller* der vierte Fall veröffentlicht. Die 15. Kriminalgeschichtensammlung *Tortillas, Tapas und Toxine* kommt ebenfalls im Mai heraus. Zu ihren Projekten gibt sie regelmäßig Lesungen an fast allen Orten. Sie ist Mitglied bei *Mörderische Schwestern*, *Syndikat* und *International Association of Crime Writers*.
Mehr unter www.krimischmitz.de

H. & P. Gerdes (Hrsg):
Friesisisches Mordkompott Herber Nachschlag
978-3-939689-20-1

H. & P. Gerdes (Hrsg):
Friesisches Mordkompott Süßer Nachschlag
978-3-939689-21-8

Peter Gerdes (Hrsg.)
Mordkompott Kriminelles zwischen Klütje und Kluntje
978-3-934927-01-8

H. & P. Gerdes (Hrsg):
Mordkompott meerumschlungen
978-3-939689-68-3

Jeske/Haucks (Hrsg):
Mutters Mordkompott
978-3-939689-38-6

Gerdes/Voehl (Hrsg.)
Westfälisches Mordkompott
978-3-86412-008-4